SECRETS ET DESIRS

UNE ROMANCE DE NOËL - "SAISON DU DÉSIR"
LIVRE UN

CAMILE DENEUVE

TABLE DES MATIÈRES

Publishe en France par:
Camile Deneuve

©Copyright 2021

ISBN: 978-1-64808-984-8

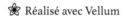 Réalisé avec Vellum

Nox

Livia Chatelaine a fait irruption dans ma vie le soir d'Halloween et elle y a ramené la lumière. Écœuré de vivre dans le passé, je suis tombé amoureux de cette belle femme, sexy et magnifique, et elle est tombée amoureuse de moi.

Maintenant, je ne pense qu'à être en elle, l'aimer, la savourer, la baiser...

Sa façon de m'aimer avec son fantastique corps, et son bel esprit...

Personne ne peut nous séparer, ni maintenant, ni jamais.

Elle est à moi...

Livia

Règle numéro un de mon travail : ne jamais tomber amoureuse d'un client. *Jamais.*

Et pourtant, bien sûr, c'est ce que j'ai fait. Nox Renaud est peut-être l'homme le plus riche de la Nouvelle-Orléans.

Mais c'était aussi l'homme le plus beau, le plus doux, le plus sexy que j'aie jamais rencontré, et il me veut, moi.

Chaque fois qu'il me touche, je suis au paradis.

Et quand il est en moi, c'est l'extase totale.

Notre amour est si pur, si réel, si *animal*...

Rien ne nous séparera, pas même les forces maléfiques qui nous entourent.

Rien ne m'empêchera d'aimer cet homme pour toujours....

1

CHAPITRE UN

Amber Duplas fixa son plus vieux et meilleur ami alors qu'il lui tendait une assiette d'œufs parfaitement cuits. "Nox Renaud, tu es un emmerdeur."

Nox lui sourit avec ses yeux verts amusés. "Dans ce cas, mon travail ici est terminé. Mais pourquoi ?"

Amber soupira et rassembla ses cheveux auburn en queue de cheval. "Tu es l'un des propriétaires fonciers les plus riches de la Nouvelle-Orléans, un homme d'affaires incroyablement prospère et, selon Forbes, l'un des célibataires les plus convoités au monde. Et pourtant tu es dans ta propre cuisine digne d'un palace..." dit-elle en désignant la vaste pièce, "en train de cuire toi-même des œufs pour le brunch. Tu as entendu parler des cuisiniers ?"

Nox secoua la tête. Il était habitué à ce genre de questions de la part d'Amber. "Tu sais que je n'aime pas avoir trop de gens autour de moi, Ambs."

Amber prit une bouchée des œufs, en se pâmant presque à leur saveur. "C'est pour ça que tu es un chieur. J'ai peur que tu deviennes un ermite."

"Je pense que c'est déjà le cas depuis un bon moment," dit Nox. "Écoute, je sais que tu veux bien faire, mais j'ai presque quarante ans, et j'ai ma façon de faire. J'aime être seul." Il déposa l'un des œufs sur sa propre assiette et s'assit. "Et de toute façon, dans quelques jours, l'élite des meilleurs et des plus brillants seront là pour boire mon champagne et m'embêter toute la nuit. Mon Dieu, pourquoi est-ce que je fais ça tous les ans ?" Il gémit et Amber rit.

"Tu es un vrai Grinch..." Elle effleura ses boucles sombres et il sourit, même s'il soupirait à l'intérieur. La famille Renaud avait instauré ce gala de charité pour Halloween bien avant la naissance de Nox - c'était un projet cher à sa mère bien-aimée. Avant la tragédie, bien sûr. Malgré sa nature solitaire, Nox ne pouvait supporter de ne pas perpétuer l'héritage de sa mère.

Il posa son regard sur la photo encadrée d'elle et Teague, son frère aîné adoré, sur le comptoir de la cuisine. Tous les deux sombres et beaux, riant et s'embrassant. Ils avaient tous les deux disparu de façon insensée.

La tragédie qui avait touchée la famille Renaud était connue dans toute la Louisiane et au-delà. Tynan Renaud, un homme d'affaires respecté, éperdument amoureux de sa femme Gabriella née en Italie, et père héroïque pour ses fils Teague et Nox, avait été victime d'une crise psychotique et avait abattu sa femme et son fils aîné un soir avant de retourner l'arme contre lui. Nox, qui était à l'université à l'époque, avait été anéanti. Après avoir abandonné l'école et être rentré dans cette immense maison dans le bayou, il avait lutté pendant des années pour comprendre ce que son père avait fait.

Amber et ses autres amis avaient essayé de le persuader de vendre l'endroit où sa mère et son frère avaient été assassinés, mais Nox avait refusé. Il avait repris les affaires de son frère avec son ami Sandor, et ensemble, ils en avaient fait un succès. L'entreprise, RenCar, était rapidement devenue l'exutoire qui lui faisait oublier sa douleur, Nox y consacrant vingt heures par jour. L'importation de mets de luxe n'avait jamais été son rêve - il l'était pour qui ? mais il avait trouvé quelque chose pour lequel il était doué, et c'était suffisant pour lui. Ses rêves d'enfant de devenir musicien avaient été mis de côté au profit de quelque chose qui le distrayait totalement. L'atelier que sa mère avait aménagé pour qu'ils travaillent tous les deux était vide depuis près de vingt ans maintenant... comme le cœur de Nox.

Il réalisa qu'il n'écoutait pas Amber et s'excusa. Elle leva ses yeux bleus au ciel. "Nox, j'ai l'habitude que tu te perdes dans tes pensées, mais écoute, c'est ta fête. Je veux juste dire, pourquoi ne pas essayer d'être plus sociable pour changer ? Ces gens paient beaucoup d'argent pour venir ici."

"Surtout pour voir la maison du meurtre", marmonna-t-il, et Amber fit un bruit agacé avec sa langue.

"Peut-être, mais l'argent que nous collectons est pour une bonne cause, n'est-ce pas ? Tu n'es pas le seul à avoir perdu quelqu'un." À son grand chagrin, il vit des larmes dans ses yeux. Il se pencha vers elle et lui prit la main.

"Ambs, je suis désolé, tu sais. Ariel me manque aussi, tous les jours." Il soupira. Tant de douleur, tant de mort. Amber avait raison ; il devait arrêter de s'apitoyer sur son sort.

"Tout ce que je te demande, c'est de jouer ton rôle à cette soirée. Mêle-toi aux invités et parle avec eux." Le ton d'Amber était plus calme maintenant et elle lui sourit, son visage doux et ses yeux dans les siens, soutenant son regard un peu trop longtemps. Nox hocha la tête, regardant enfin ailleurs.

"Je te le promets."

Après le départ d'Amber, il se dirigea vers le salon et alluma la télévision. La chaîne d'information locale WDSU faisait un reportage sur Halloween à la Nouvelle-Orléans, sur le chaos magique et frénétique du festival qui régnait sur la ville tous les mois d'octobre. Nox soupira et attendit l'inévitable mention de sa soirée. "Attention", murmura-t-il, "est-ce que ce sera la malédiction de la famille Renaud ou le manoir aux sombres secrets, en premier ?"

La présentatrice avait l'air sérieux. "Bien sûr, avant le début des festivités le soir d'Halloween, l'élite de la Nouvelle-Orléans se réunira au manoir Renaud dans le bayou. Les téléspectateurs savent que le gala de charité "Cocktails terrifiants" a lieu chaque année à l'endroit que certains locaux appellent "le manoir au passé sinistre ". Plus d'informations après ces annonces."

Nox éteignit la télévision d'un geste agacé . Tous les ans, c'était la même histoire. Et maintenant, ses invités qui regardaient les nouvelles seraient d'autant plus curieux au sujet du seul Renaud encore en vie. Putain de merde.

Son téléphone portable sonna, et il y répondit avec gratitude. "Sandor, mec, tu tombes bien."

Son ami rit. "Quand tu veux. Écoute, on a peut-être un accord avec la chaîne de restaurants Laurent."

Nox s'assit. "Vraiment ?" L'entreprise Laurent valait deux fois plus que ce qu'ils avaient offert, mais elle était sur le marché depuis deux ans sans demande d'acquéreur. Nox savait que s'ils l'obtenaient à un bon prix et la remettaient sur pied, cela pourrait leur rapporter une fortune. Sandor et lui avaient décidé d'acheter des restaurants pour servir leurs produits de luxe comme nouvelle source de revenu - non pas que l'un ou l'autre en ait besoin, mais ils s'ennuyaient tous les deux avec leur entreprise. Ils voulaient se salir les mains et faire quelque chose - quelque chose de physique plutôt que de se contenter d'importer de la nourriture pour, eh bien, des gens comme eux.

"Gustav Laurent va divorcer et il veut se débarrasser de la propriété rapidement."

Nox s'étonna. "Gus divorce de Kathryn ?"

"Apparemment. Il semblerait qu'elle le trompait."

Nox fit un bruit à moitié amusé, à moitié méprisant. "Comme si Gustav ne l'avait pas trompée depuis des années."

"Tu connais Gus."

"Malheureusement, oui. Écoute, je peux être là dans une demi-heure."

"Bien", répondit Sandor. "Et après, je t'invite à déjeuner. Marché conclu ?"

Nox sourit au téléphone. "Affaire conclue. À tout à l'heure."

LIVIA CHATELAINE MIT HABILEMENT trois assiettes en équilibre le long de son bras gauche et les porta à la table. Les deux femmes et l'enfant assis à la table lui sourirent avec gratitude quand elle posa leur nourriture devant eux. Elle leur rendit leur sourire. "Bon appétit. Prévenez-moi si vous avez besoin d'autre chose."

Elle se dirigea vers une autre table qui attendait l'addition et s'occupa d'eux rapidement, avec sa gentillesse innée. Elle travaillait au café Le Chat Noir dans le quartier français depuis trois mois maintenant, depuis qu'elle avait emballé toute sa vie dans sa vieille Gremlin et traversé le pays depuis San Diego.

Moriko, sa meilleure amie de la fac, était à la Nouvelle-Orléans depuis un an et lui avait obtenu un emploi au café. Le fait que le propriétaire, un beau Français aux cheveux foncés du nom de Marcel, avait le béguin pour Moriko, avait joué en sa faveur. Il aurait embauché n'importe qui qu'elle lui aurait recommandé. Heureusement, Livia et Marcel étaient devenus de bons amis, Livia arrivait tôt, restait tard et travaillait dur pour lui. En retour, il lui donnait les horaires qui s'adaptaient le mieux à ses études et la payait suffisamment pour qu'elle puisse louer le petit appartement qu'elle partageait avec Moriko.

Livia avait décidé en quittant San Diego qu'elle ne retournerait pas dans sa ville natale. Elle n'avait plus aucun intérêt pour elle à présent, et elle n'y avait plus aucune famille à laquelle elle tenait. Enfant unique, sa mère était morte quand elle était jeune, et Livia avait grandi seule. Elle avait travaillé dur à l'école et avait exercé divers emplois pour pouvoir se nourrir, tandis que son père buvait tous les soirs et lui criait dessus si elle le dérangeait. Livia avait cessé de se soucier de cet homme il y avait des années. Pour elle, il n'avait été qu'un donneur de sperme. Quand elle se souvenait de sa mère, c'était des moments chaleureux et heureux. Le cancer était une saloperie qui lui avait volé le bonheur à l'âge de cinq ans. Le dernier souvenir que Livia avait de sa mère était celui d'une belle femme qui l'embrassait un matin avant l'école, et c'était la dernière fois qu'elle l'avait vue. Son père ne l'avait pas laissée la voir après sa mort.

Livia s'était inscrite à l'université grâce à une bourse d'études et en cumulant trois emplois. Pour elle, c'était devenu une seconde nature de toujours se battre et se battre pour tout. Cela lui avait donné de l'énergie et un but, et cela lui avait valu d'être la première de sa classe. Ses professeurs avaient hésité à la laisser partir et l'avaient encouragé à demander des bourses de recherche post-universitaires, mais il avait fallu quatre ans à Livia pour enfin obtenir une offre sérieuse de l'Université de la Nouvelle-Orléans.

"Salut, la rêveuse." Moriko fit retomber Livia sur terre et son amie lui sourit. Moriko, une petite Américano-japonaise, qui était d'une beauté exquise et le savait, se hissa sur le comptoir. "Marcel a besoin d'une faveur."

Livia dissimula un sourire. Quand Marcel envoyait Moriko faire le sale boulot, cela signifiait que, quoi que ce soit, ce serait un grosse faveur, probablement désagréable. "Qu'est-ce que c'est ?"

"On lui a demandé de s'occuper de la fête chez Renaud samedi. Tu vois ce dont je parle ?"

Livia secoua la tête. "Non."

Moriko leva les yeux au ciel. "C'est un truc que fait Nox Renaud tous les ans. Il organise une soirée de gala d'Halloween et donne une tonne d'argent à une œuvre caritative."

"Jamais entendu parler de lui, ou de ça. Alors, c'est quoi la faveur ?" Livia devinait - Marcel avait besoin de personnel pour servir. Moriko confirma immédiatement ses soupçons.

"Il allait embaucher des serveurs, mais apparemment ils ne veulent rien d'autre que des petits fours et des cocktails. Le personnel lui coûterait plus que ce qu'il gagne donc..."

Livia lui sourit. "Pas de problème. L'uniforme habituel ?" Elle tira sur sa chemise blanche trop serrée et la remit dans la mini-jupe noire qu'elle portait pour servir. Elle couvrait à peine ses courbes géné-reuses, sa poitrine pulpeuse et son ventre doucement incurvé. Ses jambes, longues et minces, étaient enfermées dans des collants noirs et elle portait des escarpins plats, refusant absolument de porter des talons pour servir. Livia n'était pas très grande, mais ses longues jambes donnaient l'impression qu'elle était plus grande que ses un mètre soixante-cinq. Ses cheveux bouclés, qui lui arrivaient presque à la taille, étaient attachés en chignon, mais ils échappaient toujours aux attaches. Moriko attrapa ses mèches et les enroula pour elle. Livia lui fit un sourire reconnaissant.

"Merci, mon chou. Je devrais vraiment tout couper."

"Pas question," dit Moriko, ses cheveux noirs brillants tombant comme un rideau le long de son dos. "Je tuerais pour avoir tes boucles."

"Alors, samedi soir, tu fais la serveuse pour les huiles ?"

"Je serai là aussi. Au moins, on pourra fouiner dans la maison du riche."

Livia soupira intérieurement. Cela ne la dérangeait pas d'aider Marcel, mais elle n'avait pas de temps à consacrer aux garçons riches qui avaient trop d'argent. Elle les avait assez attendus à l'époque.

Elle se remit au travail et grimaça. Deux habitués venaient d'entrer dans le restaurant. En parlant d'aristos, pensa-t-elle, un sourire forcé affiché sur son visage. La femme, une blonde à l'air glacial au rouge à lèvres rouge vif et des yeux bleus froids, la regarda d'un air dédaigneux. "Une omelette aux épinards et un mangotini." Elle ne regarda même pas le menu. Son compagnon, un homme à l'air charmant qui au moins fit un sourire à Livia et qui ajoutait toujours "s'il vous plaît" et "merci" chaque fois qu'il était là, hocha la tête.

"Pareil pour moi s'il vous plaît, Liv. C'est un plaisir de vous revoir."

Livia lui sourit. Elle le jugeait mal à cause de la personne qui l'accompagnait, mais pour être juste, il était toujours poli avec elle. Elle savait que la personne qui l'accompagnait s'appelait Odelle et que son père était l'un des hommes les plus riches de l'État. Cela n'impressionnait pas Livia. "D'accord monsieur, la même chose. Puis-je vous proposer des frites pour accompagner votre salade ?"

Odelle sembla horrifiée, mais son compagnon sourit. "Pourquoi pas ?"

Livia sourit et disparut dans la cuisine. Marcel entra et lui sourit. "Merci pour samedi, Livy. Je te paierai double."

Elle l'embrassa sur la joue. "Pas de problème, mon ami."

Marcel, qui avait des yeux si sombres qu'on ne voyait pas ses pupilles, hocha la tête vers le restaurant. "Je vois qu'Elsa et Lumière sont là."

Livia rit. "Tu confonds tes classiques de Disney, et en tout cas, lui est sympa. Mais oui, elle, c'est la reine des neiges."

"Ne les laisse pas t'atteindre avec leurs richesses. Tout a été hérité, pas gagné."

"Oh, je sais, et ça ne me dérange pas. La politesse ne s'achète pas," dit Livia. "Je peux sincèrement dire que ces gens et leurs manières ne m'empêchent pas de dormir la nuit, Marcel."

"Je dis ça parce que je sais que l'homme, Roan Saintmarc, est le meilleur ami de Nox Renaud. Il est plus que probable qu'ils soient à la fête de samedi." Marcel sourit à Livia, qui écarquilla les yeux. "Promets-moi juste que tu ne leur balanceras pas leurs repas sur les genoux."

Livia grogna. "Je te le promets, chouchou."

"Brave fille."

Livia termina son service, puis rentra chez elle à travers les rues animées du quartier français. Elle était tombée amoureuse de cette ville - la nature lente, la chaleur sensuelle, torride et décontractée des locaux. Curieusement, pour une ville connue pour son vaudou et sa magie noire, elle ne s'était jamais sentie mal à l'aise en se promenant dans les rues la nuit ici.

Moriko était encore au travail quand Livia rentra à leur appartement, alors elle prit une longue douche chaude, puis se fit un bol de soupe et prit quelques crackers dans la cuisine. En mangeant, elle regarda un peu la télévision mais ne tarda pas à s'ennuyer. Elle jeta son bol dans l'évier, le lava, puis décida d'aller au lit pour lire. Elle avait un récital de piano qui approchait et elle voulait revoir la partition, reproduisant dans l'air ses mouvements de touches. Elle s'endormit en câlinant le chat de Moriko et n'entendit pas sa colocataire rentrer à la maison.

DANS LE BAYOU, Nox aussi était tombé dans un sommeil profond, mais le sien n'était pas si paisible. Presque instantanément, les cauchemars arrivèrent. Une femme, une belle jeune femme qu'il connaissait mais dont il ne voyait pas le visage, l'appelait, le suppliant de la sauver. Il y avait du sang, tellement de sang, et il courait dans le manoir sombre, pataugeant dans quelque chose - du sang ?... - pour la rattraper. Une force sinistre et malveillante contrôlait tout, empêchant Nox d'atteindre la fille. Il entendit ses cris s'arrêter soudainement et comprit qu'il était trop tard. Il se mit à genoux.

Il sentit une main sur son épaule et leva les yeux. Sa mère lui souriait. "Ne sais-tu pas que tu ne les sauveras jamais ?" dit-elle doucement. "Tous ceux que tu aimes mourront, mon fils bien-aimé. Je suis morte, ton père, ton frère... Ariel. Tu seras toujours seul."

Nox se réveilla, suffocant et baignant dans sa propre sueur, les mots de sa mère et sa conviction hurlant dans son esprit.

Ne tombe pas amoureux. Ne prends pas le risque. Ne laisse personne d'autre être blessé.

CHAPITRE DEUX

Odelle Griffongy alluma une autre cigarette et sortit sur le balcon de sa chambre. Elle détestait cette fête et détestait cette soirée. Mais Roan voulait évidemment soutenir son meilleur ami, Nox, et ils s'habillaient maintenant pour y assister. Dieu merci, Nox n'avait jamais imposé de code vestimentaire pour le cocktail - sinon, Odelle aurait feint un mal de tête.

Elle se retourna vers la chambre où Roan s'habillait, son costume gris foncé allait superbement avec ses cheveux bruns et ses yeux bleu vif. Affûté autant qu'il le pouvait, son corps musclé et sa bite énorme faisaient de lui une machine de sexe au lit. Roan Saintmarc était, à l'exception de Nox, l'homme le plus beau de la Nouvelle-Orléans - probablement même de l'État - et il était à elle.

Odelle avait peut-être grandi dans les hautes sphères de la société de la Nouvelle-Orléans, mais elle savait que sa beauté fragile ne durerait pas si longtemps et que son tempérament froid et distant ne lui ferait pas beaucoup d'amis. C'est pourquoi elle avait été stupéfaite que Roan, que ses amis diplômés de Harvard connaissaient comme quelqu'un qui aime s'amuser, lui fasse des avances. Il aurait pu avoir n'importe qui.

Odelle se retourna pour regarder la foule dans les rues de la ville. La Nouvelle-Orléans devenait folle pendant Halloween, on faisait la fête partout, les gens hantaient les rues et les locaux jouaient avec les mythes et les légendes pour vendre plus d'alcool, de nourriture et d'arnaques pour touristes. La rue habituellement paisible où vivaient Odelle et son compagnon n'était pas épargnée : citrouilles et lanternes, arbres décorés de lumières scintillantes et de fausses toiles d'araignée étaient de la partie. Il y avait aussi la chose qu'aimait le moins Odelle : les enfants qui demandaient des friandises à chaque maison.

Sa sonnette retentit, et bien qu'Odelle savait que son personnel y répondrait, elle ne put s'empêcher d'être agacée, "Oh, va te faire foutre". Sa voix résonna dans la rue et elle entendit Roan rire derrière elle.

"Fais pas ta connasse, Delly. C'est un rite de passage, de demander une gourmandise ou un sort."

Odelle fit un bruit de dégoût. "Je n'ai jamais fait ça."

Roan lui sourit, glissant ses bras autour de sa taille. "Non, tu étais trop occupée à lancer des sorts et à concocter des potions."

Odelle le regarda avec froideur. "Tu penses que je suis une sorcière ?"

"C'est le moment de répliquer un truc mielleux comme c'est à moi que tu as jeté un sort. Non, bébé, je ne pense pas que tu sois une sorcière, et surtout pas une salope. Tu manques juste de chaleur humaine", dit-il avec un sourire, et même si Odelle savait que c'était une blague, ça la blessait quand même.

Parce que c'est vrai, se dit-elle. *Qu'est-ce qui ne va pas chez moi ? Pourquoi je ne peux pas être plus comme Roan ?* Ou Nox, dont le cœur était si immense que cela effrayait Odelle. Ou même Amber, son amie ennemie, qui avait eu une liaison avec Roan. *Non*, se dit Odelle. *N'y pense pas. Pas ce soir.* Elle essaya de sourire et Roan posa ses lèvres contre les siennes.

"Tu as raison. C'est juste une soirée."

"Super, tu es géniale." Roan la regarda de haut en bas dans sa robe noire moulante et quand son regard rencontra le sien, Odelle vit le désir dans ses yeux. "Ça ne dérangera pas Nox si on est un peu en retard."

Odelle sourit, se retourna, se pencha sur le balcon et releva sa jupe jusqu'à la taille. Roan rit.

"Ici ? Et que diront les voisins ?" Mais ensuite, avec un grognement, elle le sentit la pénétrer par derrière, son énorme bite s'enfonçant dans sa chatte alors qu'il agrippait la balustrade de métal de ses deux mains.

Odelle ferma les yeux, se délectant de la sensation de lui la remplissant entièrement. Sa main descendit pour caresser son clitoris pendant qu'il la baisait, et bientôt elle gémit et trembla d'orgasme en orgasme, sans se soucier de qui pourrait l'entendre. Roan était un amant brutal, surtout quand il jouissait, et Odelle grimaça alors qu'il la baisait de plus en plus fort jusqu'à ce qu'il éjacule en elle et se retire, haletant et jurant doucement avec soulagement. Il la fit tourner et mit sa bouche sur la sienne. "Mon Dieu, femme, tu me rends dingue."

Odelle sourit et serra sa bite qui rapetissait dans ses mains. "Fais-moi ça encore une fois et on pourra aller à la soirée."

Et ils recommencèrent.

LIVIA ET MORIKO aidèrent Marcel et son sous-chef Caterina, Cat, à charger les plateaux de petit-fours dans la camionnette du restaurant. Puis Liv et Moriko sautèrent à l'arrière pour se rendre au Manoir Renaud. Livia essayait d'empêcher les plateaux de se heurter tout en nouant son épaisse crinière en un chignon en même temps, mais le poids de ses cheveux pesait trop sur l'attache. Moriko lui sourit.

"Fais-toi juste une queue de cheval. Tu n'y arriveras jamais."

"Je refuse de perdre la bataille", murmura Livia. Finalement, Moriko repoussa les mains de Livia.

"Laisse-moi faire."

Tandis que Livia tenait les plateaux de nourriture, Moriko coiffa habilement les cheveux de Liv en un petit chignon désordonné tombant sur la nuque. "C'est ce que tu auras de mieux, ma chère, alors contente-toi de ça."

Livia le tapota avec hésitation. "Tu es une faiseuse de miracles. À partir de maintenant, je te paierai pour attacher mes cheveux."

Moriko rit. "Tu n'aurais pas les moyens."

Quand ils arrivèrent au manoir, ils furent stupéfaits. L'ancienne plantation avait été modernisée en grande mesure. Une plaque sur la porte décrivait en détail son histoire et son transfert à la famille Renaud dans les années 1800, lorsque tous les esclaves avaient été libérés et la plantation était devenue une propriété familiale à la place d'une propriété agricole.

L'imposant bâtiment blanc, dont les volets des fenêtres laissaient diffuser une douce lumière de l'intérieur, étaient couverts de décorations d'Halloween de qualité. Moriko sourit à Livia alors qu'ils passaient devant un lot de citrouilles savamment sculptées. "Tu crois qu'ils ont demandé à Michel-Ange de les faire ?"

Livia leva les yeux au ciel. L'endroit transpirait l'argent et l'opulence, mais elle n'était pas impressionnée. En entrant dans la cuisine, elle vit Marcel parler à un jeune homme vêtu d'un pull de couleur bleu marine et d'un jean. Livia devina que c'était l'assistant du propriétaire. Il avait des boucles brunes et les yeux verts les plus intenses et les plus beaux qu'elle ait jamais vus.

L'étranger sentit qu'elle le dévisageait et leva les yeux. Leurs regards se croisèrent et Livia sentit un frisson de désir la parcourir. Mon Dieu, si même le *personnel* ressemblait à des mannequins ici...

Elle poussa Moriko. "Marcel veut qu'on se change maintenant ou après qu'on soit installés ?"

"Après. Apparemment, il y a une salle spécialement pour nous."

"Classe."

"N'est-ce pas ? D'habitude, on doit s'accroupir à l'arrière du van pour se préparer."

Livia grogna et elles disposèrent rapidement les amuse-gueules sur des plateaux en argent. Quand elles eurent fini, Livia vit que le bel assistant était parti et Marcel leur fit signe de la tête. "Joli travail. La nourriture a l'air délicieuse. Donc, ce truc démarre dans une heure, mais les invités commencent à arriver, donc nous allons commencer par les amuse-gueules de bienvenue citrouille-épices. Vous pensez pouvoir vous en sortir ?"

"Pas de soucis, patron", dit Moriko en étreignant Marcel, qui rougit de plaisir. "On va faire passer un bon moment à ces gosses de riches... euh, ça sonne plus sale que je ne le voulais."

Livia ricana et haussa les épaules. "Viens, alors. Allons nous changer."

UNE DEMI-HEURE PLUS TARD, Livia regrettait que sa jupe soit si étroite. C'était sa jupe passe-partout à l'université - courte, noire et près du corps, même à l'époque où elle pesait quatre kilos de moins. Elle l'avait sortie de son placard ce matin - c'était la jupe la plus propre et la plus professionnelle qu'elle avait pu trouver. *J'ai besoin d'aller faire du shopping*, se dit-elle en affichant sur son visage un sourire de façade et en faisant des rondes avec un plateau de boissons.

La salle de bal principale du manoir ("salle de bal *principale*", avait-elle murmuré à Moriko, amusée- "parce que les autres salles de bal sont trop *petites*.")- était magnifiquement décorée, et même la cynique Livia devait l'admettre. Des lumières clignotantes drapaient les murs et une musique douce était jouée alors que les invités discutaient en petits groupes, et buvaient. Moriko était en train de faire un premier passage avec un plateau de petit-fours, et Livia pouvait voir que son amie serrait les dents, repoussant les avances et drague non sollicités.

"Salut, Livy." Elle entendit la voix de Roan Saintmarc derrière elle et se retourna. En fait, elle était soulagée de voir un visage amical ; si les invités ne levaient pas le nez à son approche ou n'essayaient pas de la convaincre de finir dans leur lit, ils regardaient à travers elle comme si elle était invisible. Le sourire de Roan était amical. Il désigna l'homme avec qui il parlait, un homme grand, aux cheveux foncés, avec une barbe bien taillée et des yeux marron foncé.

"San, voici une amie de mon restaurant préféré. Livia, voici Sandor Carpentier, un bon ami à moi."

Sandor Carpentier sourit chaleureusement et sincèrement en serrant la main de Livia. Elle leur sourit à tous les deux, heureuse de voir enfin des visages amicaux. "Vous voulez un autre verre ?" Elle agita la bouteille de Krug qu'elle tenait et remplit leurs verres. "Le patron me dit qu'un bourbon fameux va bientôt être servi", dit-elle en leur faisant un clin d'œil.

"Connaissant Nox, il va être sacrément bon", dit Roan, puis il regarda autour de lui. "En parlant de lui, as-tu déjà rencontré notre seigneur et maître, Liv ?"

Elle secoua la tête. "Mais il me dirait probablement de me remettre au travail. Ravi de vous avoir rencontrés, M. Saintmarc, M. Carpentier."

"Sandor, s'il te plaît", dit l'homme, et Livia décida qu'elle aimait ses yeux joyeux et scintillants. Il ne semblait pas aussi distant que les autres. "Et si tu connaissais Nox, tu saurais que c'est peu probable. Il insisterait sûrement pour que tu te joignes à nous pour boire un verre."

Livia sourit et s'excusa. Malgré ce qu'ils disaient, elle ne voulait pas que Marcel ait des ennuis si elle était surprise en train de discuter avec les invités. Elle retourna à la cuisine pour remplir son plateau à nouveau. Moriko venait d'arriver du jardin.

"Hé, chérie, je viens de finir ma pause, et Marcel m'a dit de te laisser en prendre une maintenant que j'ai fini. Il y a des coins sympas pour se cacher et enlever ses chaussures."

Livia sourit à son amie avec gratitude et sortit par la porte de la cuisine et entra dans de luxuriants jardins. Il faisait plus sombre ici qu'à l'avant du manoir, et elle pouvait voir le brouillard sortir du bayou à l'extrémité de la propriété. Livia trouva l'atmosphère beaucoup plus effrayante, et qu'elle collait bien mieux au thème d'Halloween de la soirée, et que c'était plus beau que toutes les décorations à l'intérieur.

Dans un doux soupir, elle enleva ses talons et se demanda pourquoi elle n'avait pas mis ses chaussures plates habituelles. Elle se rappela pourquoi : elle voulait faire bonne impression pour Marcel. Elle savait qu'elle avait l'air plus professionnelle avec ses talons, et cela lui donnait quelques centimètres de plus quand elle avait besoin d'être remarquée. Mais ses pieds palpitaient de douleur, et quand elle les posa sur le sol frais, elle soupira de soulagement.

Elle se glissa pieds nus dans un petit jardin, et apercevant le bord d'un banc de pierre, se dirigea vers lui. Elle s'arrêta, en voyant que l'autre extrémité était déjà occupée. "Désolée", dit-elle, puis elle vit que c'était l'assistant avec qui elle avait échangé un instant plus tôt dans la soirée.

Il avait quitté son pull et son jean et portait maintenant un costume noir apparemment très cher. Elle suspecta que c'était un avantage de son travail, mais elle fut surprise de voir que le costume s'adaptait parfaitement à ses épaules larges et à sa silhouette élancée. Elle voulut se retourner et partir, mais la pure tristesse dans ses yeux lui coupa le souffle. "Est-ce que ça va ?" demanda-t-elle d'une voix douce. L'homme la fixa de ses yeux profonds, avant de secouer la tête.

"Pas vraiment, mais les bonnes manières me dictent de dire le contraire. Alors..." Sa voix était grave - une belle voix de baryton qui la fit frissonner.

Livia hésita un instant, puis s'assit à côté de lui.

"Vous fuyez la foule ? Moi aussi. Juste une minute." Elle lui sourit, remarquant à nouveau qu'il était magnifique, à l'exception de cette douleur dans ses yeux. Elle aurait aimé pouvoir la lui enlever. "Vous vous cachez des aristos ?"

Il sourit à moitié. "En quelque sorte."

Elle se pencha en avant, d'un ton de conspirateur. "Je ne dirai rien", chuchota-t-elle, et il rit. Cela transforma tout son visage, le faisant passer d'un air maussade et légèrement menaçant à un air enfantin et joyeux.

"Je ferai de même pour vous." Il regarda son badge. "Livia. Pas O-livia ?"

Elle secoua la tête. "Non, juste Livia." Elle frissonna au contact de l'air frais provenant de l'eau. "C'est vraiment beau ici."

Il hocha la tête, et la voyant trembler, il enleva sa veste et la déposa autour de ses épaules. Elle sentit son visage se réchauffer. "Merci."

Ils se regardèrent un long moment, et Livia ne trouvait plus rien à dire. Il sentait merveilleusement bon aussi, le linge propre et les épices boisées, et pendant un moment, elle dut résister à l'envie de passer le bout de ses doigts sur ses longs cils épais. Ils étaient si noirs qu'on aurait dit qu'il portait de l'eyeliner.

Elle déglutit fort, le désir d'embrasser cet étranger l'envahissait et la déconcertait. Elle cherchait quelque chose à dire. "Je crois que la brume du bayou savait qu'il y avait une fête d'Halloween ce soir." *Mon Dieu, elle n'aurait pas pu dire quelque chose de plus bête ?* Elle se maudit elle-même, mais il lui sourit.

"Je suppose qu'elle devait le savoir. Je trouve ça... romantique. Sombre et malfaisant, peut-être. Mais aussi sensuel."

Livia pouvait sentir son pouls battre furieusement entre ses jambes et était stupéfaite. Elle n'avait jamais eu cette réaction pour un homme depuis une éternité... ou jamais, pour être honnête. Il y avait de l'électricité dans l'air entre eux. Elle devait la dissiper avant de faire quelque chose d'imprudent. Elle devait penser à Marcel et Moriko.

Elle le poussa avec son épaule. "Hé, vous feriez mieux d'y aller avant que toute la nourriture soit mangée. Honnêtement, ce sont des requins, ces gens. Avec des ailerons, et tout. La nourriture est vraiment bonne, aussi. J'espère que votre patron est d'accord."

Il fit un autre sourire, amusé et doux. "J'en suis sûr." Il se leva et lui tendit la main. "On se faufile dans la cuisine et on pique quelque chose, alors ?"

Tremblante, elle lui prit la main - sa peau était étonnamment douce et sèche - et se leva. "D'accord. Mais après, vous devez me dire votre nom."

Leurs corps étaient vraiment proches à présent, et Livia pouvait sentir la chaleur de sa peau à travers ses vêtements. Il passa un doigt sur sa pommette, et Livia frissonna. Elle sourit, mais s'éloigna de lui. "Je pense qu'on ferait mieux de rentrer." *Même si j'aimerais bien te baiser ici, tout de suite.*

Son sourire ne changea pas et il lui serra la main. "Bien sûr."

"Nox !" Ils entendirent tous les deux une voix féminine de l'autre côté du jardin. "Nox, où es-tu, bon sang ?"

Un frisson de panique s'empara de Livia quand son compagnon cria. "Ici, Ambs. Calme-toi."

J'aurais dû savoir...

Livia était paralysée. *Merde, merde, merde, merde.* C'était *Nox Renaud.* Il lui sourit et posa son doigt sur ses lèvres une seconde avant que son sourire ne s'élargisse et d'un air conspirateur, il dit : "Je dois y aller."

Elle hocha la tête et enleva sa veste. "Tenez, vous feriez mieux de récupérer ça. Je vais à l'intérieur, de toute façon."

Il la remercia, prenant sa veste, et avec un dernier regard triste vers elle, disparut en direction de la femme qui criait.

"Oh putain", dit Livia à elle-même. "Quel manque de professionnalisme. Première règle dans la restauration, *n'embrasse* pas, presque, le client. *Merde.*"

Le visage brûlant de gêne, elle retourna dans la cuisine et réussit à travailler le reste de la soirée en évitant tout contact avec Nox Renaud ou ses amis... difficile, mais pas impossible. Quand la fête prit fin, Livia se cacha dans la cuisine et s'occupa du nettoyage.

Marcel était tout sourire lorsqu'il vint les remercier toutes les deux. "Liv, tu n'avais pas besoin de faire ça", dit-il en regardant avec étonnement la pile de plateaux vides et propres qu'elle chargeait dans la camionnette. Elle lui sourit.

"Pas de problème, patron." Elle se mit à détacher son tablier. " As-tu eu de bons retours ?"

"De *très* bons retours. Et une prime quelque peu inattendue, que vous trouverez dans vos paies. Non, ne discute pas. Dis ce que tu veux sur la famille Renaud, mais Nox est un homme très généreux. Il m'a aussi dit que je serai son traiteur attitré à l'avenir, ce qui ne veut pas dire grand-chose parce qu'il ne reçoit que rarement des invités, mais c'est quand même quelque chose".

"*C'est* quelque chose. C'est un *gros* quelque chose." Moriko embrassa Marcel sur la joue et il la prit dans ses bras.

"Merci, Morry. Il a aussi dit qu'il me recommanderait à ses amis et clients. Un type bien. Bon sang, vous avez vu l'heure. Allez, les enfants, sortons d'ici. Je vous offre un dîner malgré l'heure tardive."

Plus tard, dans son lit chez elle, Livia ne put s'empêcher de chercher Nox Renaud sur internet. Elle parcourut des pages de photos de lui, buvant la forme de son visage, ses yeux verts qui paraissaient aussi tristes sur les photos de son enfance que sur celles où il apparaissait à l'âge adulte. Elle dessina son visage de son doigt. Sur certaines photos, il portait une barbe, ce qui le rendait encore plus beau, pensa-t-elle. Lorsqu'elle commença à lire son histoire - le meurtre/suicide de ses parents et de son frère, la mort mystérieuse de son amour d'adolescent, les années de suspicion envers Nox lui-même - elle apprit qu'il avait fait l'objet d'une enquête approfondie après la mort d'Ariel Duplas. Nox n'avait que dix-huit ans à l'époque et était le seul suspect, mais la police l'avait complètement disculpé. L'article que lisait Livia indiquait clairement que la mort de sa famille avait brisé le beau jeune homme.

Depuis la tragédie familiale et l'enquête qui s'ensuivit, Renaud a gardé profil bas. Son entreprise d'importation de produits alimentaires de luxe qu'il gère avec son ami Sandor Carpentier a fait de lui un milliardaire, mais cela a juste permis d'attirer plus d'attention sur lui et de le comparer à d'autres personnages de tragédie. Beaucoup de gens du coin le qualifient d'Howard Hughes de la Nouvelle-Orléans - un homme reclus qui cache une myriade de secrets. Ce n'est qu'une fois par an que nous pouvons vraiment apercevoir l'homme, lors de son gala annuel d'Halloween, mais cela n'empêche pas les magazines à scandales du monde entier de s'interroger sur la vie sentimentale du jeune homme terriblement, et certains diront même dangereusement, séduisant. À l'approche de la quarantaine, Nox Renaud se libérera-t-il un jour de son passé ?

MON DIEU, je l'espère. L'idée vint spontanément à Livia alors qu'elle glissait son doigt sur la photographie. Non pas que cela ait quelque chose à voir avec elle, mais elle avait senti quelque chose de spécial chez l'homme qu'elle avait rencontré - qu'il était plus qu'un beau et riche garçon. Il y avait des choses plus profondes en lui, elle en était sûre.

Lorsqu'elle s'endormit cette nuit-là, elle rêva de Nox Renaud et de ses beaux yeux verts, et au moment où ses lèvres se presseraient contre les siennes.

CHAPITRE TROIS

A mber leva les yeux au ciel quand Nox s'assit à la table. Ils se trouvaient dans le quartier français, avec ses rues animées et sa foule à l'heure du déjeuner, et le restaurant qu'Amber avait choisi était presque plein. "Tu es encore en retard, Renaud. Où est la Rolex que je t'ai achetée l'année dernière ?"

Nox soupira, et embrassa sa joue. "Tu sais que je n'aime pas la porter en public. Ça a l'air trop prétentieux. Ce n'est pas que je ne l'aime pas", ajouta-t-il, remarquant le froncement de sourcils d'Amber, "C'était un beau cadeau. Mais je ne sais pas si c'est vraiment *moi*."

Amber ouvrit la bouche pour se défendre, puis abandonna. Nox avait l'air différent - plus léger - depuis la fête. Amber se demanda si c'était juste le soulagement d'en avoir fini avec une autre année, mais une semaine s'était écoulée depuis la fête et chaque fois qu'elle l'avait vu, Nox était *heureux*.

"Qu'est-ce qui t'arrive ? lui demanda-t-elle, et Nox, qui lisait le menu, lui jeta un coup d'œil et sourit.

"Qu'est-ce que tu veux dire ?"

"Je veux dire... tu as l'air différent. Tu as l'air... plus léger."

"Je n'ai pas perdu du poids, loin de là."

Amber leva de nouveau les yeux au ciel. Nox était loin d'être en surpoids. "Je veux dire *émotionnellement*. Tu sembles être plus gai que d'habitude."

Nox rit, ses yeux verts scintillaient. "Vraiment ?"

"Très bien, ne me dis rien alors." Amber lui arracha le menu des mains et bouda derrière celui-ci. Nox réprima un sourire.

"Ambs... tu as déjà vécu un de ces moments dans la vie, aussi fugace soit-il, où quelqu'un ou quelque chose te rappelle pourquoi tu es en vie ? Quelqu'un qui déclenche un enchaînement de pensées en toi qui te fait réévaluer ton existence entière ?"

"C'est ta façon classe de dire que tu as baisé ?" Amber sentit un pincement de jalousie la piquer et le chassa. *Il ne t'appartient pas... il ne t'a jamais appartenu.*

Nox secoua la tête. "Non, je n'ai pas... non. J'ai juste vécu un moment avec quelqu'un, une femme, à la fête. J'aimerais la revoir, c'est tout."

"Vraiment ?" Amber passa en revue tous les invités dans sa tête, et Nox sourit et secoua la tête. "Qui ?"

Nox hésita et lui sourit doucement. "Je peux garder le secret un petit peu ? Je te jure que dès que ce moment deviendra autre chose, tu seras la première au courant.".

Amber se relâcha. "Bien sûr, mon chou." Elle se pencha et lui serra la main. "Je suis très heureuse pour toi. Il est temps que tu te fasses chatouiller le cornichon."

Nox éclate de rire et Amber se joignit à elle, ses yeux bleus amusés. Alors qu'ils commandaient leur nourriture, elle examina son ami. Ils se connaissaient depuis plus de la moitié de leur vie. Ils avaient été réunis par la jumelle d'Amber, Ariel, qui était rentrée de l'école un jour et avait dit à sa famille qu'elle avait rencontré le plus beau garçon du monde.

Elle n'avait pas tort. Nox Renaud était le genre de garçon dont les sculpteurs faisaient des statues. Cette mâchoire puissante, ces traits parfaitement symétriques. De grands yeux verts. Une bouche sensuelle. *Seigneur*. Plus d'une fois depuis la mort d'Ariel, Amber s'était demandée si elle et Nox finiraient ensemble - surtout par commodité - mais il ne lui avait jamais fait d'avance et elle n'en avait jamais trouvé le courage.

Elle devait admettre que cela lui faisait un peu mal que Nox montre enfin de l'intérêt pour quelqu'un et que ce ne soit pas pour *elle*, mais elle ne pouvait pas en vouloir à son ami d'être heureux. La vie amoureuse d'Amber était... compliquée. Elle avait toujours deux amants à la fois, mais ne laissait jamais l'un ou l'autre trop s'approcher de son cœur. Grâce à sa beauté, sa richesse, sa position dans la société, elle n'avait pas besoin d'un mari, ce qui la rendait fatale aux yeux des femmes de la Nouvelle-Orléans, qui la gardaient à distance de leurs maris. Elles ne savaient pas qu'Amber n'était intéressée par aucun d'entre eux. Ce qu'elle voulait était beaucoup plus complexe. *Beaucoup plus comme Nox*, se dit-elle, puis elle chassa cette pensée. Il ne serait jamais à elle, et elle devait l'accepter.

"Quand vas-tu agir ?" demanda-t-elle à Nox, qui cligna des yeux avec nervosité. À son grand étonnement, deux taches roses apparurent sur les joues de Nox alors qu'il haussait les épaules.

"Je ne sais pas. J'essaye de trouver le courage de la contacter."

Amber faillit recracher son eau. Nox Renaud, un milliardaire, un homme d'affaires à tomber, était *nerveux* à l'idée de demander à une fille de sortir avec lui. "Eh beh. Je ne t'ai pas vu comme ça depuis..."

Elle ne finit pas sa phrase et détourna le regard. Ariel était toujours là, toujours entre eux. Amber avala la boule dans sa gorge. Le sourire de Nox s'était estompé et il hocha la tête. "Je n'aurais *jamais* pensé que ce jour viendrait, Ambs... et tu sais, personne, *personne* ne la remplacera jamais."

"Je le sais, mon chou, mais j'espère que quelqu'un comptera autant pour toi un jour."

Elle n'avait pas vu ses yeux danser comme ça depuis des années. "Je l'espère aussi, Ambs. Je l'espère vraiment."

LIVIA ESSAYAIT d'arrêter de penser à Nox Renaud en pratiquant ses gammes, en essayant de se distraire avec un rythme simple. Dans la semaine depuis qu'elle l'avait rencontré, son corps s'était senti électrifié, son cerveau tourbillonnant. Sentir autant d'alchimie avec quelqu'un qu'elle ne reverrait probablement jamais... cela semblait injuste. Elle s'essouffla dans son jeu et écrasa ses doigts sur le clavier.

"À moins que tu ne tentes un truc bizarre de Stockhausen," dit une voix derrière elle, "je suppose que c'est un jour sans."

Livia se tourna pour sourire à sa professeure. Au cours des quelques mois qu'elle avait passés dans cette école, Charvi Sood était devenue pour elle bien plus qu'une simple enseignante. Les deux femmes s'étaient liées d'amitié grâce à leur passion pour le jazz, de Monk, Parker, Davis, et à la plus grande joie de Charvi, leur admiration mutuelle pour Judy Carmichael, la raison pour laquelle Livia était tombée amoureuse du genre. Elle écoutait les émissions de radio de Carmichael quand elle vivait à la maison avec son père, son casque branché pour atténuer le bruit de son père soul hurlant à la télévision, elle avait utilisé ce genre comme moyen de se transporter loin de la chaleur de San Diego jusqu'ici à la Nouvelle-Orléans.

Charvi déposa la pile de partitions qu'elle avait dans les mains et jeta un coup d'œil à sa jeune étudiante par-dessus ses lunettes. "Tu vas bien ? Tu t'es entraînée ici toute la semaine. Tu peux te reposer, tu sais. C'est peut-être ta maîtrise, mais c'est vital de reposer ton cerveau."

Livia lui sourit. "Je sais. J'essaie de ne pas penser à un garçon. C'est très énervant."

Charvi rit, secouant la tête. "Ça arrive aux meilleurs d'entre nous. Tu veux en parler ?"

Livia choisit un air avec son index. "C'est embarrassant. Il est trop bien pour moi..."

"Laisse-moi t'arrêter là, jeune fille. *Personne* n'est trop bien pour toi."

Livia soupira. "C'est Nox Renaud."

Cela arrêta Charvi. "Ah. Eh bien, je dirais que le problème n'est pas que vous ne jouez pas dans la même cour, mais que c'est Nox Renaud."

Livia regarda son amie avec curiosité. "Tu le connais ?"

"Je connaissais sa mère. J'ai rencontré Nox plusieurs fois. C'est...
une énigme. Du moins, si tu crois les ragots."

"Il a les yeux les plus tristes que je n'ai jamais vus, et il avait l'air si
gentil. Solitaire, mais doux. Gentil. C'est tellement fade de dire ça,
mais il était amical et chaleureux et..."

"Tu as un énorme béguin pour lui."

Livia haussa les épaules. "Oui, mais ça n'a pas d'importance. Ce
n'est pas comme si on évoluait dans le même milieu. Oublie ce que
j'ai dit."

Charvi sourit. "Maintenant, essayons de canaliser ce désir dans
ton jeu. Donne-moi quelque chose de lent et sensuel. Et improvise au
fur et à mesure. Pense à M. Renaud et laisse tes doigts se déplacer sur
le clavier."

Au début, Livia fut gênée, se sentant à nu, mais au fur et à mesure
que ses doigts caressaient les touches, elle commença à trouver une
mélodie. Elle ferma les yeux et pensa aux sensations de ses doigts sur
sa joue, à l'odeur de sa peau, à la couleur vert océan de ses yeux. Elle
jouait une mélodie si douce qu'elle voulait pleurer, et quand elle finit
et ouvrit les yeux, elle sentit son visage rougir.

"Wahou, tu l'as vraiment dans la peau", Charvi la taquina et
brandit son téléphone. "Ça a besoin d'être travaillé, mais il y a
quelque chose. Je t'ai enregistrée et je te l'enverrai par e-mail. Ton
devoir est de le noter et de le modeler en un morceau que tu pourras
jouer au récital de fin de semestre."

Livia lui lança un regard inquiet. "Tu te moques de moi ?" Elle
était paniquée à l'idée de livrer quelque chose d'aussi personnel à un
public. Mais Charvi hocha la tête.

"Je suis extrêmement sérieuse. Je ne t'ai jamais vu autant en
harmonie avec ton piano, Liv." Elle regarda sa montre. "J'ai un sémi-
naire. Travaille là-dessus, Liv, et je te jure que tu comprendras ce que
je veux dire."

Une fois seule, Livia regarda son ordinateur portable. Charvi lui
avait en effet envoyé le MP3 par courriel et au fur et à mesure que Liv
l'écoutait, elle réalisa qu'il y avait quelque chose. Elle saisit des
feuilles de partition vierges et commença à écrire.

. . .

Nox leva les yeux quand Sandor frappa sur le chambranle de la porte. "Salut."

Sandor sourit. "Tu travailles encore ? Mec, c'est vendredi soir. Sortons boire un verre."

Nox ricana. "J'aimerais bien, mais j'attends un appel d'Italie. Tu n'avais pas un rencard ?"

Sandor haussa les épaules. "Elle m'a laissé tomber. Je suis soulagé, pour être honnête. Je suis trop vieux pour sortir avec une jolie fille différente chaque semaine."

"Mon cœur saigne pour toi. Alors, je suis ton prix de consolation ?"

Sandor sourit. "Ouais. Prends ton portable et tu répondras dessus. On va boire un verre."

Nox hésita. "D'accord, mais allons dans le quartier français."

"Tu veux te mêler aux touristes ? Allons-y alors."

Une heure et deux verres de bourbon plus tard, Nox se détendit dans son siège et jeta un coup d'œil au bar. Il n'avait pas dit à Sandor que le bar qu'il avait choisi était en face du restaurant de Marcel Pessou - ni que depuis qu'ils étaient arrivés ici, Nox cherchait la moindre trace de Livia. Il n'avait pas passé une seule nuit en paix depuis qu'il l'avait rencontrée.

La sensation de sa peau douce, ses immenses yeux bruns chocolat, la façon dont ses cheveux tombaient en vagues désordonnées sur ses épaules ; tout cela le hantait. Son léger rougissement quand il avait touché son visage. Il avait failli l'embrasser, ce qui aurait été *tout à fait* inapproprié. Mais, mon Dieu, les sentiments qu'il pensait ne plus jamais ressentir tourbillonnaient et se débattaient en lui comme une tempête.

Il devait la revoir – pour voir si la connexion entre eux pouvait se prolonger au-delà de *ce* moment dans le temps. Pour voir si c'était réel, tangible et quelque chose sur quoi ils pourraient bâtir. De plus, il avait vraiment, *vraiment* besoin d'embrasser sa magnifique bouche rose – ça le rendait fou.

"Nox ? Mon pote ?"

Nox revint dans l'instant présent. "Désolé, quoi ?"

"Je disais, je parlais à Roan à la fête. Il a l'air plutôt enthousiaste à l'idée de travailler avec nous sur le projet Feldman."

Nox renifla et sirota son bourbon. "Que connaît *Roan* à propos du commerce des produits alimentaires de luxe ?"

"Rien, mais il en connaît un rayon sur le commerce *maritime*", Sandor jeta un regard réprobateur à Nox. "Écoute, je sais que tu penses que c'est un playboy, mais il a la tête sur les épaules. En plus... il veut payer sa participation chez nous."

"Quoi ?"

"Il m'a dit qu'il voulait qu'on se lance en affaires ensemble. Il veut faire partie de la société."

Pour la première fois cette nuit-là, Nox cessa de penser à Livia, se penchant en avant pour étudier son ami. "Pourquoi il ne m'a rien dit ?"

Sandor ricana. "Parce qu'il *sait* que tu crois que c'est un playboy. C'est ton meilleur ami, mais il y a toujours eu un clown dans la bande, et ça a toujours été Roan. Il est venu me voir dans l'espoir que je fasse l'intermédiaire. Alors, je le fais. Je pense qu'on devrait en parler. Il veut t'impressionner, mon pote, c'est tout."

Nox réfléchit. "Je suis prêt à en parler, en tout cas."

Sandor sourit. "Alors, je peux lui dire oui ?"

"*En parler*, San. Rien de plus à ce stade."

"J'adore quand tu deviens autoritaire. Un autre verre ?"

"Vas-y."

Nox se pencha en arrière, ses yeux se dirigèrent automatiquement vers le restaurant de l'autre côté de la rue. Il pouvait voir la jolie fille asiatique qui travaillait avec Livia à sa fête, mais il n'y avait aucune trace de Livia. Il réfléchit à ce que Sandor avait dit. Roan était le plus vieil ami de Nox, mais c'était aussi quelqu'un qui agissait impulsivement – on pouvait dire de lui qu'il était imprudent. Nox avait travaillé trop dur pour son entreprise, et même son amitié avec Sandor ne pouvait lui faire oublier que Roan n'était pas un bon choix. Nox se frotta les yeux. Peut-être qu'il devrait se détendre, prendre un risque.

Prendre un risque... Son esprit revint vers la charmante fille qu'il avait rencontrée à sa soirée. Oui, il prendrait un risque. Ça suffisait de rôder comme un pervers de l'autre côté de la rue. Demain, il irait au restaurant et demanderait à la voir. Si elle n'était pas là, *il laisserait* son numéro. Si elle *était* là...

Il souriait encore quand Sandor revint avec les boissons.

CE FUT après minuit que Livia quitta la salle de répétition, et comme elle n'avait pas assez d'argent sur elle pour prendre un taxi, elle décida de rentrer chez elle à pied. Quand elle arriva dans le quartier français, elle décida d'aller au restaurant voir si Moriko voulait de la compagnie pour rentrer chez elle.

En tournant dans une allée menant à la rue Bourbon, elle se sentit soudainement tirée en arrière, et un épais bras se resserra autour de sa gorge. Sous le choc, elle lança ses coudes en arrière de toutes ses forces, jurant et criant sur son agresseur. *"Lâche-moi, enfoiré !"* Elle frappa son poing dans l'entrejambe de l'homme et il gémit, la relâchant.

Sous le coup de la colère et d'une poussée d'adrénaline, Livia donna des coups de poing et de pied à l'agresseur jusqu'à ce que, gémissant encore, il partit en courant, en lui criant *"Salope !"*. Elle l'insulta de tous les noms, sans se soucier de savoir qui pouvait l'entendre. Finalement, elle reprit son souffle et ramassa son sac, en tournant pour aller au restaurant.

Elle s'arrêta. Nox Renaud la regardait, plein d'admiration. Livia eut le souffle coupé.

"Eh ben," dit-il finalement, un sourire s'étalant lentement sur son visage. "Re-bonsoir."

4

CHAPITRE QUATRE

"Je vais très *bien*", se plaignit Livia alors que Marcel s'occupait d'elle, lui faisant boire le bourbon qu'il lui avait proposé. Nox Renaud était assis en face d'elle, un petit sourire aux lèvres. C'était comme s'ils partageaient un secret maintenant, et Livia ne pouvait s'empêcher de sourire.

"Je t'ai entendue crier", lui dit Nox, "et je suis venue t'aider, mais tu l'avais déjà pratiquement démoli à mon arrivée. Plutôt dure à cuir, si tu veux mon avis."

"Une fille doit savoir se défendre elle-même", dit Livia. Elle n'arrêtait pas de le regarder – elle *n'avait pas* pu imaginer à quel point il était magnifique. Ces yeux verts, ces cheveux foncés et ces boucles en désordre étaient aussi beaux que dans son souvenir. La façon dont il la regardait la faisait frissonner des pieds à la tête.

Marcel et Moriko semblaient avoir remarqué la tension dans l'air, et après s'être assurés que Livia allait bien malgré le choc de son agression, ils disparurent discrètement. Le restaurant était maintenant fermé, il ne restait que quelques lampes allumées, et dans l'obscurité, Nox prit ses mains dans les siennes.

"Je n'ai pas cessé de penser à toi", dit-il avec sincérité. "Je l'admets, mon ami et moi sommes venus au quartier pour boire un verre et j'ai délibérément choisi le bar en face d'ici... J'espérais te voir."

"Quel ami ?"

"Sandor ? Tu l'as peut-être rencontré à la fête."

Livia hocha la tête. "Oui, en effet. Il avait l'air charmant."

Nox sourit. "Il l'est. Mais aussi charmant qu'il soit, je ne veux pas parler de Sandor. Liv, ces quelques instants que nous avons passés ensemble dans le jardin... Je ne veux pas trop m'avancer, mais pour moi, il s'est passé quelque chose."

"Je l'ai senti aussi." Elle commença à trembler lorsqu'il sortit de son siège et s'approcha d'elle. Il était si grand qu'elle se sentait minuscule à côté de lui. Il la tira hors de sa chaise et glissa ses mains sur sa taille, la questionnant du regard.

"Je peux ?"

Livia hocha la tête et Nox sourit. Il pencha la tête et Livia sentit – enfin – ses lèvres contre les siennes. Le premier baiser fut bref, hésitant. Mais il ne s'arrêta pas là, et continua, devenant plus passionné, ses doigts s'emmêlant dans ses longs cheveux, l'attirant plus près de lui. Livia pouvait sentir son cœur battre dans sa poitrine alors que ses bras s'enroulaient autour de lui, ses mains dessinant les muscles tendus de son dos.

L'embrasser, c'était comme prendre une dose d'héroïne pure, imagina-t-elle. Enivrant, envahissant, électrique. Ses lèvres se collaient parfaitement aux siennes, sa langue caressant, massant la sienne, sa respiration était saccadée. Finalement, en manque d'air, ils s'éloignèrent l'un de l'autre.

"Waouh." Livia reprit son souffle. "*Waouh*."

Nox passa le bout de ses doigts sur son visage. "Livia, puis-je t'inviter à un rendez-vous avec moi?"

Ses paroles sonnaient si formelles après ce baiser à couper le souffle qu'elle rit. Nox sourit. "Je suis désolé, je manque d'entraînement. Ce que je veux dire, c'est que j'aimerais te revoir. Encore. Et *encore*."

Ses paroles la firent fondre, et elle se pencha dans ses bras. Elle le regarda. "Moi aussi, Nox, j'aimerais beaucoup. Mais... qu'est-ce que ta famille, tes amis vont penser ? Je ne suis qu'une serveuse. Une étudiante diplômée, mais je n'appartiens pas à ton cercle social. Ne penseront-ils pas du mal de moi ?"

"Je m'en fiche vraiment. Tu n'es pas seulement une serveuse ou une étudiante. Ce sont deux choses tout à fait honorables, des choses authentiques. Mais qui se soucie de ce qu'on fait dans la vie? Tu es Livia, je suis Nox. Le reste n'est que de la poudre aux yeux."

Livia gémit doucement de désir et il serra les bras autour d'elle. "J'aimerais juste apprendre à te connaître, Liv. On peut travailler sur tout le reste ensemble. Essayons juste, c'est tout ce que je demande."

Il la ramena à son appartement, mais ne lui demanda pas d'entrer. Il l'embrassa de nouveau et c'était tout aussi excitant que leur baiser précédent. Elle pouvait sentir la tension dans son corps, la façon dont son énorme érection appuyait contre son ventre quand il la tenait fermement, mais Nox Renaud était clairement un gentleman. "Puis-je te voir demain ?"

Si correct, si poli. Elle hocha la tête en souriant. "Demain c'est mon jour de repos, donc oui."

"Alors tu passerais la journée avec moi ?"

"J'aimerais beaucoup."

Nox posa ses lèvres contre les siennes, ses mains berçant doucement son visage. "Alors disons dix heures du matin ?"

"Parfait."

Leur baiser s'approfondit, laissant une fois de plus Livia essoufflée. Nox lui sourit. "Bonne nuit, charmante Liv."

"Bonne nuit, Nox."

Elle se sentit désemparée en le voyant s'éloigner, se retournant pour la regarder une fois de plus avant qu'il ne tourne au coin de la rue. Son sourire lui fit chavirer son cœur. Pendant un instant, elle resta immobile dans la fraîcheur de la nuit, clignant des yeux. "Est-ce que c'est vraiment arrivé ?"

Elle gloussa et entra à l'intérieur. Alors qu'elle ouvrait la porte de l'appartement, Moriko, vêtue d'un pyjama Hello Kitty, brandit un sac de chips et dit : "Toi, va sur le canapé, *maintenant*. Tu ne vas pas te coucher tant que tu ne m'as pas *tout* raconté."

～

Il avait regardé Nox et la jeune fille, Livia, retourner à pied à son appartement, en les suivant à distance par sécurité. Ils étaient visiblement amoureux l'un de l'autre, et il avait deviné qu'ils devaient s'être rencontrés à la soirée. La soirée où elle avait été *serveuse*, et Nox l'hôte milliardaire. Il ne pouvait pas nier que Nox avait bon goût. Livia était belle, toute en courbes somptueuses et en douceur. Mais quand même, une serveuse... Le scandale serait vraiment énorme, surtout parmi leurs congénères, mais ce n'est pas ce qui le faisait sourire. Non, c'était l'idée que Nox et Livia pourraient tomber profondément amoureux, si profondément amoureux que lorsqu'elle lui serait enlevée, Nox serait enfin anéanti.

Et c'est tout ce dont il avait toujours rêvé....

CHAPITRE CINQ

Moriko était assise sur le cabinet de la salle de bain, regardant Livia se maquiller. "Je n'arrive pas à croire que tu n'as pas couché avec lui."

Livia leva les yeux au ciel. "Meuf, on n'a même pas encore été à un rencard."

"Sainte Nitouche."

Livia sourit. Moriko était du genre à vivre l'instant présent ; Livia préférait avancer lentement. "De plus, si on avait fait l'amour au restaurant, les services de santé et sociaux auraient été outrés." Dieu, rien que de penser au sexe avec Nox l'excitait, mais elle écarta cette pensée de son esprit avant que Moriko puisse s'en rendre compte. "Écoute, on va sortir *une fois*. Ne t'emballe pas."

"Où t'emmène-t-il ?"

Livia soupira. "On s'emmène *l'un l'autre*... Je ne sais pas. Nous n'en avons pas encore discuté."

"Trop occupés à se rouler des pelles".

Livia rit à haute voix. "Eh bien, tu crois que c'est ma faute ? Tu l'as regardé ? Maintenant, va-t'en, j'ai besoin de finir ça et tu me distrais."

Moriko sauta sur ses pieds, en souriant, et tapota un tiroir fermé.

"Il y a plein de préservatifs là-dedans. Prends-en une poignée. Mieux vaut prévenir que guérir."

Livia montra la porte du doigt et, en grognant mais en souriant, Moriko la laissa seule. Livia ferma la porte derrière elle et soupira en s'appuyant contre elle. Tout son corps se sentait comme si elle était reliée au réseau électrique national. Si Nox la touchait rien qu'une fois, elle lui sauterait dessus. "Calme-toi bordel", marmonna-t-elle à elle-même. Quand elle eut fini de se préparer, elle attrapa des préservatifs dans le tiroir et les fourra dans son sac à main.

Nox avait cinq minutes d'avance. "Désolé, je ne pouvais pas attendre."

Livia vit Moriko faire un geste obscène derrière le dos de Nox et la regarda fixement. "Excuse Moriko, elle a été élevée par des loups."

"Comme tous les meilleurs d'entre nous", sourit Nox à l'ami de Livia, qui lui sourit en retour.

"Prends soin d'elle," dit-elle. "À plus tard, les amoureux." Elle disparut dans sa chambre tandis que le visage de Livia rougissait.

"Alors," dit-elle, en essayant de ne pas avoir l'air troublée en sa présence, "quel est le programme ?"

"Hier soir, ta colocataire m'a dit que tu n'étais pas à la Nouvelle-Orléans depuis longtemps, alors j'ai pensé qu'on pourrait peut-être faire un tour de bateau à vapeur. Nous pourrions voir la ville et parler en même temps. Qu'en penses-tu?"

Livia lui sourit. "Je pense que ça a l'air parfait."

Le bateau à vapeur Natchez était plein de touristes alors qu'il amorça sa descente du Mississippi, mais ni Nox ni Livia ne s'en souciaient. Ils étaient assis sur le pont, il faisait encore très chaud malgré le mois de novembre qui apportait de l'air frais. Nox demanda à Livia d'où elle venait.

"Du sud de la Californie, donc je suis habituée à la chaleur", dit-elle en souriant. "C'est une chaleur différente ici, plus humide. Plus sensuelle. La Nouvelle Orléans est une ville très sexy."

Nox rit. "Si tu le dis. Je suis né et j'ai été élevé ici, mais je dois admettre que parfois la chaleur dans la journée me gêne. Alors pourquoi as-tu quitté la Californie du Sud?"

Livia se déroba à son regard. "Je n'y avais pas de famille digne de ce nom, et Moriko était ici. J'ai réussi à obtenir une bourse d'études à l'Université, donc ça s'est concrétisé. Je ne l'ai pas regretté une seule fois. Surtout en ce moment."

Ils se sourirent et Nox se pencha pour l'embrasser à nouveau. "Livia, cette nuit-là, à la fête... Je n'ai pas ressenti une telle complicité depuis des années."

"Vraiment ?" Elle était ravie, puis elle fronça les sourcils. "Non, je veux dire, vraiment ? Regarde-toi, tu pourrais avoir n'importe qui."

"Je suis difficile", dit-il en souriant, mais elle pouvait voir qu'il cachait quelque chose.

"Tu ne te livres pas beaucoup, n'est-ce pas ? Je veux dire, je pouvais voir la tristesse dans tes yeux quand on s'est rencontrés... Tu peux me parler, tu sais."

L'expression de Nox changea une fraction de seconde. On aurait dit de la peur, mais il secoua la tête. "Je suis convaincu que le passé doit rester dans le passé. Ce que je veux maintenant, c'est qu'on apprenne à se connaître. C'est quelque chose que tu aimerais, Livvy ?"

Elle l'étudia en s'appuyant sur la balustrade du bateau à vapeur. "Charvi avait raison à ton sujet. Tu *es* une énigme."

"Charvi ? Charvi Sood ?" Les yeux de Nox s'illuminèrent et Livia hocha la tête.

"Oui, elle connaissait ta mère ?"

"Plus que ça. Charvi était la meilleure amie de ma mère." Il avait l'air si excité, comme un petit garçon. "Je ne savais pas qu'elle était de retour à la Nouvelle-Orléans."

"Eh bien si. C'est ma tutrice, mon mentor, vraiment. Je suis sûre qu'elle adorerait te voir."

Nox émit un petit rire. "Pourquoi ne viendrait-elle pas me voir elle-même ?" Il fronça les sourcils, visiblement en pleine réflexion, et Livia se demanda si elle avait fait une erreur de lui parler de Charvi.

Nox se secoua. "Eh bien, oui, j'adorerais la voir." Il sourit à Livia. "Alors, tu es une grande pianiste ?"

Elle rit. "Oh, non, je ne suis qu'une débutante, du moins si l'on prend en compte l'envergure de cet art. Je me concentre sur le jazz, pour le moment. Mais, vraiment, j'adore la musique classique. Et le rock, et le blues, et bien plus encore..."

"J'ai peur que mes connaissances musicales n'aillent pas plus loin que Pearl Jam et Tom Petty. Ce genre de musique."

"J'adore *les deux*", l'encouragea Livia. "Pour mon mémoire de licence, pour le récital, j'ai fait une version piano ralentie de "Rear view mirror.""

"*I gather speed, from you fucking with me...*" cita Nox et leurs regards se fixèrent l'un sur l'autre. Livia en eut le souffle coupé.

"L'attente est une chose merveilleuse", dit-elle doucement et Nox hocha la tête.

"Oh, je suis d'accord." Il sourit et balaya ses cheveux derrière son épaule, en caressant son cou avec le dos de son doigt. "Ta peau est si douce."

À son contact, des picotements parcoururent son corps. *Mon Dieu, je te veux*, pensa-t-elle. Mais comme elle l'avait dit, la perspective de faire l'amour avec cet homme était électrisante. Ses yeux se baissèrent vers son entrejambe où elle put apercevoir une érection manifeste dans son jean. Elle le regarda. "Je me demande combien de temps nous pourrons tenir."

Nox sourit. "Personnellement, et pour être franc, je pense qu'il serait merveilleux d'être en toi en ce moment... Mais oui, continuons jusqu'à ce que nous n'ayons pas le choix. Pourquoi céder à la pression de la société et se précipiter ?"

Livia écrasa soudainement ses lèvres contre les siennes, glissant sa main sur son entrejambe et le serrant. Mon Dieu, il était *énorme*. Nox gémit. "Mon Dieu, Livvy, essaie de me faciliter les choses s'il te plaît."

Elle gloussa. Elle aimait qu'il ait utilisé son surnom si tôt. "Écoute, tu as toutes les cartes en main, M. Milliardaire. Ça au moins c'est selon *mes* conditions."

Nox rit, plongeant son visage dans son cou. "Tu sens si bon, c'est enivrant."

Elle caressa ses boucles sombres. "Pourquoi ai-je l'impression de te connaître depuis toujours ?"

Nox s'assit et l'étudia. Elle caressa les épais cils foncés dont elle avait rêvé, et il se pencha contre elle. "Je sais, j'ai la même impression." Elle lui sourit. "Nox Renaud, on va bien s'amuser ensemble."

Et elle le pensait vraiment. Elle voulait effacer l'expression tourmentée de ses yeux pour toujours, même si cette chose entre eux n'était que passagère. Cette pensée provoqua chez elle une douleur inattendue – elle se sentait déjà tellement à l'aise avec lui, ils étaient tellement en harmonie l'un avec l'autre. Une petite voix à l'intérieur d'elle chuchota, *tu ne le connais pas encore*, mais elle l'éloigna. Pour l'instant, ils s'amusaient, et c'était suffisant.

Ils passèrent deux heures de bonheur sur le bateau, puis prirent un taxi jusqu'au quartier français, où ils se rendirent dans un fast-food haut de gamme suggéré par Livia. Nox ne semblait pas du genre à être regardant sur les prix et elle avait raison, il faillit défaillir devant un burger juteux, recouvert de champignons sautés et de fromage fondu. Livia lui sourit.

"C'est bon, n'est-ce pas ?"

"Sacrément bon." Il prit une gorgée de sa bouteille de bière et elle sourit, attrapant un champignon échoué sur sa joue.

"J'aime les hommes qui aiment les hamburgers."

Nox étouffa un rot dans son poing et s'excusa. Livia gloussa. "Excuse-moi", dit-il, et elle l'embrassa sur la joue. Il y avait déjà un tel changement en lui depuis qu'ils s'étaient rencontrés. Il était détendu et décontracté, et même la tristesse dans ses yeux était moins apparente. Elle ne pouvait pas croire que c'était à cause *d'elle*.

"Parle-moi de toi, Nox." Son sourire s'effaça quelque peu et elle le fixa. "Je suis désolée pour ta famille."

Elle vit à nouveau la crainte dans ses yeux, et il détourna le regard un instant. "Je suis désolée", dit-elle. "Je n'aurais rien dû dire."

"Non, c'est bon", dit-il. Il entremêla ses doigts aux siens. "Je ne peux pas faire comme si ce n'était pas arrivé et je veux être honnête avec toi dès le début. Oui, c'était dur. C'est peu dire, mais pour l'instant, je dirais juste qu'il m'a fallu du temps pour m'en remettre."

"Peut-on vraiment se remettre de quelque chose comme ça ?"

Il haussa les épaules. "Je ne sais pas."

Livia caressa le dos de sa main avec son doigt. "Je pense que la société exerce trop de pression sur quelqu'un pour qu'il "surmonte" les choses. Pourquoi ? Pourquoi *devrions*-nous nous en remettre ? Ne pouvons-nous pas simplement reconnaître que la douleur sera toujours aussi forte, peu importe combien de temps s'est écoulé ? On continue notre chemin, on vit nos vies, en prétendant qu'on va bien alors qu'on ne va pas bien." Elle prit son visage dans sa main, ses yeux se fixèrent dans les siens. "Cette nuit-là, dans le jardin, tu as été si honnête avec moi. Je t'ai demandé si tu allais bien et tu as dit que non. Soyons toujours honnêtes l'un envers l'autre, quoi qu'il arrive, où que cela nous mène. Marché conclu ?"

Nox la regarda intensément. "Quel âge as-tu, Livia Chatelaine ? Parce que tu as la sagesse de quelqu'un de beaucoup plus âgé. Oui, *bien sûr*, d'accord." Il se pencha et l'embrassa. "Nous avons tant à apprendre l'un de l'autre, et je ne peux pas attendre. Une question... J'aurai quarante ans dans deux ans et, tu as quoi, vingt-trois, vingt-quatre ans ?"

"Vingt-sept."

"Est-ce que la différence d'âge te dérange ?"

Livia se leva et s'assit sur ses genoux, ne se souciant pas de savoir si les autres clients les regardaient. Elle lui mit les bras autour du cou et frotta son nez contre le sien. "Tu viens de dire que j'étais beaucoup plus vieille", lui chuchota-t-elle. "Alors... *de quel* écart d'âge parles tu?"

Nox glissa sa main sous sa chemise et lui caressa le ventre pendant qu'elle l'embrassait. La sensation de ses doigts contre sa peau la rendit folle. "Mon Dieu, je te veux." Elle gémit un peu.

Nox sourit malicieusement. "L'anticipation, tu te souviens ?"

Elle se frotta contre son entrejambe, sentant sa bite durcir presque instantanément, et il gémit.

"Tu es une très mauvaise fille, Livia Chatelaine. Le moment où je serai en toi ne vient pas assez vite-sans vilain jeu de mot."

Elle sauta de ses genoux et sourit. "L'anticipation..."

"Femme diabolique." Et ils rirent tous les deux.

AMBER SOUPIRA en voyant Odelle s'approcher d'elle. C'était la fin d'après-midi au salon et Amber venait de se faire masser. La dernière chose qu'elle voulait, c'était qu'Odelle gâche son plaisir. La blonde lui sourit timidement, mais son sourire ne monta pas jusqu'à ses yeux. Ce n'était pas nouveau de sa part.

"Toujours agréable de te croiser, Odelle", dit Amber doucement, en désignant le plateau de thé devant elle. "Veux-tu te joindre à moi ?"

Odelle hocha la tête. "Merci." Elle s'assit et Amber lui versa du thé aux plantes. "As-tu apprécié la fête de Nox cette année ?" Amber plaisantait car elle savait qu'Odelle détestait les rassemblements publics. Odelle, malgré sa beauté, ne se mêlait pas aux gens et Amber s'était toujours demandée pourquoi. Odelle était très froide et faisait rarement l'effort de connaître d'autres personnes, presque comme si elle se protégeait de quelque chose. Odelle, Amber, Nox et Roan se connaissaient depuis leur adolescence, mais Amber avait l'impression de ne pas encore connaître vraiment Odelle. Tout ce qu'elle savait, c'était que Roan avait dragué cette femme blonde et qu'Odelle ne s'était jamais confié qu'à Nox, qu'elle considérait comme un grand frère.

Elle étudiait Odelle maintenant. Elle avait l'air fatiguée. "Tout va bien, Odelle ?"

"Bien sûr. Roan et moi envisageons de nous fiancer."

Amber essaya de ne pas recracher son thé. "Vraiment ?" Elle ne put s'empêcher de le dire avec une pointe de cynisme dans la voix, mais elle le regretta en voyant Odelle rougir de contrariété.

"C'est si dur à croire ?"

"Non, bien sûr que non, je suis désolée. C'est juste que Roan ne m'en a pas parlé. Tu es sûr de vouloir être liée, à un homme qui..."

"Ne peut pas s'empêcher d'aller voir ailleurs ?" Odelle sourit amèrement. "Tu crois que je ne suis pas au courant pour les autres femmes, Amber ? Bien sûr que si. Peut-être pas pour *toutes*, mais j'ai mes soupçons." Elle regarda Amber, qui la regardait fixement.

"Alors pourquoi l'épouser ? Pourquoi ne pas viser quelqu'un d'autre ? Nox, par exemple. Tu l'adores, et il t'apprécie beaucoup."

"Tu vois notre groupe comme une opportunité de coucher et de tous sortir ensemble, Amber. Nox est ma *famille*. Roan a peut-être ses travers, mais je t'assure que c'est vers moi qu'il revient à la maison."

Soudain, Amber comprit pourquoi Odelle était venue la trouver. Elle l'avertissait. Elle voulait épouser Roan et s'assurait que ses amis savaient qu'il lui appartenait. Amber sourit tristement. Pauvre Odelle naïve.

"Je te crois." Amber but tranquillement son thé et elles restèrent assises en silence pendant un moment. Quand Odelle partit, Amber sortit son portable. Elle entendit la sonnerie à l'autre bout de la ligne et quand il répondit, elle ne le laissa pas parler. "Roan, depuis combien de temps exactement Odelle sait pour toi et moi ? Quand a-t-elle découvert qu'on baise ensemble ?"

ROAN RACCROCHA le téléphone et se frotta les yeux. *Putain de merde.* Lui et Amber avaient été si prudents, mais maintenant Odelle savait qu'il avait enfreint sa seule règle. *Ne chie pas là où tu dors.* "Je m'en fiche des coups d'un soir." Lui avait-elle dit le soir où il avait parlé mariage pour la première fois. "Mais ne couche avec personne de notre cercle d'amis."

Et il avait été imprudent. *Merde.* Se marier avec Odelle sécuriserait son avenir – son père était même plus riche que Nox – et en plus, il aimait la baiser. Il aimait voir derrière son air de façade glacial.

Et merde. Maintenant, il devrait se débarrasser de toutes ses autres filles et s'arranger avec Odelle. Il n'aurait jamais dû recommencer avec Amber qui elle n'avait rien à perdre en admettant leur liaison. Et c'était là tout le charme de la rouquine – elle n'en avait rien à foutre de qui que ce soit. Sauf de Nox, bien sûr. Roan ne pouvait pas s'empêcher d'être parfois jaloux de son ami ; Nox était si *génial* que c'en était exaspérant.

Roan soupira et prit son téléphone portable. Il devait oublier ses bêtises avec les femmes et se concentra sur sa réunion avec Nox et Sandor. Il voulait faire partie de leur entreprise. Il était prêt à grandir et il avait besoin de se concentrer, parce qu'il y avait un problème de taille dans la vie manifestement parfaite de Roan.

Il était complètement fauché.

CHAPITRE SIX

A près avoir mangé, ils se baladèrent dans les rues, profitant de l'ambiance. Plus tard dans la soirée, ils se rendirent au Spotted Cat, une salle de jazz qui bouillonnait de musique et regorgeait de gens. Livia et Nox trouvèrent de la place près du bar et commandèrent des boissons. Livia était excitée. "Ça fait des lustres que je veux venir ici, mais je n'ai jamais trouvé le temps."

Nox lui sourit. "Par curiosité, comment tu t'en sors ? Je sais que tu as une bourse, mais travailler au café ne peut pas tout payer. Non, oublie ça, ça ne me regarde pas."

Elle rit. "C'est pas grave. Je me débrouille. J'ai toujours dû me battre pour la moindre chose, alors c'est devenu une seconde nature. On partage avec Morry ça aide, et je n'ai pas besoin de beaucoup. Heureusement que j'ai une bourse quand même."

Nox sourit à son honnêteté. Elle ne se souciait vraiment pas de l'argent, et c'était rafraîchissant. Il pouvait l'imaginer heureuse avec un livre et un sandwich – ce n'était pas une femme qui avait besoin de diamants et de perles. De toutes les choses qu'il pouvait lui donner, ce qu'elle semblait vouloir, c'était son temps. Il passa sa main dans ses cheveux et posa ses lèvres sur les siennes.

"Tu es magnifique", murmura-t-il contre ses lèvres, "et je t'adore".
Livia gloussa. "Tu me connais à peine, mais je prends. Tu n'es pas
mal non plus, petit riche."

Ses paroles étaient dénuées de tout reproche et il sentit sa bouche
partir en sourire en l'embrassant. Un groupe venait de s'installer et
quand ils commencèrent à jouer, Nox glissa ses bras autour de la
taille de Livia et la ramena contre lui. Livia s'appuya contre lui, déjà à
l'aise avec cette intimité.

Le groupe était déchaîné, amusant, et Nox perdit la notion du
temps dans la chaleur étouffante, l'alcool, le sentiment enivrant de
cette belle femme dans ses bras. De plus en plus de gens s'entassaient
dans cet espace et ses bras se serrèrent autour de Livia. Elle tourna la
tête pour lui sourire et quelque chose se produisit en eux quand leurs
yeux se rencontrèrent. Il pressa ses lèvres contre les siennes et elle se
retourna dans ses bras, les siens enroulés autour de lui. Ils oublièrent
le club, la musique, les autres gens.

Il la regarda et murmura "Rentre à la maison avec moi". Le sourire
de Livia s'élargit et elle hocha la tête. *L'anticipation ça suffit...*

VINGT MINUTES PLUS TARD, ils étaient dans un taxi pour rentrer chez
lui. Nox n'arrêtait pas de l'embrasser, de goûter ses lèvres, la douceur
de l'alcool, ses doigts s'emmêlant dans sa magnifique chevelure.

Quand ils arrivèrent dans la chambre à coucher, il fit glisser les
bretelles de sa robe le long de ses épaules et prit son mamelon rose
dans sa bouche. Il l'entendit gémir. Elle lui enleva son t-shirt et il la fit
tomber sur le lit. Livia gloussa quand il lui fit un suçon sur le ventre et
se mit à enlever complètement sa robe et ses sous-vêtements. Ses
doigts se dirigèrent vers sa fermeture éclair alors qu'il revenait vers sa
bouche pour l'embrasser et il fut parcouru d'une vague de plaisir
alors qu'elle libérait sa bite de son pantalon.

Livia le caressa jusqu'à ce que sa bite soit si dure que c'en était
douloureux, mais il résista à la tentation de la pénétrer sauvagement
et au lieu de cela, il descendit sur le lit jusqu'à ce qu'il puisse plonger

son visage dans son sexe. Sa langue dansa autour de son clitoris et elle frémit et trembla de plus en plus excitée.

"Nox..." chuchota-t-elle alors que son sexe devenait gonflé et sensible. Puis il revint vers elle, l'embrassant de nouveau sur la bouche.

Elle le regarda avec ses immenses yeux bruns, brillants et fatigués de désir. "Est-ce que tu as un... ?"

Il sourit. "Bien sûr, ma chérie." Il ouvrit le tiroir de sa table de nuit et sortit un préservatif. "Tu veux m'aider ?"

Elle lui sourit et l'aida à le dérouler sur sa bite. "Bien monté." Elle gloussa et gémit alors qu'il la chatouillait, mais quand il plaça ses jambes autour de sa taille, elle sembla soudain nerveuse.

"Est-ce que ça va ?" Nox s'inquiéta, mais elle hocha la tête.

"Tout va bien, Nox. Je veux juste savourer cet instant..."

Il sourit et lentement, son sourire grandissant devant son impatience, glissa en elle. Livia gémit doucement. "C'est tellement bon", lui chuchota-t-elle en lui souriant. Puis ils commencèrent à trouver leur rythme.

Nox l'embrassa dans le cou puis retrouva ses lèvres. Son corps était si doux, ses seins si moelleux, et il admirait la façon dont son corps ondulait sous lui alors qu'ils faisaient l'amour. Alors que l'intensité augmentait, leurs regards se rencontrèrent et ne se quittèrent plus. Nox commença à pousser plus fort, plus vite, plus profondément, jusqu'à ce que le dos de Livia s'arque et qu'elle crie son nom en jouissant. Les cris de Livia déclenchèrent l'orgasme de Nox et il jouit fort, en grognant son nom.

Ils s'effondrèrent sur le lit, riant, haletant pour respirer. "Je suppose qu'on n'a pas résisté longtemps", dit Livia en riant. Puis elle roula sur le flanc. Nox apprécia la sensation de ses seins pressés contre lui et passa un bras autour d'elle.

"Écoute, je voulais faire ça depuis au moins une semaine, alors on a bien tenu." Il rit quand elle leva les yeux au ciel.

"D'accord, je te laisse gagner cette fois." Elle appuya ses lèvres sur les siennes. "Mon Dieu, Nox, c'était incroyable."

"Et ce n'est que le début." Il parcourut ses formes d'une main. "Tu as le corps d'une déesse."

Elle gloussa. "Merci. En parlant de corps incroyables..." Elle mordit doucement son mamelon. "J'ai rêvé de celui-ci toute la semaine. J'ai même écrit un porno de piano sur toi."

Nox rit fort. "Du porno au piano ? Je crois que je suis flatté, même si je ne suis pas trop sûr de ce que tu veux dire."

Livia sourit. "Ça n'a pas d'importance, je disais juste une bêtise." Elle embrassa son torse puis y posa son menton. "Chouette piaule que tu as là." Elle regarda autour d'elle la chambre digne d'un palais pour la première fois et Nox observa sa réaction. "Très chouette même."

Nox la regarda examiner les murs bleu marine, la cheminée où du bois était empilé, sa chambre à coucher semblait sortir tout droit d'une publicité Tommy Hilfiger.

Livia s'assit et hocha la tête. "J'aime ta chambre. Classe, élégante, comme toi." Elle sourit et passa sa main à travers ses boucles sombres et désordonnées. "Habituellement élégant." Elle le regarda un long moment, et il fut surpris de la voir rougir.

"Qu'est-ce qu'il y a, Liv ?"

Elle se mordit la lèvre inférieure, hésitante. "Je peux te dire quelque chose ?"

"Bien sûr." Il caressa sa joue du doigt. "N'importe quoi."

"Je ne suis pas vierge, mais je ne savais pas que ça pouvait être comme ça. Le sexe, je veux dire. Si exaltant, si... renversant."

Nox se tut un instant. "Bébé, es-tu en train de me dire que tu n'as jamais... ?"

"Eu d'orgasme ? Ouais," elle rougissait furieusement maintenant. "Je ne me suis jamais laissée aller comme ça. Honnêtement, je m'en fichais de savoir si je vivais ou si je mourrais à ce moment-là, j'étais totalement béate. Mon corps entier était... Mon Dieu, je ne peux même pas le décrire."

Nox gloussa. "Alors je suis honoré que ton premier ait été avec moi. Je promets de faire de mon mieux pour te voir jouir comme ça à chaque fois."

Livia sourit. "Je sais que ça a l'air ridicule, mais ça veut dire beaucoup pour moi. Et cela aide, M. Renaud, que tu sois *magnifique*. Sérieusement, regarde-toi – qui ne jouirait pas ?"

"Ha, ha, ha," dit-il pour faire passer le compliment, embarrassé. "Liv, tu sais quand tu as dit que tu voulais de l'honnêteté ? C'est valable aussi quand on est au lit. Si je fais quelque chose que tu n'aimes pas, dis-le-moi."

"Et idem pour toi."

"Ça marche."

Elle se blottit dans ses bras. "Alors, qu'est-ce que tu veux faire maintenant ?"

Nox l'embrassa. "Je meurs de faim, en fait. Tu veux manger quelque chose et je te fais visiter le reste de la maison ?"

Livia le regarda malicieusement. "Tant que tu promets de me montrer toutes les salles de bal de la maison. Parce que je n'ai vu que la *principale* et... non ! *nooon* ! Arrête !"

Nox la chatouilla jusqu'à ce qu'elle ne puisse plus respirer à force de rire, puis ils se douchèrent ensemble et se dirigèrent vers sa cuisine.

"Ça me dit quelque chose." Livia sourit en sautant sur un siège du bar de la cuisine. "Est-ce ta cuisine principale ou en as-tu onze plus petites pour chaque repas ?"

"Trop drôle", Nox se pencha pour l'embrasser.

"Non, juste une seule. Elle est assez grande pour nourrir les dix-sept salles de bal."

Livia rit. "Puis-je t'aider ?"

"Non, laisse-moi te nourrir, femme. Fromage grillé ?"

"Perfection."

Ils discutèrent de façon légère pendant qu'il cuisinait, Livia admirant la façon dont les muscles de son dos se tendaient quand il bougeait. Il était vraiment magnifique. Elle adorait la façon dont sa tignasse de boucles noires tombait autour de son visage, la façon dont ses yeux verts se plissaient sur les bords. Elle n'arrivait toujours pas à croire qu'elle était là, qu'ils venaient de faire l'amour, et que c'était encore mieux que dans ses rêves. Cela semblait quelque peu surréaliste, et pourtant être avec Nox était si naturel. Livia l'étudiait avec une envie non dissimulée, et quand il la vit faire, il posa la poêle à l'arrière de la cuisinière et s'approcha d'elle.

"Comment", murmura-t-il en effleurant ses lèvres avec les siennes, "suis-je censé me concentrer sur la cuisine quand tu me regardes comme ça ?" Il se rapprocha et tira ses jambes autour de lui.

Elle portait sa chemise comme une robe – trop grande pour elle, évidemment – et il commença à la déboutonner, et le tissu s'ouvrit. Il fit passer la pulpe de son pouce sur ses lèvres, puis descendit vers sa gorge, entre ses seins et jusqu'à son nombril, la faisant frissonner de désir. "Tu es si belle, Livvy."

Dieu, cet homme... Elle amena ses lèvres vers les siennes et, alors qu'ils s'embrassaient, elle libéra sa bite de son jean. Nox, souriant, sortit un préservatif de la poche arrière. "Il faut toujours être prêt."

Elle rit et le roula sur lui avant de le guider à l'intérieur d'elle, gémissant pendant qu'il la remplissait entièrement. "Dieu, Nox..."

Il la pénétra fort, la soutenant pendant qu'ils baisaient. Livia lui mordit le torse, embrassant son cou et sa gorge, avant que Nox n'écrase sa bouche sur la sienne. "Livia..."

Sa bite rentra dans sa chatte si fort qu'elle crut qu'elle risquait de tomber de la position dans laquelle elle était, et une seconde plus tard, ils tombèrent par terre. Livia le chevaucha et ils s'emmenèrent tous deux aux portes de l'extase. Les doigts de Nox s'agrippèrent à ses hanches, s'enfonçant dans sa chair tendre alors qu'elle se balançait au-dessus de lui, le recevant aussi profondément qu'elle le pouvait.

Livia jouit une fois, puis Nox la retourna sur le dos et commença à pilonner ses hanches aussi fort qu'il le pouvait, sa bite devenant de plus en plus dure et épaisse, ses mains clouant les siennes sur le carrelage frais. Livia le suppliait de continuer, jouissant encore et encore alors qu'il approchait de son orgasme. Finalement, dans un long gémissement, il jouit, frémissant et tremblant, haletant pour respirer. "Mon Dieu, Livia... est-ce qu'on peut faire ça tout le temps ?"

"Pas de soucis pour moi". Elle lui sourit en riant, l'embrassant tendrement.

Le fromage grillé était irrécupérable, alors Nox prépara des sandwichs et ils les mangèrent tous les deux comme des affamés. "C'est toute l'énergie que nous avons utilisée", dit Livia en hochant la tête avec sagesse et en le faisant rire. "Ne te moque pas. C'est un fait que le sexe brûle jusqu'à quatre point six mégatonnes d'énergie de kilojoule à chaque orgasme."

"Tu *viens* de l'inventer."

"Oui, mais quand même."

"Cinglée".

Elle lui caressa le visage. "Tu es magnifique."

Il sourit. "Oh, je sais." Et il se pavana comme un paon, la faisant éclater de rire.

"Qu'est-ce que c'était que ça? Mick Jagger croisé avec un poulet ?"

Nox renonça à son mime. "Rabat-joie."

Livia rit. Magnifique *et* drôle. "Nox Renaud... comment diable une femme ne t'as pas déjà mis le grappin dessus ? Je veux dire, sans parler de ton beau visage, tu es l'homme idéal, n'est-ce pas ? Je ne comprends pas pourquoi tu es célibataire."

Son sourire se fissura un peu, s'estompa et Livia se maudit d'avoir posé cette question. "Merde. Je suis désolée. Est-ce que j'ai encore mis les pieds dans le plat ?"

Nox se tut un moment, mettant de l'ordre dans ses pensées. Il jouait avec ses doigts en essayant de décider ce qu'il allait dire. "Liv... quand j'étais adolescent, il y a eu quelqu'un. Ariel. Nous étions insé-parables et nous savions tous les deux que nous allions inévitable-ment finir ensemble. Un soir, je me préparais à aller la chercher pour notre bal de fin d'année. Et Amber, sa sœur jumelle, m' appelé. Elle était hystérique. Ariel avait disparu." Un nuage passa sur ses beaux traits et Livia prit sa main, la tenant fermement. Il lui sourit avec reconnaissance avant de s'éclaircir la gorge. "Ils ont retrouvé son corps le lendemain, allongé sur l'une des pierres tombales du cime-tière. Elle avait été..." sa voix se brisa et il détourna son regard. Livia fut attristée de voir des larmes dans ses yeux. "Poignardée à mort. Et pas rapidement en plus. Celui qui l'a tuée a pris son temps."

"Oh, mon Dieu, non." Livia frissonna. Pauvre, pauvre Ariel. On pouvait encore voir la peine sur le visage de Nox, même si deux décennies avaient passé depuis.

Nox regardait Livia maintenant, ses yeux verts emplis de douleur. "Je ne pensais pas que quelqu'un pourrait... pas la remplacer, je déteste ce mot – et ce n'est pas vrai quand on parle d'un autre humain – mais que je rencontrerais quelqu'un qui ferait battre mon cœur à nouveau. J'avais tort."

Livia toucha son visage. "Je veux te rendre heureux à nouveau, Nox Renaud."

Il enroula ses bras autour d'elle. "Tu le fais déjà, Livia."

Elle l'embrassa, son cœur battant de chagrin pour lui. "Que penseront tes amis de moi ? Je veux dire, je sais que tu es toujours ami avec Amber... est-ce qu'elle pensera que je ne suis qu'une croqueuse de diamant ?"

"Non. Amber m'a toujours dit qu'elle voulait que je sois heureux. Je pense que, tous les deux, nous n'avons pas pu tourner la page après la mort d'Ariel parce que la personne qui l'a tuée est toujours là. Je pense que toi et Amber seriez de bonnes amies. Je l'espère bien."

"De mon côté, ce n'est pas un souci... sauf peut-être pour le fossé monumental entre nos deux situations sociales."

Nox secoua la tête. "Tu ne devrais pas te focaliser là-dessus. Vraiment."

"Promis", elle lui sourit, mais son visage devint solennel. "Je suis désolée pour Ariel. C'est épouvantable. La police n'avait vraiment aucune piste ?"

"Aucune. Ariel était la personne la plus gentille au monde. Personne n'avait une raison de lui faire du mal."

Livia soupira. "Malheureusement, il semblerait qu'il n'y ait pas de raisons de vouloir tuer une femme. Mais certains le font par pur plaisir."

Nox se tut un moment, mais Livia sentit ses bras se serrer autour d'elle.

"Quand je t'ai entendue crier cette nuit-là, dit-il doucement, quand j'ai vu que c'était toi..."

"C'était juste un type qui essayait de m'agresser, Nox. Je m'en suis occupée."

"Dure à cuir."

"Bien sûr que oui."

Il déposa un baiser sur son crâne. "D'accord, ma petite guerrière. Retournons au lit et restons éveillés toute la nuit."

CHAPITRE SEPT

L ivia était penchée sur son piano lorsqu'elle entendit un vacarme à l'extérieur de la salle de répétition. Elle leva les yeux lorsque Charvi, suivie de quelques étudiants excités, entrèrent dans la pièce. Charvi semblait stupéfaite, submergée et choquée à la fois. Elle fit un signe de tête à Livia, puis au piano.

"Tu devrais t'asseoir et jouer sur cette vieille épave une dernière fois."

Livia cligna des yeux, complètement déstabilisée. Elle avait travaillé sur sa composition, *Nuit* – son porno pour piano comme elle l'avait dit à Nox – et était tellement dedans que l'interruption soudaine lui fit secouer la tête. "Quoi ?"

Charvi sourit. "Ton petit ami est un homme *très* généreux." Elle se retourna au moment où l'on ouvrait les grandes portes de la salle de musique et qu'un groupe d'ouvriers, soufflant et haletant, firent entrer une grande remorque. Livia se tint debout pendant qu'ils posaient l'objet couvert sur le sol.

"Vous pouvez sortir celui-là", leur ordonna Charvi, en tapotant sur le piano sur lequel travaillait Livia, "Épargnez-nous ça".

Le contremaître haussa les épaules. "Bien sûr, pas de problème."

Livia attrapa rapidement ses affaires sur le piano un peu défraîchi, mais très apprécié, encore plus déconcertée. Charvi et ses élèves saisirent le tissu anti-poussière du nouveau piano et le firent glisser d'un geste théâtral. Livia en eut le souffle coupé. Sous le tissu se trouvait le plus bel instrument qu'elle n'ait jamais vu. Charvi avait l'air heureuse. "Tu sais ce que c'est ?"

Livia hocha la tête faiblement. "C'est un Steinway, un modèle D Concert Grand." Ses jambes tremblaient. Nox avait fait ça ? "C'était le piano de Judy Carmichael. Pas le sien, mais son piano de prédilection."

Charvi la regardait. "C'est exact. Et Nox n'en a pas seulement fait don d'un, mais de *quatre*. Il a fait don de quatre de ces bébés à l'université, plus d'innombrables autres nouveaux instruments et une énorme dotation.".

Livia était bouleversée au plus profond d'elle-même et aussi en conflit. Elle et Nox ne sortaient ensemble que depuis deux semaines... et c'était plus que généreux.

L'un des autres étudiants la regarda d'un air jaloux. "Merde, tu dois être douée au lit."

"Tony." Charvi fixa l'étudiant. "Ça suffit."

"Désolé."

Livia secoua la tête. "C'est pas grave. Quatre Steinways ?"

Charvi regarda les autres étudiants. "Laissez-nous seules, s'il vous plaît." Après leur départ, Charvi assit Livia sur le nouveau tabouret de piano. "On dirait que tu es sur le point de t'effondrer. Assieds-toi, respire."

"C'est juste... quoi ? Qu'est-ce que ça veut dire ?"

Charvi hocha la tête, mais elle ne sourit pas. "Je pense que ça veut dire qu'il est amoureux."

"C'est trop, Charvi. Je veux dire, mon Dieu... ça fait *deux* semaines. Non pas que je ne sois pas contente pour l'université, mais..." Elle ouvrit le couvercle du piano et commença à appuyer sur les touches. "Seigneur, écoute ce son..." Elle se mit à jouer sa composition, en écoutant la basse profonde des fils d'acier et de cuivre suédois, les aigus si doux et purs. Elle joua tout ce qu'elle avait écrit jusqu'à présent – deux fois – oubliant que Charvi était dans la pièce.

En fermant les yeux et en déplaçant ses doigts sur les touches lisses d'épicéa, elle se perdit dans sa composition. Livia ne pensait pas aux notes qu'elle devait jouer, mais à Nox, et à faire l'amour avec lui, le plaisir et les rires qu'ils avaient partagés ces derniers jours. Ils étaient devenus presque inséparables en si peu de temps...

Elle soupira, s'arrêta de jouer et ouvrit les yeux. Charvi applaudit.

"Ça, ma belle, ça se joue très bien."

Livia sourit. "Mon porno pour piano ?"

Charvi rit. "Je ne pense pas que nous l'appellerons ainsi dans le programme. Tu as un autre titre ?"

Livia rougit. "*Nuit.*"

Charvi soupira. "Je suppose qu'il est inutile de te demander d'être prudente avec cet homme."

Livia se sentit attaquée "Charvi... qu'est-ce qu'il y a ? Pourquoi es-tu si inquiète de ma relation avec Nox Renaud ?"

Charvi se frotta les yeux. "Ce n'est pas Nox lui-même, mais plutôt les gens qui l'entourent. Je crains qu'ils te fassent du mal."

Livia renifla. "Charvi, je peux me défendre toute seule. Pourquoi ai-je l'impression que tu me caches quelque chose ? Dis-moi franche-ment... Nox est-il dangereux ? Dis-le-moi maintenant avant que je tombe amoureuse de lui, parce que c'est réellement possible."

Charvi semblait bouleversée, et sur le point de dire quelque chose, mais elle se tut. "Sois juste prudente avec ses amis. Si Nox ressemble à Gabriella, je vous souhaite à tous les deux tout le bonheur du monde. C'était la personne la plus bonne que j'aie connue."

"Alors il est comme sa mère", dit doucement Livia, essayant de ne pas être désobligeante. Charvi sourit en semblant s'excuser.

"Dans ce cas..." Charvi lui tapota l'épaule. "Il a peut-être fait don des instruments, mais tu avais déjà commencé à écrire ce beau morceau sur lui, et maintenant tu lui as donné un nom. Tu l'as invité au récital ?"

"Pas encore, mais je le ferai. Je dois juste m'assurer que c'est parfait."

"J'en suis sûre."

Livia regarda sa montre. "Je dois aller le remercier."

"Remercie-le pour nous tous, d'accord ? Évidemment, le doyen lui écrira pour lui exprimer sa gratitude, mais de ma part, du département de musique et de la faculté, dis-lui merci".

Livia serra son professeur dans ses bras. "Je le ferai. Et tu sais, je pense qu'il aimerait te revoir."

Le sourire de Charvi disparut. "Je ne suis pas sûre d'être prête. Gabriella était comme une sœur pour moi. Sa mort me fait encore mal et je..." Elle soupira. "J'ai peur que si Nox ressemble trop à son père, je pourrai lui dire toutes les choses horribles que j'aurais voulu dire à Tynan. Alors, pas encore, s'il te plaît. Laisse-moi y aller à mon rythme."

Livia hocha la tête, elle sentait la tristesse lui serrer la poitrine. Tant de vies avaient été détruites en un instant. "Bien sûr. Laisse-moi te dire que... Nox est un homme merveilleux. Tu ne trouveras pas d'homme plus généreux ni plus gentil et ouvert."

"Je te crois. J'ai juste besoin de temps, c'est tout."

ROAN REGARDAIT NOX, qui le fixait. "Tout ça, pour entendre juste un *"non"* ?"

"Roan, tu savais que ça allait être compliqué. Si tu as besoin d'argent, il suffit de demander, mais nous savons tous les deux que tu n'es pas fait pour ce métier."

"C'est de l'importation de nourriture !" Roan leva les mains en l'air et se leva. Nox pouvait voir qu'il était agité et lança un coup d'œil à Sandor qui restait silencieux. Sandor s'éclaircit la gorge.

"Roan, c'est d'un point de vue purement commercial. Nous avons bâti notre réputation sur l'absence de scandales et de rumeurs, en étant honnêtes et transparents sur tout. Et bien que tu sois un vendeur fantastique, ce n'est pas ce que nous sommes." Il essaya de détendre l'atmosphère. "Ce serait comme si Freddie Mercury rejoignait Coldplay."

"Ou les frères Allman."

"Sigur Rós."

"Snoop Dogg rejoint les Spice Girls."

"Tu es la Spice qui fait peur."

"Non, ce n'est pas moi."

La bouche de Roan se fendit d'un côté en essayant de ne pas sourire. "Ne me faites pas rire. Je suis en colère contre vous."

"Nous disons juste que nous sommes trop *rigides* pour toi, mon pote. C'est plutôt cette *société* qui l'est. Écoute, si tu veux créer une autre entreprise et faire quelque chose de complètement différent, quelque chose qui te conviendrait mieux et dans lequel nous pourrions investir. Vas-y".

Roan, adouci, se rassit. "Vous accepteriez une nouvelle société ?"

"Bien sûr que oui. Quelque chose où tu serais le chef et où nous serions des partenaires silencieux."

Roan se mordit la lèvre, et Nox lança un regard appuyé à Sandor. Sandor hocha la tête. "Écoutez, je dois passer quelques coups de fil. Si ça vous dit, je reviens dans 20 minutes et on déjeune ensemble ?"

"Bien sûr."

Quand ils furent seuls, Nox observa son ami. Roan semblait abattu, quelque peu stressé. Il n'était pas son personnage exubérant habituel. "Qu'y a-t-il, Roan ? Il y a quelque chose qui ne va pas, ce n'est pas seulement l'envie de poursuivre une nouvelle carrière."

Roan soupira et se frotta le visage. "Ne t'inquiète pas pour ça."

"Je m'inquiète pour ça." Nox fronça les sourcils. "Tu as besoin d'argent ?"

Roan resta silencieux. "Tu n'as qu'à demander", dit Nox d'une voix calme et tranquille. Roan secoua la tête.

"Merci, mec, mais je dois trouver moi-même ma voie pour m'en sortir."

"Sûrement que la famille d'Odelle..." essaya Nox et Roan se mit à rire.

"Si j'arrivais à rester fidèle, peut-être qu'elle ne me détesterait pas à présent."

"*Putain*, Roan."

"Je suis comme ça. Peut-être que je devrais monter une boite d'escortes masculines."

Nox ignora cette remarque. "Odelle le sait ?"

"Ouaip."

"Qui ?"

Roan hésita avant de regarder son ami. "Amber."

Nox bascula en arrière. "Tu plaisantes ?"

"Non."

"Putain, Roan, tu sais pas qu'il ne faut pas..."

"Chier où tu dors ? Ouais. Je suis totalement idiot."

"Bordel."

Roan soupira. "Écoute, je vais faire mes excuses à Odelle, me faire pardonner. L'épouser."

"Odelle est peut-être une étrange créature, mais elle ne tombera pas dans le piège si tu fais semblant d'avoir des sentiments ou de réagir. Si tu l'épouses, il vaudrait mieux que tu sois vraiment sincère. Ou tu auras affaire à moi, ainsi qu'à Odie." Nox était énervé, mais Roan leva les mains.

"J'ai compris." Il étudia son ami. "Et toi, alors ? Tu as déjà commencé à draguer la charmante Livia ?"

Nox ne put s'empêcher de sourire. "Ça se passe bien, très bien, merci. Elle est adorable."

"Tu l'amènes à Thanksgiving ? Tu peux, tu sais. Elle peut rencontrer la bande."

Nox sourit, mais il ne répondit pas. "Écoute, réfléchis au type d'entreprise que tu aimerais diriger et nous parlerons davantage, nous ferons un plan d'entreprise. On a quelques bureaux vides que tu peux utiliser pour démarrer. Ne harcèle pas le personnel féminin, c'est tout ce que je demande."

"Est-ce que c'est mon genre ?"

"*Oui.*"

Roan rit. "Je promets d'être sage. Merci, mec. J'apprécie."

"Prends ça au sérieux. Ça pourrait être un nouveau tournant dans ta vie."

Roan sourit à son ami. "Tu sais, tu es un excellent grand frère."

Nox ignora la douleur qui le transperça – un excellent grand frère, tout comme Teague l'avait été – et la cacha derrière un sourire. "Bien sûr que oui. Et je te *botterai* le cul si tu merdes."

Roan se leva, serra la main de Nox. "Je te jure, Nox, que je ne te laisserai pas tomber."

"Va dire ça à Odelle."

"Je le ferai. Merci, mon frère."

Livia attendait alors que la réceptionniste essayait de ne pas la regarder. Elle sourit à la jeune femme, qui rougit légèrement. "Désolée."

Livia haussa les épaules. "Ce n'est pas grave. Quel est votre nom ?"

"Pia."

"Bonjour, Pia, je suis Liv. Je fréquente en quelque sorte votre patron." Pia sourit. Elle était jeune, Livia devinait qu'elle avait la vingtaine. Elle avait de grands yeux bleus et des cheveux noirs de jais. Elle était superbe. "Je sais. C'est un type génial, un patron génial, aussi."

Livia sourit et se demanda si Pia avait le béguin pour son patron. Elle ne pouvait pas lui en vouloir. Quelques instants plus tard, quand Sandor arriva à la réception et lui remit des notes, Livia réalisa que Nox *n'était pas* l'objet de convoitise de Pia. Pia rougit comme une pivoine et Livia dissimula un sourire.

Sandor lui sourit. "Livvy, ravi de te voir. Nox sait que tu es ici ?"

Elle secoua la tête. "J'ai dit à Pia que j'attendrais qu'il se libère."

Sandor lança un sourire à Pia, qui illumina son visage. "Non, allez, il est avec Roan, pas le président."

Sandor la conduisit au bureau de Nox. Tandis qu'elle marchait avec lui, elle lui donna un coup de poing dans l'épaule. "Cette fille a un béguin énorme pour toi."

Sandor leva les yeux au ciel. "Je pourrais être son père, Liv."

"Et alors ?"

Sandor rit. "Je ne les prends pas au berceau."

Livia sentit une petite pique – après tout, il y avait douze ans d'écart entre elle et Nox. Sandor vit son sourire vaciller et devina ce qu'elle pensait. "La situation est *totalement* différente", dit-il rapidement. "J'ai quarante-cinq ans, Pia en a *dix-neuf*."

"Ok, j'ai compris. Ne dis pas à Pia que je te l'ai dit."

Sandor frappa à la porte de Nox en souriant. "Je ne le ferai pas. Elle est jeune, elle trouvera un jeune garçon dont elle tombera amoureuse la semaine prochaine." Il ouvrit la porte. "Renaud, j'ai trouvé ce petit trésor à la réception."

Nox eut l'air ravi de la voir. "Hé, ma belle, quelle magnifique surprise." Il vint la saluer, l'embrasser et la cajoler.

Roan ricana. "Prenez une chambre."

Livia, rougissante, ricana. "Salut, Roan."

"Je disais justement à Nox qu'on avait hâte de te rencontrer officiellement à Thanksgiving."

Livia se pencha un peu en arrière. "*Officiellement* ?"

Nox leva les yeux au ciel. "Il veut dire *en bonne et due forme*, nous tous. On en reparlera au déjeuner. Les gars, ça vous dérange si on remet ça à plus tard ?"

"Non."

"Pas du tout."

LIVIA LE RAMENA CHEZ ELLE. Il déambula dans la petite cuisine/pièce à vivre et hocha la tête. "J'aime ça. Ça te va bien. Oui, c'est accueillant, chaleureux. Et encore mieux, ça sent comme toi, les fleurs douces et l'air frais."

Rougissante, Livia était heureuse. La maison qu'elle partageait avec Moriko était petite mais elles l'aimaient toutes les deux. Elles l'avaient décorée de foulards colorés, d'œuvres d'art et de livres. Le canapé était grand et mou et Livia poussa Nox dessus avant de le chevaucher. "Alors, monsieur Renaud, avant que je te nourrisse, il faut qu'on discute de l'énorme "merci" que je te dois. Nox, je n'arrive pas à croire ta générosité. Merci, au nom de l'université, de la faculté, des étudiants et du département de musique. Je suis bouleversée."

"J'ai pensé que tu apprécierais peut-être de pratiquer sur le même instrument que ton héroïne", dit-il timidement, et Livia l'embrassa, écrasant ses lèvres contre les siennes.

"Tu es parfait" chuchota-t-elle et elle s'assit et déboutonna sa robe un bouton à la fois, s'effeuillant au ralenti. Elle était nue dessous et

Nox gémit. Il posa sa bouche sur ses mamelons, les suçant et les taquinant tous les deux jusqu'à ce qu'ils soient ultra sensibles. Livia ouvrit sa chemise et sa braguette, puis elle passa ses mains sur ses muscles tendus, son ventre plat. "Mon Dieu, j'ai tellement envie de toi."

Dans un grognement, Nox la fit basculer sur le sol, serrant ses genoux contre sa poitrine et prenant son clito dans sa bouche. Livia fut secouée par les sensations qu'il lui faisait ressentir.

"Je suis censée *te* remercier", haleta-t-elle. Et elle sentit la vibration de son rire résonner dans son sexe.

"C'est ce que tu fais", dit-il, sa voix étouffée. Alors qu'il l'amenait à l'orgasme, elle frissonna et cria son nom. Il remonta pour l'embrasser sur la bouche.

"Quand tu m'appelles comme ça... Seigneur, Livvy." Il l'embrassa profondément, passionnément. Livia s'éloigna de son baiser et descendit le long de son corps, glissant sa langue le long de son torse, de son ventre. Puis elle prit sa bite en bouche, léchant son sperme salé sur son gland et faisant descendre sa langue le long de l'épais manche. Il agrippa ses cheveux tandis qu'elle s'occupait de lui, sentant sa bite se durcir encore plus et frémir à son toucher.

"Mon Dieu, Livvy..." Elle le sentit se secouer sous elle, puis il l'attira sur lui en l'agrippant par les aisselles. Il enfila un préservatif. Elle écarta les jambes pour lui et il la pénétra. Elle gémit doucement quand ils commencèrent à bouger ensemble – vraiment, il n'y avait rien de comparable à la sensation de sa bite en elle, sa bite si épaisse et longue, plus dure que l'acier avec une peau soyeuse et douce.

Ils firent l'amour lentement, prenant leur temps, ne se quittant jamais des yeux. Livia n'avait jamais ressenti une telle alchimie, n'avait jamais vécu cette intimité aussi rapidement avec quelqu'un. Elle connaissait déjà les détails de son visage, ses manières, la façon dont son regard devenait plus intense alors qu'ils faisaient l'amour, comme si elle était la seule chose qu'il pouvait voir ou voulait voir. Quand ils étaient si proches, elle souhaitait pouvoir se fondre en lui, ne faire qu'un. Ses ongles agrippèrent ses fesses fermes et rebondies alors qu'il plongeait en elle encore et encore. *Je pourrais mourir main-*

tenant et être heureuse, pensa-t-elle, puis elle se reprit. *Vraiment ? Oh merde.* Elle était en train de tomber amoureuse de lui.

Non, non, non. C'était trop rapide, trop tôt. *Calme-toi,* se dit-elle, en plongeant son visage dans son cou et en embrassant sa gorge. *Laissons faire les choses. Nox est l'homme qu'il te faut et tu le sais...*

"Je suis fou de toi", chuchota-t-il soudainement et elle hocha la tête.

"Et moi de *toi*, beau gosse." Elle l'embrassa, dans un élan de certitude qui balaya toutes ses autres pensées et elle jouit, prenant son orgasme comme une vague alors que Nox explosait en elle. Elle se demanda si elle devait lui dire qu'elle prenait la pilule. Quelque chose en elle voulait sentir sa semence au fond d'elle, sentir sa bite à l'intérieur sans aucune barrière. Mais elle était prudente – ils n'en étaient pas encore au stade où ils pouvaient en discuter et elle le savait. Mais Dieu, sentir sa peau contre la sienne en elle... serait-ce quelque chose qu'il accepterait ? Son cerveau était trop imbibé d'endorphine pour penser clairement.

Les lèvres de Nox étaient contre les siennes. "Mon Dieu, tu es magnifique." Il écarta les cheveux de son visage. "Yeux chocolat."

Elle sourit. "Yeux océan." Il rit et l'embrassa.

"Alors... de quoi parlions-nous ?"

"De ton incroyable générosité. Nox, il ne fallait pas."

Nox sourit gentiment. "Je sais, et ce n'était pas un cadeau de remerciement de m'avoir baisé, alors ne pense pas ça. Il était temps que je fasse quelque chose pour l'université, et maintenant c'est fait. Charvi était contente ?"

Livia hocha la tête. "Elle l'était."

"Bien, je suis content. J'espère que nous pourrons nous rencontrer bientôt."

Livia se serra dans ses bras. "Je lui en ai parlé. Nox... elle n'est pas prête. Elle m'a dit qu'elle avait encore tellement de colère envers ton père que si elle te voyait, si elle voyait que tu lui ressemblais, elle pourrait tout te balancer".

Nox se tut un moment. Livia le fixa, ses sourcils froncés. "J'espère que je ne t'ai pas contrarié."

"Non." Mais il se mit debout et se frotta le visage. Il prit sa chemise et commença à la mettre. "Je pense, eh bien..."

"Quoi ?"

"Je pense que je devrais te le dire. Charvi et ma mère... bien avant qu'elle ne soit mariée à mon père, elles étaient proches. *Très* proches."

"Amantes ?"

Nox hocha la tête. "J'étais le seul à savoir. Ma mère se confiait à moi et elle me disait toujours que bien qu'elle n'ait jamais regretté d'avoir épousé mon père et d'avoir eu Teague et moi, qu'elle détestait le fait d'être loin de Charvi. Qu'elle l'aimait entièrement."

"Pourquoi ta mère l'a quittée ?"

Nox lui sourit tristement. "La famille."

"Mon Dieu, quelle tragédie." Elle lui caressa le visage. "Tu crois que c'est pour ça que ton père est devenu fou ? Il l'a découvert ?"

"Je ne sais pas, Liv, honnêtement je ne sais pas. Papa était plutôt ouvert d'esprit, plutôt progressiste. Je ne peux pas imaginer qu'il flipperait pour quelque chose comme ça. Mais je n'aurais jamais imaginé qu'il puisse tuer ma mère et mon frère de sang-froid."

Livia frissonna. "Mon père était, ou est, un trou du cul d'ivrogne, mais il n'a jamais levé la main sur moi. Je ne peux pas imaginer ce que ça a dû être pour toi."

Il l'embrassa sur le front. "C'est ça le truc. C'était un père *génial*. Vraiment génial. C'était pas du tout un macho genre vous êtes des garçons, vous devez être des gros durs et les femmes doivent être à la cuisine, ce genre de conneries. Je ne comprendrai jamais."

Livia resta silencieuse pendant un moment. "Pourquoi les flics ont-ils cru aussi facilement qu'il était coupable alors ? Pourquoi n'ont-ils pas cherché plus loin ?"

Il eut l'air surpris. "C'était clair et net, ma chérie. Ils ont retrouvé Papa avec le pistolet dans la bouche, des résidus de poudre sur lui."

"Il a peut-être été victime d'un coup monté."

"Peu probable d'après l'équipe médico-légale, mais j'apprécie que tu penses du bien de lui." Il l'embrassa encore. "Et toi, alors ? Tu ne parles pas beaucoup de ta famille."

Elle haussa les épaules. "Pas grand-chose à dire. Enfant unique ;

maman était géniale, mais le cancer ne fait pas la différence. Si la vie était juste, le cancer aurait pris papa."

"Tu penses le revoir un jour ?"

"J'en doute. Ce n'est pas une grosse perte, vraiment. Ma famille est ici. Moriko et moi, on s'est rencontrées au premier semestre à l'université et on est colocataires depuis." Elle regarda sa montre. "En parlant de ça, elle doit rentrer d'une minute à l'autre, alors tu devrais t'habiller."

"Trop tard." La porte s'ouvrit alors que Livia parlait et Moriko s'approcha, tout sourire. "Salut, les enfants. *Belle* bite", ajouta-t-elle avec admiration à Nox, qui essayait de se couvrir avec son pantalon et se mit à rire. Livia éclata de rire en cachant son entrejambe avec son corps. Moriko disparut dans sa chambre en éclatant de rire : "Prévenez-moi quand vous serez en tenue décente et je sortirai."

Quelques minutes passèrent et Moriko sortit la tête de la porte. Elle eut l'air déçue. "Oh. Tu es habillé. Tu aurais pu me faire ce plaisir non ?" Elle fit un clin d'œil à Nox, qui lui répondit en souriant.

Livia secoua la tête. "Tu es terrible. Écoute, on va commander des pizzas et de la bière... Tu manges avec nous ?"

"Carrément, si je ne dérange pas."

"Pas du tout."

Quand la pizza arriva, Livia distribua des bières froides et ils s'assirent sur le petit balcon qui donnait sur la ville. "Si tu plisses les yeux, dit Moriko à Nox, tu peux voir la rue Bourbon d'ici."

Nox regarda en direction de la fameuse rue. "Vraiment ?"

"Ferme plus tes yeux... plus... maintenant garde les yeux fermés et imagine la rue Bourbon." Moriko gloussa à sa blague et Livia ricana, jetant un morceau de croûte de pizza à son amie.

"Arrête de te moquer."

"Non, non, dit Nox en souriant, c'est ce que les meilleures amies sont censées faire au bien-aimé. C'est la loi."

Moriko acquiesça sagement. "Tu es sage, jeune Padawan."

Livia toussa et le son qu'elle fit ressembla étrangement au mot 'geek'. Moriko sourit sournoisement. "Tu peux te moquer, Liv, mais *Superbite* et moi, on s'entend bien."

Nox s'étrangla de rire avec sa pizza, et Liv lui lança un regard d'excuse. "Désolée, elle n'est pas encore domestiquée."

Ils s'amusaient tellement que Nox décida de ne pas retourner au travail, et ils passèrent la fin de l'après-midi et la soirée à boire et à rire. À 22 h, Moriko se leva. "Eh bien, ce fut sympathique, les gars. J'y vais."

"Tu as un rencard torride?"

"Tiède, mais baisable." Moriko enfila sa veste en jean. Elle fit un clin d'œil à Nox. "Ravie de t'avoir rencontré comme il se doit. Prenez soin l'un de l'autre, les enfants." Et elle quitta l'appartement. "Et laissez les fenêtres ouvertes... ça pue le sexe ici."

"Oui, c'est *vrai*", murmura une Livia décidément ivre, avec un sourire satisfait. Nox rit et la fit monter sur ses genoux.

"Tu es ivre."

"Ouaip." Elle l'embrassa. "Et tu es tellement beau. Emmène-moi au lit, Renaud, et baise-moi comme un fou." Elle cria quand il se leva et la jeta par-dessus son épaule, la porta dans la chambre à coucher et fit exactement ce qu'elle demandait.

CHAPITRE HUIT

"L a mauve... non, pas celle-là.... elle n'est pas mauve ! *Celle-là*, oui."

Moriko aboyait des ordres à Livia qui s'habillait pour le repas de Thanksgiving chez Nox. Le dîner avec tous ses amis les plus proches. Tous. Et leurs petites amies et petits amis et *oh mon Dieu...* Livia était tellement nerveuse. Elle enfila la robe que Moriko lui avait montrée, puis secoua la tête.

"Non. Je ne me sens pas bien dedans."

"Et la blanche ?"

"Je ne veux pas passer pour une vierge immaculée. Et de toute façon, il y a un risque de la tacher avec de la sauce. C'est le dîner de Thanksgiving, rappelle-toi !"

Moriko soupira. "D'accord. Donc, nous cherchons quelque chose qui dit "Hé, ne faites pas attention à moi, je suis la petite amie bonne-mais-pas-salope qui vient du mauvais côté de la barrière... " Ok j'ai compris. Trouvons une robe rose qui dit je me suis faite engrossée dans une friperie et ton chéri pourra t'emmener au bal."

"Mais de *quoi* tu parles ?" Livia était un peu agacée à présent. Elle avait presque essayé toutes les robes qu'elle possédait. Moriko leva les yeux au ciel.

"*Rose bonbon*, le film."

"Moriko, c'est sérieux. Nox vient me chercher dans quinze minutes et je n'ai rien à me mettre. *Rien*."

"C'est bon, calme-toi ! Attends une minute."

Elle disparut et Livia l'entendit fouiller dans son armoire et elle fronça les sourcils. "Laisse tomber, il n'y a pas moyen que je rentre dans quoi que ce soit qui t'appartienne." Livia avait des formes généreuse et Moriko portait du XS, donc elles n'empruntaient jamais les vêtements l'une de l'autre. *Ce qui avait probablement évité de nombreuses disputes entre colocataires*, pensa Livia.

"Silence, ma chère." Moriko revint avec une grosse boîte. "Je gardais ça pour ton cadeau de Noël, mais je pense que tu en as besoin maintenant. Ouvre-la."

Livia ouvrit grand les yeux en voyant l'étiquette sur la boîte. "Oh, non, Morry, tu ne peux pas te le permettre."

"Tais-toi et ouvre-la."

Livia souleva le couvercle de la boîte, retirant le papier de soie qui s'y trouvait. Elle poussa un petit cri. Elle sortit la robe mauve et la tint contre elle.

"Mets-la, andouille."

Livia s'y glissa et se retourna pour se regarder dans le miroir. La robe avait un col en V, pas trop plongeant, mais assez bas pour dévoiler son long cou et son décolleté. La couleur soulignait les reflets dorés de ses cheveux bruns et mettait en valeur ses grands yeux et sa peau de crème. Elle soulignait ses courbes et lui arrivait juste au-dessus du genou. Classe et élégant. "Oh, Morry, je n'arrive pas à y croire. Merci beaucoup."

Les yeux de Moriko étaient doux. "Dès que je l'ai vue, j'ai su qu'elle était pour toi. Mets ton collier en or avec. Tiens, laisse-moi faire." Elle accrocha le collier autour du cou de son amie. "Charmant. Et attache tes cheveux. Comme ça..." Une fois de plus, elle prit les choses en main et, un instant plus tard, les cheveux épais et dorés foncés de Livia furent coiffés en un chignon, avec quelques mèches qui tombaient pour l'atténuer. Après quelques touches d'une ombre à paupières dorée et d'un rouge à lèvres rose,

Livia ne se reconnaissait plus dans le miroir. Était-ce vraiment elle ?

"Tu as l'air incroyable, dit Moriko avec un sourire satisfait. "C'est qui la meilleure ?"

"C'est toi." Livia rit et l'embrassa. "Merci mon chou."

"J'ai entendu une porte de voiture claquer, ce qui veut dire que Nox est en avance, comme toujours. Il veut probablement baiser avant le dîner. Amusez-vous bien et ne laisse personne te regarder de haut, ok ? Fais ça pour nous."

Livia sourit. "En ressemblant à ça ? Ils n'oseraient même pas." Quand la sonnerie retentit, elle tapa dans la main de son amie.

Livia fut flattée par l'expression sur le visage de Nox. "Waouh", dit-il, d'une voix perçante. "*Waouh*, Liv."

Elle rougit et l'embrassa, mais quelques secondes plus tard, Morry sortit et colla un Post-it juste au-dessus de son entrejambe. Nox rit en le lisant.

"*Livia Chatelaine, ne pas toucher / serrer / sucer / rebondir sur ceci* avant *la fin du dîner ou vous pourriez ne plus avoir l'air parfaite. Ne ruinez pas mon chef-d'œuvre.*"

Livia étouffa un rire choqué et Nox hurla de rire. Moriko sourit et ferma la porte derrière elle. Nox offrit son bras à Liv.

"Prête, ma jolie ?"

IL OBSERVA les couples entrer dans l'immense maison de Nox, accueillante et déjà prête pour le repas. Le personnel de table se déplaçait silencieusement autour d'eux avec des plateaux de cocktails à base de champagne et d'amuse-bouches. Il y aurait vingt invités en tout, surtout des couples, mais quelques-uns étaient en solo. Mais ce qui l'intéressait vraiment, c'était son hôte et sa magnifique petite-amie venue d'un autre milieu.

Il jeta un regard amusé à d'autres femmes et se demanda à quel point elles étaient méchantes, à quel point elles la regarderaient de haut. Ce serait amusant, au moins. Tout en même temps, il regardait la fille, mesurant à quel point Nox était amoureux d'elle. Jugeant à quel point il serait dévasté par sa mort inévitable.

Tout se passerait au moment opportun. S'il la tuait trop tôt, Nox ne serait peut-être pas aussi anéanti qu'il le voulait. Il rit encore. Non, ce naze de Nox vivrait quand même cela mal, peu importe depuis combien de temps il la baisait. Mais il ne voulait pas précipiter les choses. Il avait attendu plus de vingt ans pour refaire ça à son vieil ami. Pour Ariel ça avait été facile – personne ne s'était méfié. Il se souvenait encore de l'expression de choc, de l'horreur sur son joli visage quand il avait plongé le couteau en elle. Le regard de désarroi, d'horreur abjecte. Il avait hâte de revoir ça.

La porte s'ouvrit et Nox conduisit Livia dans la salle. Le beau couple attira immédiatement l'attention des invités, et lorsque Nox commença à présenter Livia à ses amis, l'homme qui serait bientôt son tueur l'observa – sa façon de bouger, les courbes de son corps, ses seins généreux, le doux sourire sur ses lèvres roses et pulpeuses. Il sourit. Il prendrait du plaisir à la tuer autant qu'à observer la douleur de Nox. Et d'après le regard sur le visage de Nox, il était déjà très amoureux.

"Nox Renaud est de nouveau amoureux. Qui l'eut cru ?" murmura-t-il à lui-même avant de se joindre à la fête.

CHAPITRE NEUF

"La bienséance nous dicterait que nous ne pouvons pas être assis l'un à côté de l'autre pendant le dîner", lui dit Nox en souriant. "Heureusement, je n'ai jamais suivi les règles."

Elle lui pinça fort les fesses et il rit. "Tu me le paieras plus tard, Renaud."

"J'espère bien. Enfin, Amber est arrivée. Allez, je suis sûr qu'elle te fera un accueil chaleureux."

Livia le suivit jusqu'à l'endroit où se tenait une magnifique rousse qui parlait à Sandor. Sandor fit un clin d'œil à Livia et elle lui jeta un regard reconnaissant. Amber leur sourit à tous les deux.

"Enfin ! Salut, Livia, c'est super de te rencontrer enfin."

"Pareillement." Livia détesta que sa voix tremble de nervosité, mais c'était la meilleure amie de Nox et elle voulait faire bonne impression.

Amber était *sensationnelle*. Il n'y avait pas d'autre mot. Grande, au moins un mètre quatre-vingt, ses longs cheveux rouge cerise tombaient en vagues le long de son dos, elle était maquillée à la perfection, et une silhouette en sablier dans une robe rouge qui aurait dû jurer avec ses cheveux mais qui lui allait sublimement. Amber regarda Livia la jauger avec un sourire sur le visage.

"C'est que de l'artifice, chérie. À la fin de la soirée, je suis en sueur, je m'enfile des frites et je regarde Netflix. Je ressemble à une créature du marais."

Livia s'étouffa de rire. "J'ai vraiment du mal à y croire."

Amber sourit. "Laissons les mecs et allons parler entre filles quelque part."

Oh-oh. Est-ce que ça allait être la discussion "Si tu fais du mal à mon ami c'est moi qui t'en ferai" ? Amber était dans son droit, pensa Livia, mais elle ne put s'empêcher de jeter un regard de crainte à Nox. Il lui fit un clin d'œil et articula : "Ne t'inquiète pas".

Elle ne savait pas à quoi s'attendre de la part d'Amber et fut surprise qu'elle commence par un "Merci".

Livia écarquilla les yeux. "Pourquoi ?"

"Pour avoir redonné le sourire à mon ami. Ça faisait longtemps que j'attendais. Tiens". Elle prit deux verres de champagne et en donna un à Livia. "Bois. Laisse-moi te donner quelques conseils pour survivre à cette fête. Crois-moi, il n'y a pas de quoi s'inquiéter, juste un petit cours accéléré sur qui tu devrais éviter."

Livia venait d'apercevoir Odelle Griffongy entrer avec Roan. "Eh bien, il y en a une que je *sais* que je dois éviter."

Amber suivit son regard. "Odelle ? Ce n'est pas la plus sympa, mais elle n'est pas malveillante non plus. Contrairement à Mavis Creek là-bas." Elle désigna d'un signe de tête une blonde très maigre qui faisait des yeux de chiot à Nox. "Elle a toujours eu un faible pour ton homme. Elle ne le sait pas, mais on l'appelle tous Mavis Creep."

Livia étouffa un petit rire quand la femme fit mine de leur tirer dessus. Amber lui montra les personnes à éviter, qui, heureusement, n'étaient pas trop nombreuses. "Nox les invite par politesse. Je les aurais envoyés bouler il y longtemps, mais je ne suis pas aussi gentille que Nox."

Livia lui sourit. "Y a-t-il aussi gentil que Nox ?"

Amber sourit. "Oh, il a son côté obscur, comme tout le monde. Mais, dit-elle en chuchotant alors qu'il approchait, ses habitudes bizarres sont quelque chose dont nous devrions discuter une autre fois. Rappelle-moi de te parler de... – oh, *bon sang*, Nox, tu arrives alors que c'était sur le point de devenir intéressant. Désolée, Liv, il faudra qu'on parle de ses bizarreries une autre fois."

Nox sourit, l'ayant clairement entendue. "Liv, ne l'écoute pas. Continue de faire semblant de croire que je suis parfait."

"Oh, bien sûr." Livia fit un clin d'œil à Amber, qui sourit et s'excusa.

Nox embrassa Livia, posant ses lèvres douces sur les siennes. "Ça va, ma chérie ?"

Elle lui sourit alors qu'il glissait ses bras autour de sa taille. "Oui très bien. J'aime déjà Amber."

"Bien. Sérieusement, il n'y a pas de quoi s'inquiéter. Ça a l'air un peu élitiste, mais en fait, c'est juste un dîner de Thanksgiving."

L'IDÉE que Nox se faisait d'un "simple" dîner de Thanksgiving était très différente de celle de la plupart des gens, pensa Livia une demi-heure plus tard quand ils s'assirent pour manger. Trois énormes dindes, parfaitement rôties et prêtes à être découpées par le personnel, étaient posées sur le buffet. Il y avait sur les tables d'énormes plateaux en argent de purée de pommes de terre, de patates douces, des bols de sauce à la canneberge... C'était la même nourriture qu'ailleurs, se dit Livia, mais on pouvait voir qu'elle était savoureuse. Quand Livia mit dans sa bouche un premier morceau de dinde tendre et bien assaisonnée, elle gémit presque de plaisir. Le dîner était ponctué de touches luxueuses, avec de la truffe râpée sur la dinde, un sorbet fin entre chaque plat pour nettoyer le palais. Mais l'atmosphère était comme Livia, qui n'avait jamais passé de Thanksgiving en famille, l'avait toujours imaginé. Il y avait de l'amour entre ces gens, et on pouvait le sentir.

Au milieu du repas qu'elle appréciait énormément, avec Nox à sa gauche et Sandor à sa droite, elle sentit quelqu'un la fixer. Elle leva les yeux et vit Odelle la regarder fixement. "Nous sommes-nous déjà rencontrées ?" La voix d'Odelle interrompit toutes les conversations de la table. Livia rougit car tout le monde se tut et la regarda.

"Oui en effet."

"Où donc ?"

"Livia était à ma fête d'Halloween," dit Nox gentiment, mais Livia entendit un trémolo dans sa voix. Était-il gêné, ou était-il en colère contre Odelle ? Elle ne pouvait pas le dire.

Odelle scruta Livia. "Non, ce n'est pas ça."

Livia soupira. Allez *qu'on en finisse.* "Je travaille au *Chat Noir.*"

Bien sûr, il y eut un silence. "Tu es le chef ?" dit Mavis Creep... *Creek,* corrigea Livia dans sa tête. Amber avait raison, cette femme était odieuse – elle savait clairement que Livia *n'était pas* le chef. "Non, je suis serveuse. Je te sers ton omelette de blanc d'œuf, Odelle."

Elle ne parvint pas à déchiffrer l'expression d'Odelle – l'autre femme hocha simplement la tête et retourna à son assiette. Mavis Creek ricanait, donnant des coups de coude à son compagnon, qui leva les yeux au ciel et essaya de l'ignorer.

"Livia est étudiante. Elle est en master Mavis, et elle travaille pour payer ses études. C'est une bonne chose, n'est-ce pas ?" Le ton de Nox était froid et le sourire de Mavis disparut.

"J'ai travaillé de nuit à Home Depot pendant mes études universitaires. Mon père ne voulait pas payer mes frais de scolarité si je ne travaillais pas également," dit Sandor. "J'ai dû payer mon propre loyer. Il n'y a rien de mal à travailler pour réussir."

"Qu'est-ce que tu étudies, Liv ?" demanda Amber et Livia lui raconta ce qu'elle faisait. Amber semblait impressionnée. "C'est fantastique."

"Il faudra que tu joues pour nous alors", dit Roan et elle leur sourit avec reconnaissance. Nox avait bien choisi ses amis. Ils avaient habilement désamorcé la situation, avec classe et bonne humeur. Nox prit sa main et la serra et Livia sentit ses larmes monter aux yeux. Mon Dieu, elle *aimait* cet homme. Qui s'en souciait s'ils se connaissaient depuis moins d'un mois ? Elle l'adorait.

Sandor lui donna un coup de coude et elle se tourna pour lui sourire. Sandor hocha la tête en direction de Nox. "Il est très amoureux. C'est vraiment super de le voir comme ça."

"Merci, Sandor. Je suis folle de lui. Vraiment, vraiment folle."

"Je suis content. Il mérite d'être heureux."

Livia le regarda attentivement. Sandor, avec ses cheveux bruns foncés coupés courts et sa barbe soigneusement taillée, était beau. Il avait les yeux pétillants, il était calme et amical. "Et toi, Sandor ? Tu vois quelqu'un?"

Il sourit. "Célibataire endurci, Liv. J'ai été marié il y a une dizaine d'années, mais ça n'a pas marché. C'est dommage. C'était une gentille fille, mais je ne suis pas doué pour la vie à deux, je le crains."

"Je comprends. Avant de rencontrer Nox, j'étais préparée à vivre en célibataire."

Sandor eut l'air sceptique et sourit. "Tu t'es *regardée*, Liv ? Cela ne serait jamais arrivé."

Elle rougit, mais rit. "Comme j'ai du mal à accepter les compliments, je vais vite changer de sujet." Sandor rit en souriant. "Et ta famille ?"

Sandor hocha la tête. "Enfant unique, maman est morte d'un cancer, papa a Alzheimer. Certains jours, il se souvient, mais la plupart du temps, il a perdu la notion du temps."

"Mon Dieu, je suis désolée."

Sandor hocha la tête. " Ce n'est pas grave. C'est plus dur pour moi que pour lui, mais je peux le supporter. Il s'enferme généralement dans un monde où ma mère est encore vivante. Tes parents ?"

"Ma mère aussi a eu un cancer. Elle est morte quand j'étais jeune et mon père, eh bien, je le vois plutôt comme un simple donneur de sperme. C'est un ivrogne et si je ne le revois plus jamais, ça m'ira très bien." Livia ne savait pas pourquoi elle donnait tant de détails sur sa vie privée à cet homme, elle savait seulement qu'elle l'avait apprécié depuis le début. Il était chaleureux, ouvert et amical, et elle pouvait comprendre pourquoi il était l'ami et partenaire d'affaires de Nox. "Tu sais comment j'ai rencontré Nox. Et toi, tu l'as connu comment ?"

Sandor sourit. "En fait, j'étais le colocataire de son frère Teague. Mais le plus bizarre, c'est que mon père et le père de Nox étaient de vieux amis, même s'ils s'étaient éloignés l'un de l'autre. Quand

Teague et moi sommes devenus amis, ils ont repris contact pendant un moment. Jusqu'à la tragédie, bien sûr."

Livia hocha la tête. "Quel malheur."

"En effet. Mais Nox n'a pas eu l'air heureux comme ça depuis des années, et c'est grâce à toi."

APRÈS LE DÎNER, certains invités commencèrent à rentrer chez eux jusqu'à ce qu'il ne reste plus qu'Amber, Sandor, Roan et Odelle. Odelle semblait impatiente de partir, mais Roan voulait lui rester. Amber s'assit sur un fauteuil, ses longues jambes croisées sur le côté ; Sandor s'assit à côté d'Odelle, son bras autour de ses épaules, amical et réconfortant. Livia s'assit sur les genoux de Nox, et ils enlevèrent leurs chaussures maintenant que le dîner guindé était terminé. Elle passa sa main dans les boucles de Nox et il lui sourit. Elle chatouilla sa barbe et frotta son nez contre le sien.

"Tu t'es bien amusée, bébé ?"

Elle acquiesça. "Oui, vraiment." Elle baissa la voix. "J'aime bien tes amis. Je veux dire, la plupart d'entre eux." Elle sourit et il rit. "Je dois dire que j'avais des doutes sur eux et que j'avais tort."

"Pour la plupart." Nox désigna subtilement Odelle de la tête. "Elle ne te veut pas de mal, vraiment."

"J'ai compris."

Il lui caressa la joue du bout du doigt. "Tu restes ce soir ?"

Elle se pencha vers lui. "Tu sais bien que oui."

QUAND LES AUTRES partirent après minuit, tous un peu ivres à l'exception d'Odelle, Roan étreignit Nox et fit rire Livia. "Toi, ma petite, tu as rendu son sourire à mon ami. Je t'adore."

Elle riait encore quand elle et Nox rentrèrent dans le manoir. C'était si calme, et Livia regarda par la fenêtre. "La brume sinistre est de retour." Nox la rejoignit à la fenêtre, lui passant une main dans le dos. Ils contemplèrent la brume qui sortait du bayou.

"C'est fin novembre." Nox se tourna et passa ses lèvres le long de son cou. " Tu crois qu'il est trop tard pour un peu d'action à la fraîche ?"

Livia commença à sourire, se retournant pour coller ses lèvres sur les siennes. "Si j'abîme cette robe, Moriko me tuera. Littéralement, pas au figuré."

"Alors tu ferais mieux de l'enlever ici, ma chère, parce qu'il est impensable que nous ne sortions pas dans ce jardin pour faire l'amour dans cinq... quatre..."

Livia hurla de rire à mesure qu'il comptait et elle enleva rapidement sa robe. Nox arracha sa chemise et la lança par-dessus son épaule.

Livia fit un battement de tambour sur ses fesses alors qu'il la portait dans le jardin, et quand il la déposa dans l'herbe humide, elle lui sourit. "Tu es une andouille."

"Une andouille qui va te faire jouir encore.... et encore... et encore...".

Bientôt, ils furent nus et ils s'agrippèrent l'un l'autre en baisant, en s'abandonnant. La brume qui remontait du bayou était froide et ils frissonnaient tous les deux, leur peau humide de sueur, alors qu'ils faisaient l'amour. Ils restèrent ensuite serrés l'un contre l'autre. Livia embrassa sa bouche. "Tu rends tout si magique, bébé. Tu sais ce que j'adorerais faire ?"

"Quoi donc ?"

"Tu te souviens de ce petit bosquet où on s'est rencontrés ?"

Ils marchèrent lentement, leurs vêtements à la main, jusqu'à ce qu'ils atteignent la petite alcôve isolée. Livia marcha jusqu'au banc de pierre et le tapota. "Viens t'asseoir avec moi."

Nox s'assit, confus, Livia sourit et posa la paume de sa main sur sa joue. "Quand je t'ai vu pour la première fois ici, j'ai pensé que tu étais la personne la plus triste au monde. Et au fond je voulais t'enlever cette douleur."

Nox appuya son front contre le sien. "Tu l'as fait."

"J'espère qu'au moins j'ai un peu réussi. Tu mérites tout le bonheur du monde, Nox. Chaque moment de ta vie devrait être rempli de joie."

"C'est le cas quand je suis avec toi."

Elle l'embrassa. "Tu te souviens de cette nuit-là ? J'étais si sûre que tu allais m'embrasser, et quand Amber t'a appelé par ton nom... Mon dieu, j'étais si déçue. Je me suis toujours demandée si j'avais imaginé ce moment."

Nox secoua la tête. "Non, tu ne l'as pas imaginé." Il sourit un peu. "Je voulais faire plus que t'embrasser."

Elle rit. "Eh bien, je le voulais aussi. Alors... Faisons honneur à ce vœu tout de suite."

Elle avait à peine fini sa phrase qu'il pressa ses lèvres contre les siennes. "Que Dieu me vienne en aide, Livia Châtelaine," dit-il alors qu'ils avaient tous les deux le souffle coupé, "mais je crois que je tombe amoureux de toi".

Livia ressentit un élan de joie. "Je t'aime, Nox Renaud. J'en ai rien à foutre si ça ne fait que quelques semaines. Je t'aime."

Ils étaient tellement absorbés l'un par l'autre en commençant à faire l'amour, qu'ils ne virent pas l'homme glisser tranquillement du fond de l'alcôve dans l'obscurité.

IL LES OBSERVA s'adonner l'un à l'autre, leur amour était évident et palpable. Ils formaient un beau couple, avec leurs peaux pâles sous le clair de lune. Leurs halètements, leurs soupirs et leurs gémissements de plaisir étaient les seuls bruits dans la nuit.

Profites-en, Nox. Profite d'elle tant que tu le peux.

Il ne pouvait pas quitter des yeux le corps somptueux de Livia. Au dîner, il l'avait étudiée, ses grands yeux bruns et chauds, la façon dont elle avait géré les attaques de Mavis Creek. Ses lèvres roses et pulpeuses qui s'incurvaient en souriant. Oui, il pensa qu'il était très facile de tomber amoureux de Livia Châtelaine. Il s'intéresserait de plus près à sa vie, à ses amis... il serait intéressant de lui embrouiller la tête aussi, avant qu'elle ne devienne sa victime.

En attendant, Nox... Il ferait croire à son vieil ami qu'il était en train de perdre la tête. C'était la prochaine étape, et il savait comment s'y prendre...

Il regarda à nouveau le couple, qui criait en jouissant, et sourit. *Oui, Profite de la belle Livia tant que tu le peux, Nox. Parce que plus vite que tu ne le crois, avant la fin de l'hiver, avant que les dernières aiguilles de pin ne tombent des sapins de Noël... elle sera morte.*

Et toi, Nox, tu vas pourrir dans une cellule de prison, accusé du meurtre pervers, brutal et sanglant de la femme que tu aimes.

CHAPITRE DIX

Odelle fixa longuement Roan, puis elle prit une cigarette dans son sac à main. Roan attendait, son cœur battant la chamade dans sa poitrine. Odelle alluma sa cigarette et le regarda fixement.

"Pourquoi ?"

Roan esquissa un sourire. "Comme tout le monde. Je veux être ton mari, évidemment."

Odelle ne sourit pas. "Roan, je pense que nous savons tous les deux que ce n'est pas une question d'amour. Sinon, pourquoi tu baiserais d'autres femmes ?"

Elle avait raison et Roan acquiesça d'un signe de tête. "J'admets mes torts. Je suis immature, Odelle, et ce n'est pas une excuse. Je peux changer."

Odelle se mit à rire. "Sois honnête, Roan. Si je t'épouse, tu auras l'argent de mon père et tu retrouveras tes vieilles habitudes d'ici un an." Elle soupira. "Je mérite mieux. Je mérite ce que ton pote et cette serveuse ont. Tu as vu la façon dont ils se regardaient ?"

"On se regardait comme ça."

"Non, on ne s'est jamais regardé comme ça."

Roan s'assit sur sa chaise. "Alors, c'est un non."

Odelle sourit à moitié. "Je n'ai pas dit ça. Je vais y réfléchir. Prouve-moi que tu peux rester fidèle. Fais ça. Je te donne une semaine pour mettre un terme à tes histoires avec tes putes. Une semaine de répit. Baise-les et dis-leur adieu. Fais ça, et j'accepterai de me fiancer."

Roan hocha la tête. "Bien." Il se leva et se dirigea vers elle, passant le bout de ses doigts le long de sa joue de porcelaine. "Odelle, on peut faire en sorte que ça marche. Je suis désolé de t'avoir donné l'impression d'être..."

Elle le regarda droit dans les yeux. "Ton deuxième choix."

Il secoua la tête. "Tu n'as jamais été ça pour moi."

"Alors ne me fais plus jamais ressentir ça, Roan, ou tu le regretteras. D'accord ?"

Il hocha la tête, ses yeux bleus étaient sérieux pour une fois. "D'accord."

EN ENTRANT dans sa salle de musique, Livia sourit au SMS de Nox.

C'est sympa de savoir que tu es en route pour pratiquer ton "doigté". J'espère faire la même chose plus tard. Je t'aime, X.

Elle gloussa. Depuis Thanksgiving et leur déclaration d'amour, leur relation était devenue encore plus amusante et *nettement* plus cochonne. Ils avaient baisé dans pratiquement toutes les pièces de son manoir, à l'exception des deux pièces qu'il gardait fermées à clef. Elle ne les mentionnait jamais, devinant que c'était là où sa famille avait péri. Elle se demandait pourquoi il avait continué à y vivre après leur mort. Elle demanderait à Sandor ou à Amber si elle le pouvait – ils étaient tous les deux rapidement devenus ses confidents et Livia était ravie que les amis de Nox l'aient acceptée si facilement. Ce soir, c'était au tour de ses amies de rencontrer Nox – Marcel et Moriko, ainsi qu'un autre couple d'employés du restaurant – et ce soir, Livia espérait persuader Charvi de venir aussi.

La salle de musique était vide quand elle déposa ses affaires sur le sol et s'assit devant le Steinway. Elle passa sa main sur la surface lisse du piano, admirant encore une fois à la générosité de Nox. Elle ferma les yeux et repensa à ce matin, au réveil dans son lit, à sa bouche sur son mamelon, puis son ventre, et enfin sa langue s'enroulant autour de son clito jusqu'à ce qu'elle jouisse. Livia soupira. Son corps était encore douloureux après la nuit précédente ; ils avaient fait l'amour toute la soirée et presque toute la nuit jusqu'à ce qu'ils soient épuisés, et maintenant son vagin souffrait du martèlement de l'énorme bite de Nox. Il possédait son corps quand ils faisaient l'amour, et elle adorait ça.

"Coucou..." Livia ouvrit les yeux pour voir Charvi qui fronçait les sourcils. "Tu te sens mieux ?"

Livia était confuse. "Hein ?"

"Tu as dit que tu étais malade et que tu ne serais pas là aujourd'hui."

Livia secoua la tête. "Non, ce n'est pas moi."

"Tu n'as pas appelé l'administration ?"

"Non."

Charvi haussa les épaules. "Ils ont dû confondre les noms. Merde, alors la salle est doublement réservée."

"Oh." Livia était déçue. "Peu importe, je reviendrai plus tard... Mince, non, oublie. J'ai promis à Marcel de passer quelques heures au restaurant. Eh bien tant pis."

"Désolée, chérie."

"Ce n'est rien." Livia commença à reprendre ses affaires. Charvi lui sourit avec un air désolé.

"Nox ne t'a pas encore acheté un Steinway pour la maison ?"

Livia sourit. "Où est-ce que je le mettrais ? Et non. C'est une chose pour lui de dépenser cet argent pour le département de musique, c'en est une autre de le dépenser pour un cadeau personnel."

"Il n'a pas de piano au manoir ?"

Livia secoua la tête. "Tu sais, je n'y avais jamais pensé, mais non."

"Hum."

Les sourcils de Livia se levèrent. "Pourquoi ?"

"Tu ne sais pas ?" Charvi sortit son iPad et se rendit sur une page Internet. Elle le donna à Livia.

C'était une page des archives de *The Advocate*, le journal de la

Nouvelle-Orléans, Baton Rouge et Lafayette. L'histoire était vieille de vingt-cinq ans.

Un garçon de la région remporte un prix musical prestigieux.

Le fils de Gabriella Renaud, de la haute société de la Nouvelle-Orléans, a reçu le premier prix pour sa composition solo, Lux, aux New Orleans Children's Music Awards. Nox Renaud, douze ans, a écrit et interprété le morceau au violoncelle devant un public de célébrités locales au Lafayette Emporium Music Theatre. Des membres de l'illustre Institut Peabody auraient également écouté le jeune prodige. Des sources proches de la famille Renaud, dont le patriarche, Tynan Renaud, l'un des philanthropes les plus riches de Louisiane, affirment que la famille encourage le jeune homme à se tourner vers une carrière dans la musique. Le frère aîné de Nox, Teague, est actuellement courtisé par Harvard et Brown, et la famille a une longue histoire d'excellence académique.

Livia leva les yeux vers Charvi. "Je n'en avais aucune idée. Pourquoi ne me l'a-t-il pas dit ?"

"Je ne sais pas. Mais je suppose que, comme lui et sa mère – qui était pianiste comme toi – jouaient ensemble, c'est trop douloureux d'en parler."

"Oh." Livia se sentit mal. "Et je suis là, à parler de... *mince.*"

"Hé, *non*, ne fais pas ça. Je le connais, c'est... une question de survie. Non pas qu'il t'utilise pour se souvenir de sa mère, mais grâce à toi, il peut en quelque chose la faire revivre, tu sais ? Je suis sûre que c'est complètement différent de ce qu'il ressent pour toi."

Livia sourit à moitié. "Nous dînons avec Moriko et Marcel et quelques autres ce soir. Viens. Il adorerait te voir."

Charvi hésita mais Livia pouvait voir qu'elle avait une petite envie de voir le fils de son ancienne maîtresse. "S'il te plaît", dit doucement Livia.

Charvi sourit. "D'accord. Dis-moi juste où et quand."

Livia sourit et la prit dans ses bras. "Ce sera super, je te le promets."

Charvi hocha la tête. "Le prochain élève n'arrive pas avant dix minutes. "Entraîne-toi vite avant de partir."

"D'accord, merci."

Quand elle fut seule, Livia ne put s'empêcher de penser à Nox. C'était un violoncelliste ? Elle se demanda à quoi ressemblait sa composition. Elle pouvait l'imaginer, ses boucles sombres et désordonnées, entourant son visage alors qu'il se penchait sur son violoncelle, l'intensité de ses yeux verts pendant qu'il jouait. Elle pouvait le voir adulte, recevant les applaudissements de son public, avec une beauté dévastatrice, dans son costume, en train de jouer. Elle devait l'amener à s'ouvrir à elle.

Elle souriait encore en ouvrant le piano. Une enveloppe glissa sur le sol, et quand elle se pencha pour la ramasser, elle se rendit compte qu'elle lui était adressée. Elle ne reconnut pas l'écriture et supposa qu'il s'agissait d'un courrier de la fac. Elle ouvrit l'enveloppe.

Son sang se glaça.

Romps avec Nox, ou je ferai de ta vie un enfer, salope.

Livia ne put retenir un gémissement de douleur. C'était quoi ce bordel ? Elle jeta un coup d'œil à l'enveloppe et se ressaisit. *Tu cherches vraiment l'adresse de l'expéditeur ?* C'était si abject, si blessant sur le moment, qu'elle ne pouvait plus respirer. Puis une montée d'adrénaline la traversa, un éclair de colère. Qui pouvait lui envoyer un mot aussi méchant ?

"Qui que vous soyez, se dit-elle, vous pouvez aller vous *faire foutre*." Elle froissa le billet et le mit dans la poche de son manteau. Elle avait une assez bonne idée de la personne que ça pouvait être. *Mavis Creep.* Livia prit ses affaires et commença à se diriger vers l'arrêt de bus. Elle se sourit à elle-même.

Eh bien, Mavis, juste pour ça, je vais baiser Nox plus longtemps et plus fort que jamais ce soir. Qu'est-ce que tu penses de ça, salope ? Elle aurait aimé lui dire cela en face.

Livia était tellement absorbée par ses pensées qu'elle ne vit pas l'homme qui la suivait. Il prit le bus avec elle jusqu'au quartier français et la suivit jusqu'au *Chat Noir*. Il la regarda échanger avec ses amis – la mignonne asiatique, le beau et sombre Français qui était manifestement le propriétaire du restaurant. Des amis proches, évidemment. Bien, c'était bien. Cela signifiait qu'elle était vulnérable.

Quand son service prit fin, il la suivit chez elle. Elle était seule maintenant ? Il imagina à quel point il pourrait s'amuser s'il la surprenait seule.

Mais il avait d'autres plans pour elle, pas un meurtre rapide. Il jouait sur le long terme. Le billet devrait l'avoir déstabilisée, mais pas l'avoir effrayée. Cela l'avait sans doute mise en colère.

Ça commence...

Il allait adorer ça.

CHAPITRE ONZE

Nox fut secoué en voyant Charvi arriver au restaurant. Sa main serra par réflexe celle de Livia et elle lui sourit. "Tout va bien, bébé", chuchota-t-elle, et elle l'embrassa sur la joue.

Il se leva pour saluer l'ancienne maîtresse de sa mère. Charvi avait elle aussi l'air nerveuse quand elle lui fit la bise. "Tu lui ressembles", dit Charvi, la voix tremblante. Pendant un moment, ils se regardèrent l'un l'autre. Puis, alors qu'une larme roula sur la joue de Charvi, ils tombèrent dans les bras l'un de l'autre.

Elle lui dit juste : "Elle me manque", et Nox, submergé par l'émotion, hocha la tête.

"Je sais. Je sais."

Ils s'assirent, Nox vit Livia essuyer une larme dans ses yeux. Il l'embrassa. "Merci", murmura-t-il à son oreille et elle sourit.

"Je t'aime", dit-elle en écartant une boucle de cheveux de son front.

Après cela, la tension disparut presque totalement au sein du petit comité. Marcel et Nox parlaient affaires, Charvi, Moriko et Livia de tout et de rien. C'était simple, amusant. Le restaurant qu'ils avaient choisi était extraordinaire. Nox aimait le petit groupe d'amis de Livia ;

ils étaient drôles, érudits et terre à terre, tout comme Liv. Elle était assise tout contre lui tout en mangeant et riant avec eux. Il enfouit son visage dans ses cheveux et la respira pendant qu'elle parlait à ses amis, et il sentit sa main glisser sur sa cuisse. Mon Dieu qu'il aimait cette femme.

Son téléphone portable bipa et il y jeta un coup d'œil. Sa gorge se serra et il se tendit. Ariel. Une photo d'elle, riante et souriante, ses cheveux foncés éclairés par le soleil. Il fronça les sourcils. Qui lui envoyait ça *maintenant* ?

Il n'y avait pas de numéro de téléphone affiché. Un autre SMS arriva. Cette fois, c'était une photo de scène de crime, une photo qu'il avait vue tellement de fois qu'elle était gravée dans sa mémoire. Ariel, vêtue d'une robe grise, couchée sur l'une des tombes du cimetière Lafayette, son sang tachant sa robe et la tombe en marbre blanc sur laquelle elle avait été déposée. Elle avait l'air d'avoir été sacrifiée à un Dieu des ténèbres. La lame du poignard était encore enfouie profondément dans son ventre, ses yeux étaient ouverts et un cri de terreur et de douleur à jamais bloqué au fond de la gorge. Nox eut la nausée.

"Excusez-moi", marmonna-t-il avant de se lever pour aller aux toilettes. Il y parvint juste avant de vomir. Un malade jouait un jeu malsain en lui envoyant ces photos.

Mais ce n'était pas la première fois. Après la mort de sa famille, des amis d'Ariel lui avaient envoyé des photos, le provoquant, lui faisant comprendre qu'ils pensaient que c'était lui, le tueur. La situation avait tellement dégénéré que quand il avait été au plus bas, il s'était même demandé s'il ne l'avait pas vraiment fait... même si, rationnellement, il savait que c'était impossible. La police l'avait interrogé pendant des heures, des jours, après les deux tragédies et l'avait relâché sans aucun chef d'accusation, ni aucun avertissement. Nox savait qu'il était innocent, mais cela ne l'empêchait pas de ressentir le poids de la culpabilité.

Il retourna vers le groupe. Livia le regarda, avec de l'inquiétude dans ses yeux bruns et chauds. "Ça va ?"

Il lui sourit. "Tout va bien, bébé. Désolé, j'ai eu la nausée pendant une seconde. Probablement le contrecoup de ma nervosité de tout à l'heure."

Livia glissa son bras autour de sa taille et l'embrassa tendrement. "Je pense que ça s'est très bien passé", dit-elle à voix basse, en désignant subtilement Charvi d'un signe de tête. Nox hocha la tête.

"Grâce à toi."

Livia secoua la tête. "Vous vous seriez retrouvés, avec ou sans moi."

Nox effleura ses lèvres des siennes. "Je ne veux plus jamais être sans toi."

"Tu ne le seras jamais."

Après le dîner, ils se dirent au revoir. Nox et Charvi passèrent un moment seuls ensemble. "Ta mère aurait été si fière de l'homme que tu es devenu, Nox. Et elle aurait adoré Livia. Vous êtes faits l'un pour l'autre."

Nox lui sourit. "Je le pense aussi."

"Tu promets de prendre soin de ma petite ?"

"De tout mon cœur."

Livia et Nox rentrèrent chez lui. En entrant dans sa chambre, il lui sourit. "Liv... tu sais, tu pourrais emménager ici avec moi."

Livia se tut un moment, puis elle s'assit sur le lit. "N'est-ce pas trop tôt ?"

Nox se sentit un peu vexé, mais il pouvait comprendre sa réaction. "Honnêtement, je ne sais pas. Mais je sais que j'aimerais beaucoup."

Elle lui sourit à moitié. "Moi aussi, mais je ne veux pas mettre Moriko dans une situation difficile. Nous pouvons à peine payer le loyer de notre appartement à nous deux – et avant que tu fasses un don généreux, écoute-moi. Nous en avions toutes les deux besoin. Nous avions toutes les deux besoin de prouver que nous pouvions subvenir à nos besoins par nous-mêmes. Nox, tu sais que le fait que tu sois riche ne m'a jamais dérangée – je ne suis pas intéressée par ton argent, c'est toi que je veux. Mais je ne suis pas naïve non plus. Je reste ici avec toi, je mange ta nourriture, je voyage avec toi... Mais il est important pour moi de ne pas perdre contact avec la réalité. Je gagne ma vie, je paie à ma façon. Je ne sais pas si je serai un jour à égalité avec toi sur le plan financier– en tant que musicienne, probablement pas", dit-elle en riant. "Mais je dois trouver un équilibre. Je ne serai pas *ce genre* de femme, tu sais."

Nox écrasa ses lèvres sur les siennes. "Tu sais que tu es mon héroïne ?"

"La drogue ou un héro au féminin ?" Elle sourit et il rit.

"Les deux. Carrément les deux. Et oui, j'ai compris. Peut-on trouver un compromis ?"

"Comment ça ?"

"Apporte au moins quelques affaires ici, prends de l'espace dans mon placard pour que quand tu n'es pas là..."

"Tu puisses t'habiller comme moi ?" Livia sourit et Nox éclata de rire.

"Merde, ma chère, tu me comprends parfaitement."

"Je m'y vois déjà. Je reçois un texto : *Je suis à la maison, habillé comme toi. Apporte du sirop de chocolat et une cravache. Pervers.*"

Nox la poussa sur le lit. "Tu veux du pervers, je vais te *donner* du pervers, femme." Il remarqua que sa respiration s'accélérait, qu'elle était excitée – cela se voyait dans ses yeux. "Oh, tu aimes cette idée, hein ?"

Elle hocha la tête, ses lèvres roses s'ouvrirent, et il sentit sa bite se durcir. "Alors, quel est votre type de perversion, Mme Chatelaine ?"

Il souleva sa robe et enfouit son visage dans son ventre tout doux et Livia gloussa. "Eh bien, c'est pas mal pour commencer."

"C'est sympa, mais pas très pervers", marmonna Nox, en titillant son nombril avec sa langue. Il la sentit frissonner de plaisir.

"Tu sais, honnêtement, je n'y ai jamais pensé... mais il n'y a pas grand-chose que je n'essaierais pas avec toi, M. Renaud."

Nox gémit. "Mon Dieu, Liv..." Il déboutonna sa robe et fit glisser sa culotte le long de ses longues jambes. "Chaque centimètre de ta peau est un paradis."

"Qu'est-ce que tu aimes, Nox ? Dis-le-moi et je le ferai."

"Je ne pense qu'à ta peau de crème et au fait que ma bite veut être en toi."

Elle gloussa et il se déplaça sur le haut de son corps. Livia déboutonna sa chemise et sa braguette alors qu'il l'embrassait, puis elle désigna sa cravate des yeux. "Tu veux m'attacher, vilain garçon ?"

Les yeux de Nox s'illuminèrent. "Bonne idée." Il noua sa cravate autour de ses poignets, les levant au-dessus de sa tête. "Ha, maintenant tu es vraiment à ma merci", lui souffla-t-il à l'oreille pendant qu'elle gloussait et frémissait sous lui. "Qu'est-ce que tu aimes, Nox, vraiment ? Je le ferai, peu importe ce que c'est... Tu peux me donner une fessée, me fouetter... n'importe quoi. Je suis à toi."

Elle sentit son énorme bite gonfler encore plus et il gémit, enfouissant son visage dans son cou. "Tu me fais un de ces effets Mme Chatelaine...." Il la regarda dans les yeux. "Puis-je te mettre sur le ventre et te prendre par derrière ?"

Il la retourna et il écarta doucement ses jambes, et quand sa bite, si dure, si grosse, entra dans sa chatte, elle le sentit dans chaque cellule de son corps. La friction en plus sur son clitoris était une sensation paradisiaque, et Nox empoigna ses cheveux en la pénétrant, tirant sa tête vers l'arrière et vers le haut pour qu'il puisse l'embrasser sur la bouche.

"Prends-moi, Nox, plus fort... plus fort..." Elle haletait pendant qu'il la baisait, en faisant des poussées plus profondes à l'aide de ses hanches, sa bite enfonçant sa chatte jusqu'à ce qu'ils jouissent tous les deux. Nox éjacula en elle pour la première fois et sa semence entra profondément dans son ventre.

Livia soupira de bonheur en se délectant de son propre orgasme. "Nox ?"

Nox avait posé sa bouche sur sa nuque, l'embrassant, mordant sa peau fébrile pour elle. "Oui, ma chérie ?"

Elle se retourna pour le regarder dans les yeux. "Encule-moi, Nox. Encule-moi très fort."

Il grogna de désir et, après avoir mis un préservatif sur sa bite, la prit exactement comme elle l'avait demandé. Se frayant un chemin dans son cul parfait, ils firent l'amour de nouveau. Livia poussa un long cri lorsqu'elle jouit d'un orgasme plus doux, mais tout aussi excitant que le précédent.

En retirant le préservatif, Nox roula à côté d'elle, la retourna sur le dos et lui libéra les mains. Elle agrippa ses boucles et tira fort, ce qui le fit sourire. "Mon Dieu, femme, tu es une bête."

Livia l'embrassa, lui mordant la lèvre inférieure, voulant l'absorber dans son âme. "Baise-moi encore, et encore, et encore, et encore..."

Nox la serra contre lui, les fit rouler tous les deux jusqu'au sol, où il appuya les jambes de Livia contre sa poitrine et s'assit pour admirer son corps. "Tu as la chatte la plus parfaite du monde, Mme Chatelaine. Pourquoi tu ne te toucherais pas pendant que je te regarde ?"

Il recommença à caresser sa bite qui redevint dure, tandis que Livia caressait son propre sexe, glissant ses doigts en elle, sentant son sperme au fond d'elle. Quand Nox n'en put plus, il repoussa sa main et replongea sa bite en elle. "Je veux te remplir de mon sperme, bébé."

"Fais-le", dit-elle avec ferveur, ses yeux presque féroces de désir. "Baise-moi comme si tu voulais me faire du mal."

Il le fit, frappant ses hanches contre elle, lui fixant les mains au sol, l'embrassant, jusqu'à ce qu'ils soient tous deux exténués.

Puis, ils prirent une douche ensemble. Livia suça la bite de Nox alors que l'eau roulait sur leur peau. Après s'être séchés, il la porta sur le lit, et leurs corps nus s'entrelacèrent.

Livia lui caressa le visage. "Je n'y connais pas grand-chose en bondage, dit-elle, mais je pense que c'est excitant à découvrir. Tu as déjà fait ça avec quelqu'un avant ?"

Nox secoua la tête. "Non, mais comme tu le dis, je suis excité à l'idée de le faire avec toi. On peut y aller doucement, voir ce qu'on aime. On peut même acheter des jouets si tu veux."

"J'aimerais bien." Livia lui sourit. "J'aime l'idée de porter une tenue en cuir pour toi, que tu m'attaches pendant que tu me baises. Que tu me domines."

"Wahou chérie !" Nox désigna sa bite qui redevenait dure d'un signe de tête. "Tu ne veux pas me laisser dormir ce soir, n'est-ce pas ?"

Livia rit, le faisant rouler sur le dos et le chevaucha, le guidant à l'intérieur d'elle. Elle gémit en frissonnant et s'empala sur lui. "Honnêtement, je pourrais rester dans cette position pour toujours", dit-elle en commençant à bouger. "Dis-moi des cochonneries, Nox. Dis-moi ce que tu aimes."

Il prit ses seins entre ses mains alors qu'ils s'agitaient en rythme. "J'aime tes beaux seins," dit-il, "si moelleux et potelés. Je pense parfois à eux quand je suis au travail, imaginant juste mettre ma bouche sur chaque mamelon rose et les sucer jusqu'à ce que tu cries. Je pense à ta chatte chaude et serrée, à ma langue, à mes doigts et à ma bite qui l'explorent tandis que tu contractes tes muscles."

Il pinça son clito quand elle commença à gémir et elle accéléra la cadence. "Mon Dieu, Nox, oui... c'est ça..."

"J'imagine que je te plaque contre un mur de pierre froid dans un endroit public et que je te baise jusqu'à ce que les gens se demandent d'où vient ce cri. Ou de débarrasser une table du restaurant, d'arracher cette jolie petite robe de serveuse, et te baiser devant tous ces gens. Les regarder admirer ton corps parfait..."

Livia cria en jouissant, tellement excitée par son discours, mais Nox s'amusait. "Je veux te baiser comme une bête, Livia. Je rêve que tu aies oublié de mettre ta culotte pour que je puisse te prendre où je veux, quand je veux".

"Je suis à toi, Nox, pour toujours, pour toujours..."

Le cri de Livia le fit jouir et il éjacula profondément dans son ventre, ses muscles vaginaux se serrant autour de lui, le pompaient, en même temps qu'elle le regardait. Elle était si belle que son cœur semblait se gonfler d'amour. "Mon Dieu, je t'aime, Livia Châtelaine."

Elle se pencha ensuite pour l'embrasser à nouveau, et ils ne parlèrent plus le reste de la nuit.

Roan regarda la fille assise sur le siège passager de sa voiture et essaya de sourire. "Je suis désolé pour tout ça."

Mon Dieu, pourquoi en avait-il choisi une si jeune ? Une qui ne connaissait rien encore à la vie. Du coup, il y avait des larmes dans ses grands yeux bleus, et il détestait que ce soit lui qui les ait provoquées.

"Pia, je suis désolé. C'est ma faute, je n'aurais jamais dû venir te parler ce jour-là." Il toucha son menton avec le sien. "Écoute, tu es magnifique. Il y a probablement une tonne de mecs qui aimeraient être avec toi, et je te garantis qu'ils seront tous bien mieux pour toi que je ne le suis. Je suis cassé, Pia. Je ne suis pas quelqu'un de bien."

"Mais je tombais amoureuse..."

"Non. Ne dis pas ça. Tu es trop jeune pour savoir ce qu'est l'amour."

Elle ouvrit soudainement la portière de sa voiture et en sortit. *Oh oh.* Ce n'était pas une bonne idée. Il était plus de minuit et la ville n'était pas un endroit sûr pour une fille comme Pia la nuit. Il sortit et l'appela. "Pia, monte dans la voiture."

"Va te faire foutre."

Il soupira. Serait-ce plus facile de la laisser partir ? Oui. Ce n'était pas comme si elle pouvait le menacer de le dire à Odelle, elle hausserait les épaules et lui dirait : "Oui et alors, je suis au courant." Et, après tout, il faisait ce qu'Odelle lui avait demandé de faire. Il faisait ses adieux à toutes ses maîtresses. *Il devrait peut-être arrêter de parler des femmes comme d'un passe-temps,* se reprocha-t-il. En tout cas, il n'aurait jamais dû. Il n'aurait certainement pas dû se mettre avec Pia. "Laisse-moi te ramener chez toi."

"Non. *Vas-y.* Je n'habite qu'à deux pas d'ici, de toute façon." Elle s'arrêta et se retourna vers lui, avec un air résigné. "Vas-y, Roan. Ce n'est pas grave. Je ne parlerai de nous à personne."

Elle fila et disparut au coin de la rue. Roan débattit avec lui-même pour décider s'il devait la suivre. Le temps qu'il arrive au coin de la rue, elle était partie.

"Merde."

Trop tard. Il ne pourrait pas exactement lui en vouloir si elle se précipitait chez Odelle, ou même chez Nox. Ça serait plus problématique pour Nox – il n'approuverait pas que Roan fréquente son assistante de dix-neuf ans. Roan voulait convaincre Nox qu'il était quelqu'un de responsable ? Ce *n'était pas* la bonne façon de faire.

"*Merde*", dit-il encore avant de remonter dans sa voiture.

. . .

Pia ATTENDIT d'entendre sa voiture démarrer pour se faufiler hors de l'entrée. Elle ne voulait pas qu'il sache que sa maison n'était pas à deux rues d'ici, mais à quelques kilomètres. Elle pouvait quand même marcher. Peut-être que ça lui enlèverait un peu le goût amer de l'humiliation. Elle marchait, ses longues jambes la portaient facilement. La nuit était fraîche, et elle serrait son manteau contre elle.

Mon Dieu, pourquoi avait-elle couché avec Roan Saintmarc ? C'était un Don Juan invétéré, tout le monde le savait. Mais Pia devait admettre que cela lui avait apporté une certaine admiration de ses amis. Sandor ne montrait aucun signe d'intérêt pour elle, à part de façon paternelle – *beurk* – donc quand Roan l'avait draguée, elle s'était laissée faire. Et il avait été un amant spectaculaire, elle devait l'admettre. Elle se demandait s'il avait deviné qu'elle était vierge, mais il n'en avait jamais parlé. Au moins, elle pouvait enfin dire qu'elle s'était débarrassée de sa virginité.

Elle ricana toute seule. Lui dire qu'elle était tombée amoureuse de lui... *jamais de la vie*. Elle voulait juste qu'il se sente mal de l'avoir larguée. Et ça avait marché. *Bien.*

Alors qu'elle tournait au coin de la rue, elle entendit des pas derrière elle. En se retournant, elle se rendit compte que la tête d'un homme bloquait la lumière du réverbère et se trouvait dans l'ombre. Il la saisit à la gorge et la poussa contre le mur, son autre main couvrant sa bouche pour l'empêcher de crier d'effroi.

Il va me violer...

Mais l'agresseur n'essaya pas de soulever sa jupe ou de la peloter. Pendant une milliseconde, elle ne sut pas ce qu'il voulait, puis elle la sentit. La douleur. Un couteau s'enfonça brutalement et à plusieurs reprises dans son ventre. *Oh mon Dieu, s'il vous plaît, non... non...*

Elle sentit ses jambes s'affaisser et elle s'effondra au sol. Son tueur s'accroupit à côté d'elle, arrachant sa robe tachée de sang et la poignardant à nouveau. Alors qu'elle se vidait de son sang, Pia réussit à crier : "*Pourquoi ?*"

Le meurtrier enfonça son couteau entre ses côtes, droit dans son cœur, et elle n'eut jamais de réponse.

CHAPITRE DOUZE

Livia se réveilla au milieu de la nuit, quelques heures avant l'aube, dans un lit vide. Elle frissonna, la fenêtre était ouverte et une brise froide soufflait dans la pièce. Elle se leva, prit la chemise de Nox et l'enfila en allant fermer la fenêtre.

"Nox ?"

La maison était silencieuse. Livia se glissa dans le couloir et écouta. Quelque chose – de l'eau ? – faisait un bruit quelque part dans la maison et elle le suivit jusqu'à l'autre bout de la maison, là où se trouvaient les deux pièces verrouillées. Hésitante, Livia tendit la main et tourna la poignée de l'une des portes. Elle s'ouvrit. Elle entendit alors le bruit de l'eau qui coulait – quelqu'un était sous la douche dans la salle de bain attenante.

Elle prit une grande inspiration et se dirigea silencieusement vers la porte de la salle de bain. Elle essaya de ne pas regarder la chambre elle-même, mais lorsqu'elle atteignit la porte de la salle de bain, elle jeta un coup d'œil à sa gauche – et vit les énormes taches de sang sombres sur le sol. *Oh, mon Dieu. Pourquoi, Nox ? Pourquoi avoir laissé la chambre comme ça ?* C'était comme une sorte de chambre de torture macabre dans son esprit.

Livia n'avait aucun doute de qui elle verrait en ouvrant la porte de la salle de bain. Nox était sous la douche, nu, se frottant la peau avec acharnement. Il leva les yeux, mais Livia vit qu'il ne la voyait pas vraiment. Il faisait une crise de somnambulisme. Il leva les bras vers elle. "Je n'arrive pas à faire partir le sang. Je ne peux pas faire partir le sang."

Livia le regarda avec horreur et Nox se mit à sangloter. "Je n'arrive pas à enlever le sang, Ariel. Mon Dieu, qu'est-ce que j'ai fait ? *Qu'est-ce que j'ai fait ?*"

CHAPITRE TREIZE

Amber sortit de la voiture et vit Livia, pâle et secouée, qui l'attendait sur la pas de la demeure. Elle vint à sa rencontre et embrassa Amber. Amber la sentit trembler. "Merci d'être venue, Amber. Je l'ai remis au lit, mais je ne savais pas quoi faire d'autre."

Amber la serra dans ses bras. "Tu as fait ce qu'il fallait, Livia. Il dort ?"

Livia hocha la tête, ses yeux bruns étaient écarquillés et montraient son effroi. Amber lui prit la main et elles entrèrent. Nox dormait dans leur lit, son beau visage abîmé par la douleur. Amber l'étudia un moment, puis hocha la tête vers Livia pour qu'elle la suive.

Elles s'assirent dans la cuisine et Amber lui fit boire du café chaud et fort. C'était peu après l'aube. Amber, sans maquillage, les cheveux roux coiffés en un chignon, essaya de sourire à Livia. "Avant toute chose, n'aie pas peur. Il a déjà fait des crises de somnambulisme avant. Deux fois à ma connaissance. Une fois quand Ariel est morte, une fois après que ce soit sa famille. Dis-moi, vous avez fait quoi hier soir ?"

Livia lui raconta le dîner et les retrouvailles entre Nox et Charvi. Amber hocha la tête. "Ah."

Livia la regarda d'un air malheureux. "Je m'en veux. Je les ai encouragés à se retrouver."

"Tu sais quoi, tu ne devrais pas te sentir mal. Au moins, on a pu le maîtriser, comme ça. Imagine s'il l'avait rencontrée par hasard. Non, c'est bien. Peut-être que Nox va commencer à affronter tout ça maintenant. Il ne l'a jamais fait, tu sais ? Il a enfoncé sa belle gueule dans le sable et a fait son deuil. Il n'a jamais fait un travail sur ce qui s'est passé."

Les yeux de Livia se remplirent de larmes. "Mon Dieu."

Amber lui tapota la main. "Tu es une bonne chose pour lui, tu sais ? C'est le bon moment pour lui de commencer à faire cette démarche. Il t'a, toi. Je suis persuadée qu'il ne s'est jamais senti aussi fort."

Livia lui sourit. "Tu es si gentille."

Amber prit une gorgée de café. "Quelque chose d'autre s'est passé hier soir ? Vous avez juste vu Charvi ?"

"Il y a eu autre chose... Il a reçu un texto et après, il est allé aux toilettes et a été malade. Il a dit que c'était juste à cause de ses nerfs soulagés, mais je n'en suis pas sûre."

"Où est son téléphone ?"

"En haut, je crois. Je vais le chercher."

Amber attendit pendant que Livia allait chercher le téléphone de Nox et quand elle revint, elle avait l'air bouleversée. "Amber..."

"Qu'est-ce que c'est ?"

Livia regarda le téléphone. "C'est Ariel. Il y a des photos."

Amber déglutit et lui tendit la main. "Livia, s'il te plaît."

Livia hésita, puis lui passa le téléphone. Amber savait ce qu'elle allait voir avant de cliquer sur le message, mais elle ne put retenir un sanglot quand elle vit le corps martyrisé de sa sœur jumelle. Livia s'approcha d'elle et la serra fort dans ses bras alors qu'elle pleurait. Livia passa la main dans ses cheveux, en murmurant : "Je suis désolée. Je suis vraiment désolée."

Amber se ressaisit, mais appuya sa tête contre celle de Liv. "Désolé, mon chou. C'est toujours difficile."

Livia lui sourit en lui tendant un mouchoir. "Je ne peux pas imaginer ce que ça doit être pour toi. Qui a bien pu envoyer ça ?"

Amber soupira. "Difficile à dire. Quelqu'un qui joue avec lui. Le tueur. Non, il ou elle lui aurait envoyé ses photos personnelles, n'est-ce pas ? Ce sont les photos que la presse a utilisées, une d'Ari de son vivant, et une photo de la scène de crime. N'importe qui aurait pu les avoir."

"Mais pourquoi ? Pourquoi maintenant ?"

Amber grimaça. "Si c'est quelqu'un de malveillant – quelqu'un de *jaloux*, peut-être – je dirais que c'est à cause de toi. Pas de toi, Livia, mais de toi et Nox. Tout le monde peut voir à quel point vous êtes amoureux."

"Tu sais quoi ? J'avais oublié ça..." Livia sortit dans le couloir et revint avec son manteau. "On m'a laissé ça à l'université hier."

Elle tendit à Amber un morceau de papier froissé. Amber le lit à haute voix. "*Romps avec Nox, ou je ferai de ta vie un enfer, salope.*" C'est charmant. Eh bien, je pense qu'on sait qui peut être si malveillant."

"Mavis Creep." Le ton de voix de Livia était glacial. "Putain de salope. Je pourrais l'étriper de mes mains."

Amber lui sourit. "Au moins, on peut oublier le risque de menace *réelle*."

Livia fronça les sourcils. "Menace ?"

"Tu ne comprends pas pourquoi ces photos ont été envoyées à Nox, chérie ? Elles insinuent que la même chose t'arrivera à *toi* si tu ne romps pas avec lui."

Livia renifla. "Alors *viens me chercher mec*. Je ne suis pas peureuse !"

"Tu es courageuse", lui sourit Amber.

"Si tu savais !"

Elles se tournèrent toutes les deux en entendant la voix de Nox. Il leur sourit. Il avait l'air épuisé. Il glissa ses bras autour de Liv. "Désolé de t'avoir fait peur, bébé. Je suis un peu fou."

"Pas de problème. Je ne t'ai pas encore montré *ma* folie." Elle lui sourit et Amber sourit.

"Oh c'est bon les amoureux, on arrête les tirades à l'eau de rose..."

"Sérieusement, Ambs, merci d'être venue. Je ne sais pas ce que j'aurais fait." Livia avait l'air sérieux. "Tu es une vraie amie."

Amber attrapa sa main. "Écoutez, vous êtes une bonne chose l'un pour l'autre. Ce qui ne veut pas dire que vous n'allez pas devoir subir ce genre de conneries, mais je serai toujours là. Toi", dit-elle à Nox avec un regard noir, "j'ai été douce avec toi ces vingt dernières années. Maintenant que tu as Livia, je ne vais plus te ménager, désormais. Tu as besoin de voir un psy, tu as besoin de faire une thérapie sur tes deuils. Ça va faire mal, ça va vraiment faire mal, mais ça doit être fait."

Il hocha la tête. "Je suis d'accord. C'est le moment." Elle le vit serrer plus fort son bras autour de Livia, et elle sourit.

"Bien. Maintenant, je vais vous laisser tranquille, mais je suis disponible si besoin."

Livia secoua la tête. "Reste. Prends le petit-déjeuner avec nous."

"J'aimerais bien, mais j'ai laissé un Australien plutôt séduisant dans mon lit et je pense que je dois m'en occuper."

Livia grogna. "Mon Dieu, Amber, je suis désolée."

"Pas moi. Il s'est réveillé et a voulu *parler*... quelle idée." Elle sourit et ils rirent. "Salut les cocos. On se voit vite."

Alors qu'ils la regardaient partir, Livia leva les yeux vers Nox. "C'est quelqu'un de bien."

"C'est vrai. Entre, Livia, il y a quelque chose que je dois te montrer."

Main dans la main, ils montèrent à l'étage dans la chambre où Livia l'avait trouvé plus tôt. "C'était la chambre de ma mère. Papa les a tués ici, elle et Teague." Il s'assit lourdement sur le lit. De la poussière s'échappa du lourd couvre-lit. "La police m'a dit que Teague était mort sur le coup, d'une balle dans le cœur, mais Maman a reçu une balle dans l'estomac et s'est vidée de son sang lentement. Mon père s'est suicidé dans la pièce d'à côté."

Livia s'assit à côté de lui et lui prit la main. Nox fixa la tache de sang sur le tapis. "J'ai dû identifier leurs corps. Papa... il s'est tiré une balle dans la tête, donc tu peux imaginer... mais Maman et Teague. Ils avaient l'air si... paisibles. Ils avaient l'air de dormir. Ça n'avait pas de sens qu'ils soient partis. J'attendais que Teague ouvre les yeux et me sourie en criant "Je t'ai bien eu !" Putain." Il se frotta les yeux.

Livia pressa ses lèvres contre sa joue. "Je n'ai jamais vu de photo de Teague." Elle essaya de dire cela de façon légère, de sorte que s'il avait besoin de se laisser aller, il le pouvait sans penser qu'elle essayait de le sortir de sa nostalgie. Nox se leva, alla à la commode, et prit un cadre. Il le lui donna.

Livia regarda la photo d'une famille heureuse. Teague et Nox, tous deux grands, étaient beaux et souriants. Nox avait les yeux verts de sa mère, et ceux de Teague étaient brun foncé comme son père. Tynan Renaud semblait si fier de sa famille. Sa femme, Gabriella, était belle. Elle avait le bras autour de son plus jeune fils. Livia passa son doigt sur le visage d'adolescent de Nox. Il avait l'air si jeune, comme un jeune Grec, si beau et insouciant. Elle le regarda.

"J'aimerais pouvoir t'enlever ta douleur, Nox."

Il prit sa main et l'attira dans ses bras. "Tu le fais déjà, Livia. C'est ce que tu *fais*."

Elle toucha son visage. "Reviens au lit, Nox. Je vais te montrer ce que c'est que le bonheur." Et elle l'emmena dans leur chambre.

14

CHAPITRE QUATORZE

"Donc," commença maladroitement Livia qui était assise dans la cuisine du *Chat Noir* avec Moriko. Leur service venait de prendre fin, juste après le rush du déjeuner, et Marcel parlait à une jeune femme séduisante dans l'entrée. Son sous-chef Cat était en train de fumer une cigarette dehors et Liv et Moriko avaient la cuisine pour elles toutes seules.

"Alors ?" Moriko avait un petit sourire aux lèvres, comme si elle savait ce que Livia allait dire. Elle n'allait pas laisser Liv s'en tirer comme ça, ainsi Livia prit une grande respiration.

"Alors... Nox m'a demandé d'emménager avec lui. Maintenant, je veux que tu saches que je lui ai fait un long discours hier sur mon indépendance et tout ça... mais merde, Morry. La vie est courte. Je veux être avec lui."

Moriko sourit. "Ce n'est pas très surprenant, Liv."

"Mais, continua Liv, je vais quand même payer la moitié du loyer de notre appart, les charges, tout ce que je paie maintenant."

Moriko soupira. "J'aimerais pouvoir te dire que c'est ridicule, mais la vérité, c'est que..."

"Exactement. Laisse-moi le faire, s'il te plaît. Je suis amoureuse de Nox, mais je déteste t'abandonner."

"Tu ne m'abandonnes pas, Liv ; c'est la vie, et je suis plus que ravie pour toi. Aussi parfait qu'il puisse paraître, il finira par t'énerver et tu auras ainsi un endroit pour te ressourcer et passer une soirée entre filles."

Liv sourit. "Ça marche, chérie."

"Tu déménages quand ?"

"Je ne sais pas encore, mais ça sera dans peu de temps. Dans les semaines qui viennent."

Moriko hocha la tête. "Nox a-t-il une idée du tsunami de livres de poche qui est sur le point de frapper sa belle demeure ?"

Liv sourit. "Il le sait... mais il ne connaît pas l'étendue des dégâts."

"Je suis contente pour toi, ma chérie, vraiment."

"Ça va aller ?"

Moriko leva les yeux au ciel. "Imbécile."

Livia sauta du comptoir et étreignit son amie. "Je t'aime, Morry. Viens, je t'invite à déjeuner."

Nox passa la matinée à essayer de trouver un bon thérapeute. Heureux que Livia ait accepté d'emménager avec lui, il était déterminé à la remercier en obtenant l'aide dont il avait besoin depuis des années. Il contacta son ancien médecin de famille et lui demanda son avis, puis prit rendez-vous avec un psychiatre en ville. Il venait de raccrocher quand Sandor frappa à sa porte. Il fronçait les sourcils.

"Quoi de neuf, mec ?"

"Tu as vu Pia ce matin ? D'habitude, elle est à son bureau avant tout le monde. Mais il n'y a aucun trace de sa présence. Shannon des Ressources Humaines l'a appelée chez elle, mais sa mère dit qu'elle n'a pas dormi dans son lit."

Nox se tassa dans son siège. "Vraiment ? C'est une adulte, alors je pense que la police va nous demander d'attendre 24 heures. Elle a peut-être passé la nuit avec quelqu'un. Je vais appeler sa mère et voir ce qu'elle veut qu'on fasse."

"Je vais demander à Shannon de te donner le numéro." Sandor disparut et Nox fronça les sourcils. Ce n'était pas du genre de Pia de ne pas venir au travail. Nox avait toujours été impressionné par sa conscience professionnelle, même à son jeune âge.

Merde. Il détestait ce genre de chose – le malaise rampait en lui, comme toutes ces années. Il se souvenait encore de la police qui s'était présentée chez les parents d'Ariel pour leur dire qu'un corps avait été trouvé. Il savait déjà qu'elle était morte.

Il appela la mère de Pia, qui lui demanda en larmes de la tenir informée si Pia se montrait. Puis, ayant besoin d'entendre sa voix, il appela Livia.

"Salut beau gosse." Son accueil chaleureux le détendit. Il lui raconta pour Pia et elle lui fit part de ses inquiétudes, mais elle lui dit de ne pas trop s'en faire tant qu'on ne savait rien.

"Je sais que ça a l'air grave, bébé, mais elle peut tout à fait être dans le coin, chez une amie – ou un petit ami – et avoir eu une panne de réveil ou tellement la gueule de bois qu'elle a oublié d'appeler. Elle a dix-neuf ans."

"Je sais, je sais. Je ne cherche pas non plus à dramatiser inutilement. C'est juste que cela m'inquiète."

Il y eut un petit silence au bout du téléphone. "As-tu pris rendez-vous ?" Sa voix était hésitante, comme si elle ne voulait pas le réprimander, et le cœur de Nox se réchauffa. Cette fille l'aimait vraiment.

"Je l'ai fait, ma chérie. J'ai promis de le faire et je l'ai fait. Le Dr Feldstein me verra la semaine prochaine."

"Je suis fière de toi", dit Livia d'une voix plus assurée. "Je t'aime tellement, Nox."

"Je t'aime aussi, ma belle."

" Vieillard."

"Andouille."

Livia rit. "C'est trop méchant, mais j'adore ça. Écoute, j'ai un cours... Je t'appelle après, d'accord ? J'espère que vous aurez bientôt des nouvelles de Pia."

Roan entra dans les bureaux de RenCar, son portfolio et son ébauche de business plan sous le bras, et demanda à voir Nox. Nox lui-même vint le chercher. "Entre, mon pote."

Roan sourit à son ami assis en face de lui. "Je sais que c'est rapide, et ce n'est qu'une idée préliminaire, mais je voulais t'en faire part."

"Génial, Roan, demandons à Sandor de nous rejoindre."

Quand l'autre homme les rejoignit, Roan s'éclaircit la gorge. "L'autre jour, quand on parlait, je plaisantais et j'ai dit que je devrais lancer un service d'escorte."

Il vit le regard alarmé de ses amis et leva les mains en souriant. "Non, écoutez-moi. Je ne parle vraiment pas d'un service d'escorte traditionnel, c'est-à-dire de prostitution cachée. En fait, les sanctions seraient sévères si toute activité sexuelle était découverte. Ce dont je parle, c'est d'une sorte d'Ashley Madison inversé. Disons qu'un membre du Congrès ait besoin d'une partenaire pour un dîner, mais que sa femme est malade ou n'aime tout simplement pas attirer l'attention. C'est là que j'interviendrais. Je m'occuperais de trouver une escorte. Maintenant, voilà le truc. Admettons qu'une femme scientifique ait besoin d'une escorte pour la même chose. En échange d'une commission, je les mets en contact. Certes, c'est un peu vague pour l'instant."

Nox n'avait pas l'air convaincu. "Je pense, Roan, que malgré les meilleures intentions du monde, ça finira par fonctionner *exactement* comme un service d'escorte traditionnel. Les gens sont ce qu'ils sont, quel que soit leur statut social. S'ils veulent baiser, ils baiseront. Il me semble que tu fais exactement ce qu'Ashley Madison fait, mais sous un autre angle. Désolé, mec."

Les épaules de Roan s'affaissèrent. "Et si je mettais en place des mesures de protection ? Comme des contrats ?"

"Les contrats ne signifient rien si deux personnes veulent les rompre. Qui va les poursuivre en justice ?"

"Moi."

Nox secoua la tête. "Tu perdras. Je ne peux pas croire qu'un seul juge se prononcera en ta faveur et ta réputation, malgré tes bonnes intentions, en pâtira. Regardez ce type qui était l'arrangeur de Berlusconi... quel était son nom ?"

"Tarantini," dit Sandor en brossant son pantalon. "Il a pris huit ans, je crois."

"En *Italie*." Roan leva les yeux au ciel. "Écoute, tu m'as dit de me concentrer sur ma passion. J'aime baiser."

"Exactement. Tu aimes baiser, et tu fais ce que tu fais sans payer pour ça, en toute légalité. Mec, écoute, tu dois prendre ça au sérieux. Tu es plus qu'une bite, Roan, grandis. Tu la laisses gouverner ta vie et tout foutre en l'air. Tu as fait Harvard, pour l'amour du ciel, tu as un diplôme de commerce."

Roan regarda par la fenêtre un long moment. "C'est peut-être une mauvaise idée que des amis se lancent en affaires ensemble. Peut-être que je devrais trouver un travail moi-même." Il était contrarié que son idée, aussi vague soit-elle, ait été rejetée. Il aurait dû pouvoir essayer de voir où ça le mènerait. Cela lui fit encore plus mal quand Nox hocha la tête.

"C'est peut-être mieux."

Roan se leva. "Eh bien, merci d'avoir pris le temps." Il n'attendit pas, il sortit de l'immeuble et monta dans sa voiture. "Eh bien... *merde*." Il souffla un grand coup et démarra la voiture.

Sandor et Nox restèrent assis en silence un long moment. "Eh bien, ça aurait pu mieux se passer."

Sandor secoua la tête. "À quoi pensait-il ?"

Nox avait l'air malheureux. "Il ne réfléchit pas. C'est tout le problème de Roan."

Sandor regarda son ami. "Tu as remarqué autre chose ?"

"Non, quoi ?"

"Il n'a pas parlé de Pia. Il en parle toujours, il s'arrête toujours pour lui parler. Il n'a même pas jeté un coup d'œil à son bureau quand il est entré."

Nox pâlit un peu, puis agita la main, rejetant l'observation de Sandor. "Il était trop focalisé sur sa foutue idée. C'est tout."

Plus tard, alors qu'il était devant un souper léger avec Livia chez lui – qui serait bientôt "chez *eux*" – Nox ne put s'empêcher de penser à ce que Sandor avait dit.

Livia passa doucement sa main sur son visage. "Qu'est-ce qu'il y a ? Qu'est-ce qui se passe dans ta tête ?"

Il lui parla du projet de Roan – elle leva les yeux au ciel comme il s'y attendait – puis raconta ce que Sandor avait dit. Livia était d'accord avec Nox, ce n'était rien. "Sandor n'aime pas Roan ? Je n'aurais jamais deviné."

"Il l'aime bien, je crois. Il n'a jamais dit le contraire."

"C'est juste un peu étrange qu'il dise ça. Je veux dire, est-ce que Roan connaît au moins Pia ?"

Nox réfléchit. "Eh bien, il lui parle à chaque fois qu'il vient au bureau. Je ne pense pas que Sandor ait voulu être méchant."

"Hmm." Livia y réfléchit encore un instant, puis haussa les épaules. "Probablement pas. Alors, pas de nouvelles ?"

"Aucune."

"Mon Dieu. J'espère qu'elle va bien."

"Moi aussi, chérie. Changeons de sujet. Comment Moriko a pris la nouvelle ?"

Livia sourit. "Étonnamment bien. Je lui ai dit que je continuerai à payer la moitié du loyer pour la soulager, et elle en était reconnaissante."

"Tu pourrais me laisser m'en charger."

"Je ne peux *pas*." Elle lui attrapa le menton et il sourit. "En fait, elle s'inquiétait plus du fait que tu ne saches pas dans quoi tu t'embarques. J'ai tellement de livres et de matériel d'art, et plein de trucs de musique."

"C'est vrai ?" Il posa sa fourchette et prit sa main. "Viens avec moi."

Il la conduisit à l'autre bout de la demeure, dans une pièce dont elle ignorait même l'existence. "Combien de pièces secrètes y a-t-il ici ?" Livia sourit et Nox rit.

"Tu ne t'imagines même pas. Peu importe, entre", dit-il avec légèreté, mais il sentait son cœur battre fort dans sa poitrine. Il ouvrit la porte et Livia entra.

C'était le studio de musique de sa mère et lui. Son vieux violoncelle reposait dans son étui, le piano de sa mère était recouvert d'une couche de poussière. D'autres instruments, moins utilisés, moins aimés, parsemaient la salle. Livia le regarda avec de grands yeux. "Je suis désolée de ne pas t'avoir parlé de cette pièce plus tôt," dit-il doucement. "Je ne savais pas si j'étais prêt. Mais, après hier soir, je pense que c'est important."

Livia lui prit la main. "À quel point est-ce que ça fait mal ?"

Nox réfléchit, puis sourit d'un air triste. "C'est atroce."

Livia prit son visage dans sa paume. "Et c'est normal de ressentir ça. Accepte-le. Parles-en. On peut y aller, si tu veux, je pense que c'est un grand pas."

Nox prit une grande inspiration. "Non, je t'ai amenée ici pour une raison. Le piano de ma mère. Je pense qu'il devrait se faire entendre à nouveau, et il me semble juste que ce soit toi qui le fasse. Veux-tu jouer pour moi ?"

Livia, tremblante, hocha la tête. "Veux-tu jouer *avec* moi ?" Elle désigna son violoncelle du menton et Nox hésita. "Tu n'es pas obligé, mais je pense que ce serait bon pour toi."

Nox toucha son violoncelle, chassant une épaisse couche de poussière. "Tu connais la Sonate numéro 3?"

"De Bach ? Bien sûr que oui. Voyons voir." Livia délogea les feuilles poussiéreuses du piano et ouvrit le couvercle. Elle appuya sur quelques touches. "Bien, il est toujours accordé."

"J'espère pouvoir en dire autant de cette chose." Nox posa le violoncelle entre ses jambes et saisit l'archet. "Prête ? Faisons d'abord quelques mesures."

Ils jouèrent d'abord lentement, une musique hésitante mais douce ; puis, quand ils trouvèrent leur rythme, ils jouèrent ensemble le premier acte, faisant tous deux de petites erreurs mais se souriant pour s'encourager à chaque fois. Nox baissa son archet. "Wahou."

"Comment te sens-tu ?" Livia le contempla et il lui sourit.

"Partagé."

Livia ferma le couvercle du piano et se dirigea vers lui. Elle rangea le violoncelle dans son étui et lui tendit la main. "C'est à cause des associations. Commençons à changer à quoi tu associes cette pièce et cet instrument. Transformons tes souvenirs en souvenirs plaisants." Il attrapa sa main et la laissa le conduire dans leur chambre.

Une fois dans la chambre, elle fit glisser les bretelles de sa robe sur ses épaules et se tortilla pour en sortir tandis que Nox, assis sur le bord du lit, l'observait. Elle se retourna lentement, en sous-vêtements, et le regarda par-dessus son épaule. "Tu me veux, bébé ?"

Nox sourit. "Tu sais bien que oui. Déshabille-toi pour moi, beauté."

Livia gloussa et commença lentement à enlever ses sous-vêtements, détachant son soutien-gorge et faisant glisser sa culotte le long de ses jambes. Quand elle fut nue, elle s'approcha de lui, l'embrassa, puis l'attrapa par le cou. "Baise-moi, Nox, mais garde tes fringues."

Nox sourit et l'allongea sur le lit. Il se tint debout pour baisser sa braguette et sortir sa bite. En la tenant à sa base, il la regarda alors qu'elle écartait les jambes pour le laisser rentrer. "Mon Dieu, tu es si belle, Livia Châtelaine."

Sa bite, énorme et palpitante se tenait fièrement contre son ventre alors qu'il tirait ses jambes autour de sa taille. Livia se voûta tandis qu'il plongeait en elle, et elle gémit en le sentant en elle. Ils firent l'amour rapidement et furieusement, de leur désir bestial l'un pour l'autre. En jouissant, Livia l'attira sur le lit et déchira ses vêtements, lui mordant la poitrine et les mamelons avant de le chevaucher et de l'accueillir au fond d'elle. Il prit ses seins dans les mains, ses pouces frottant ses mamelons jusqu'à ce qu'ils durcissent. Ils se firent jouir encore et encore jusqu'à ce que, épuisés, ils s'endorment dans les bras l'un de l'autre.

Le jour se levait lorsque Sandor arriva avec la police, l'air pâle et secoué. Ils avaient trouvé le corps de Pia. Nox et Livia, choqués et horrifiés, l'écoutèrent leur raconter qu'on l'avait trouvée couchée sur la tombe d'Ariel avec un message gribouillé avec son sang sur le marbre froid.

"Qu'est-ce que ça disait ?" La voix de Nox était crispée. Sandor grimaça et posa sa main sur l'épaule de son ami.

"Je suis désolé, Nox. Ça disait : "*Tous ceux que tu aimes.*"

"*Mon Dieu.*"

Livia, inquiète, enlaça, alors qu'il se prenait la tête dans les mains. L'inspecteur en chef se racla la gorge. "Je suis désolé de faire ça à un moment qui est évidemment très douloureux, mais M. Renaud, il faut que je vous demande. Où étiez-vous avant-hier soir ?"

CHAPITRE QUINZE

M oriko écouta Livia lui raconter ce qui s'était passé. "Mon Dieu, comme c'est affreux. Donc ils ont arrêté Nox ?" Livia secoua la tête. "Non, ils voulaient juste lui poser des questions. Il a proposé de les accompagner au poste pour un interrogatoire, mais ils ont dit que ce n'était pas nécessaire... pour le moment. Mon Dieu, quel merdier. Pauvre Pia."

"Vous étiez proches ?"

"Non, mais on s'est vus plusieurs fois. Elle n'avait que dix-neuf ans."

"Mon Dieu."

Livia hocha la tête, abattue. "C'est horrible."

Marcel entra dans la cuisine. "Hé, ça va ?" Il fronça les sourcils en regardant Livia. "Tu es vraiment pâle. Tu es sûr que tu es en état de travailler ?"

"Oui, merci, Marcel. Je préfère être ici, ça me changera les idées."

Le restaurant était très fréquenté à l'approche de Noël. Même si le temps était encore doux à l'extérieur, les gens portaient des manteaux et se mettaient dans l'ambiance hivernale. Livia se demanda à haute voix s'il avait déjà neigé à la Nouvelle-Orléans.

"Bien sûr que oui", lui répondit Marcel. "La dernière fois, c'était pile le jour de Noël, en 2004, avant ça en 1989. Ça n'arrive pas souvent, mais on a de la chance parfois. Il devrait y en avoir cette année, je crois, un phénomène météorologique lié au réchauffement de la planète. Je ne sais plus, mais oui, tu pourrais avoir un Noël blanc si tu as de la chance. Mais ne compte pas en avoir des mètres."

Livia rêvassait à l'idée de passer un Noël tout blanc avec Nox dans son manoir quand Moriko lui donna un coup de coude. "Une de tes riches amies est là."

Livia vit Odelle Griffongy assise dans sa section, le dos droit comme un piquet, et elle jura intérieurement. Elle dut admettre que cette femme l'effrayait un peu. Elle se dirigea vers elle. "Salut, Odelle."

Odelle cligna des yeux comme si elle venait de se rappeler que Livia travaillait ici. "Oh, bonjour. C'est..."

"Livia."

"Bien sûr. Bonjour Livia."

Odelle avait un petit sourire en coin et Livia ne savait pas si elle se moquait d'elle ou non. Elle décida de lui accorder le bénéfice du doute. "Qu'est-ce que je te sers aujourd'hui ?"

Odelle l'examinait. "Une omelette aux blancs d'œuf et aux épinards, s'il te plaît." Son sourire était de retour et Livia réalisa qu'Odelle essayait de faire une blague.

Elle sourit à nouveau timidement. "Bien sûr."

"Et ta compagnie, si c'est possible. Juste quelques minutes."

Livia haussa les sourcils et regarda autour d'elle. "Eh bien, euh..."

"Si tu ne peux pas, c'est pas grave."

Livia jeta un coup d'œil à Marcel. "Je suppose que j'ai droit à une pause, mais je vais devoir en parler à mon patron."

"Bien sûr."

Livia en parla à Marcel qui parut surpris mais haussa les épaules. "Vas-y, vas-y. Il y a moins de monde de toute façon."

"C'est juste pour dix minutes tout au plus."

Livia s'assit avec Odelle, ne se sentant curieusement pas à sa place. La femme blonde lui sourit, mais ses yeux scrutaient le visage de Livia. Finalement, elle dit quelque chose. "Nox est très amoureux de toi."

Livia hocha la tête. "Et moi de lui", dit-elle prudemment, n'ayant aucune idée où Odelle voulait en venir. Était-elle sur le point de donner à Livia un avertissement parce-qu'elle la considérait comme une "croqueuse de diamants" ?

Odelle picorait son omelette. "Nox est très important pour moi. Tu as peut-être remarqué que je ne me fais pas facilement des amis. J'ai tendance à dire ce que je pense et les gens me disent que je n'ai pas de tact, alors excuse-moi si je dis quelque chose de façon déplacée."

"Bien sûr."

"J'aime le voir heureux. Il le mérite bien."

Livia leva les mains. "Odelle, laisse-moi te dire quelque chose. Son argent ne m'intéresse pas."

"Mais il *a* de l'argent."

"C'est le sien, pas le mien."

Odelle acquiesça. "Pour ce que ça vaut, je ne t'ai jamais soupçonnée d'être ce genre de femme. Tu as vraiment l'air de t'intéresser à lui."

Livia releva le menton. "Je me soucie vraiment de lui. Je l'aime, Odelle."

"Je te crois. Ce que je voulais dire, c'est qu'il faut bien choisir à qui faire confiance parmi ses amis. Ils ne sont pas toujours ce qu'ils semblent être."

"Comme... Roan ?"

Odelle sourit. "Roan, que Dieu le bénisse, n'est pas doué de cervelle ou de malice. Non, je veux parler de... Amber Duplas."

Livia se sentit mal à l'aise. "Elle a été très gentille avec moi, Odelle."

"Et je suis sûre qu'elle l'est vraiment. Mais elle a aussi couché avec Roan dans mon dos."

Livia fut choquée. "Odelle, je suis désolée."

"C'est pas grave. Je ne suis pas naïve. Je sais comment est Roan, je sais comment est Amber. Je vais épouser Roan, tu le savais ?"

Livia secoua la tête. "Je ne savais pas... Odelle, tu es sûre que c'est une bonne idée ?"

Odelle sourit. " Tu vois tout tout noir ou tout blanc, n'est-ce pas ? J'épouse Roan parce que, malgré ses infidélités – et oui, il y en a eu plus d'une – il a besoin de moi. Et j'ai besoin de lui. Tu as peut-être remarqué que je ne suis pas très douée avec les gens. Il est mon ancre, et je suis la sienne. Concernant où il met sa bite... Je lui ai lancé un ultimatum. Qu'il se débarrasse des autres femmes. Est-ce que je pense qu'il me sera fidèle pour toujours ? Non, bien sûr que non. Mais il essaie. Pour moi. Surtout pour mon argent, pour être honnête, mais aussi pour moi."

"Pourquoi tu me dis tout ça, Odelle ?" Livia se sentait mal à l'aise.

Odelle sourit. "Parce que je t'aime bien. Je ne ressens pas souvent ça envers d'autres femmes, mais toi, Livia, tu sembles vraiment authentique. Sans rire, je cherche pas à t'embrouiller. Malgré ton milieu social assez modeste..." Elle s'arrêta et leva les mains. "Me revoilà avec mes gros sabots. Ce que je veux dire, c'est qu'en dépit de nos différences de statut social... ce n'est pas mieux..."

Livia rit soudain. "C'est bon, Odelle, j'ai compris."

"Désolée. Mais ce que je veux dire, c'est que tu n'es pas du tout sournoise. C'est rafraîchissant pour moi."

"Très juste. Écoute, je dois vraiment retourner travailler mais..." Livia sortit son bloc-notes de son tablier et griffonna son numéro de téléphone portable. Elle le donna à Odelle. "Si jamais tu as besoin de parler."

"Merci, Livia."

"Prends soin de toi, Odelle."

LIVIA RACONTA à Nox la visite d'Odelle et il parut ravi. "Malgré ses manières, elle a bon cœur."

"Je viens de m'en rendre compte." Livia avait décidé de ne pas lui parler de la mise en garde d'Odelle envers Amber. Nox avait l'air exténué et elle lui caressa le visage. "Est-ce que la police avait d'autres informations ?"

Nox secoua la tête. "Seulement que Pia a été tuée de la même manière qu'Ariel. Je suis allé voir les parents de Pia. Ils sont anéantis."

"Mon Dieu, les pauvres."

Nox posa sa main sur son visage. "Quand je pense que tu avais l'habitude de courir seule dans les rues..."

Livia fronça les sourcils. "Nox... Je ne laisserai pas ça m'empêcher de vivre ma vie, tu sais. Je ne veux pas être enfermée dans une tour d'ivoire. J'ai mon travail, j'ai l'université."

"*Tous ceux que tu aimes.* C'est ce que le tueur a écrit."

"Tu es sûr qu'il parle de toi ?"

"Sinon, pourquoi aurait-il mis Pia sur la tombe d'Ariel ? Non, je suis désolé, Liv, jusqu'à ce qu'il soit arrêté, tu auras une protection rapprochée."

Cela ennuyait Livia. "Et si tu m'en *parlais* plutôt que de me l'imposer, Nox ? Je ne veux pas d'un type qui me surveille tout le temps. Je peux me débrouiller toute seule." Elle repoussa sa chaise et emporta son assiette dans l'évier, fit couler l'eau et la rinça. Elle sentit les bras de Nox se glisser autour de sa taille, mais elle était trop énervée pour céder.

"Désolé", marmonna-t-il dans ses cheveux. "Je suis juste terrifié que quelque chose t'éloigne de moi."

Elle se retourna dans ses bras. "Je comprends, mais ne me dicte pas ma vie, d'accord ? Ça ne va pas se passer comme ça entre nous."

Il hocha la tête, les yeux tristes. "Je sais, je sais. Excuse-moi." Il baissa la tête et frotta ses lèvres contre les siennes. En dépit d'elle-même, Liv répondit à son contact, l'embrassant en retour. Elle ne se lassait jamais de lui, de son goût, de son odeur, de son corps ficelé et de son beau visage. Elle repoussa les boucles de son visage.

"Emmène-moi au lit, Renaud, et montre-moi à quel point tu es désolé."

Le portable de Nox sonna, et ils soupirèrent tous les deux. "On remet ça à plus tard ? C'est peut-être au sujet de l'affaire de Pia."

"Vas-y," dit-elle, et le laissa partir. Elle nettoya leurs assiettes pendant qu'il répondait à l'appel. Une fois de plus, elle se réjouit que Nox ne soit pas quelqu'un qui ait beaucoup de personnel. Cela rendrait difficile de passer ses dîners intimes. Elle l'écouta parler.

"Merci, inspecteur... êtes-vous sûr que vous ne voulez pas que je fasse une déclaration officielle ? Oui, n'importe quoi, quelque chose pour aider. J'aimerais payer pour les funérailles, mais je ne veux pas contrarier la famille... oui... oui... oui, bien sûr."

Il raccrocha et soupira en se frottant les yeux. Livia pouvait voir la tension sur son visage et s'approcha de lui, l'attirant dans ses bras. "Je suis vraiment désolée, bébé."

Il la serra dans ses bras, enfouissant son visage dans son cou, et elle sentit ses larmes. "Promets-moi, Livia... ne me quitte jamais."

"Je te le promets", chuchota-t-elle, et elle était convaincue de ce qu'elle affirmait.

CHAPITRE SEIZE

Livia s'inquiétait de l'état mental de Nox les jours suivants et bien qu'il lui ait dit qu'il avançait avec le Dr Feldstein, il avait l'air fatigué et soucieux. Livia le réconforta du mieux qu'elle le put, passant tout son temps libre avec lui à parler, à faire l'amour et à flâner ensemble.

Mais très vite, elle ne parvint plus à lui remonter le moral et lui demanda s'il voulait qu'Amber vienne le voir.

"Amber n'est pas là en ce moment."

Ce fut au tour de Livia d'avoir l'air surprise. "Ah oui ?"

"Ouais, pourquoi ?"

Elle haussa les épaules. "C'est juste que, tu ne me l'as pas dit."

"J'aurais dû ?" Nox lui sourit, il avait l'air un peu perplexe.

"Non, je suppose que non." répondit Livia, mais elle se demandait pourquoi Nox savait exactement où se trouvait Amber en ce moment et pourquoi cela la dérangeait autant.

Nox l'étudia. "Elle a voulu prendre ses distances parce que le meurtre de Pia a fait remonter chez elle de mauvais souvenirs, chérie. Rien de méchant. Je croyais que tu aimais Amber ?"

"Oui, beaucoup", le rassura-t-elle, mais quelque chose lui semblait bizarre. Pourquoi Amber abandonnerait-elle son meilleur ami dans un moment pareil ? Même si ça lui rappelait le meurtre de sa sœur, pourquoi ne voudrait-elle pas être aux côtés des gens les plus proches de sa vie? Livia ressentit un léger malaise. Que savait-elle vraiment de ces gens et de la façon dont ils fonctionnaient ?

"Est-ce que ça va ?"

Elle hocha la tête. "En fait, je suis assez crevée, mais je dois m'entraîner pour le récital. Ça te dérange si j'utilise le studio de ta mère ?"

"C'est ton studio maintenant, bébé, et bien sûr. Tu veux que je te laisse seule un moment?"

"Si ça ne te dérange pas," sourit-elle pour rendre les choses moins difficiles, "sinon je serai distraite par ton corps magnifique. Je me rattraperai plus tard."

Nox sourit, tout son visage s'illumina, et Liv sentit un frisson de désir la traverser. "Je te le rappellerai."

AU PIANO, elle rejoua sa composition encore et encore, se concentrant sur les plus petits détails de celle-ci. Elle se demanda si cela pouvait toujours être considéré comme du jazz, c'était si lent et presque classique dans la mélodie. Charvi lui avait assuré que le morceau prenait encore racine dans son genre favori.

"C'est du jazz de la Nouvelle-Orléans", avait-elle dit à Livia lors de leur dernier cours. "Lent, sensuel, désinvolte. C'est presque apathique dans sa sexualité, comme si, oui, tu désirais cet homme, mais que le *simple* fait d'être avec lui était suffisant."

Et c'était vrai, Livia aimait être avec Nox, même s'ils faisaient juste la sieste sur le canapé ou lisaient ensemble, sa tête posée sur son ventre. Ou juste *être là*. Vivre le moment présent en compagnie de Nox lui semblait si naturel.

C'est peut-être pour ça que ce truc te fait flipper, se dit-elle. *C'est un peu trop facile, comme si je m'attendais au pire..*

Elle déplaçait ses doigts sur les touches encore et encore, et quand au bout d'une heure ou deux, elle entendit la porte de la salle de musique s'ouvrir, elle sourit à elle-même. Elle avait les yeux fermés, et jouait quand elle sentit ses doigts replacer ses cheveux derrière ses épaules et ses lèvres contre son cou. Elle continua à jouer alors qu'il déboutonnait lentement sa robe, caressant la peau de son dos, puis fit glisser ses lèvres le long de sa colonne vertébrale. Livia frissonna, fermant les yeux et Nox gloussa, en faisant un profond bruit de gorge.

"Continue de jouer, ma belle."

Livia gloussa doucement quand il la souleva et se glissa sous elle, la perchant sur ses genoux et commençant à faire glisser sa robe de ses épaules. Livia réussit à continuer à jouer la mélodie alors qu'il la faisait descendre jusqu'à sa taille. Elle se tortilla contre son aine, sentant sa longue et dure bite contre ses fesses. Nox mâchouilla son lobe d'oreille en caressant ses seins nus. "Tu me veux en toi ?"

Elle hocha la tête, tournant la tête pour l'embrasser sur la bouche. Nox referma doucement le couvercle du piano et la posa sur le haut du piano, en retirant le reste de ses vêtements. Livia l'embrassa pendant qu'il se déshabillait.

Il s'assit sur le tabouret du piano et la porta sur lui. Livia attrapa sa bite, s'émerveillant de son épaisseur et de sa longueur chaude, puis l'amena à l'intérieur d'elle, elle gémit doucement quand il s'y logea entièrement. Ils firent ensemble un mouvement de bascule, les yeux fixés l'un sur l'autre, affamés alors qu'ils s'embrassaient.

"Dieu, que je t'aime", grogna Nox à mesure que leurs ébats sexuels devenaient plus intenses. Il la mit sur le sol et commença à la pénétrer fort tandis qu'elle calait ses jambes autour de lui. Les sensations qu'il lui procurait étaient enivrantes et elle oublia sa colère et ses doutes d'auparavant, se donnant entièrement à lui.

Nox, sachant qu'il avait le contrôle sur son corps, lui sourit en l'amenant vers l'orgasme. "Toi et moi pour toujours, Livvy. Promets-moi."

"Je te le promets, Dieu, oui. Je promets... Nox..." Son dos se cambra et elle le sentit jouir alors qu'elle haletait, le souffle coupé par sa propre extase, pompant son sperme épais et crémeux au fond d'elle. Livia avait du mal à respirer. Elle rit et lui dit combien elle l'aimait alors qu'ils s'écroulaient sur le sol.

Nox l'étouffa de baisers, la fit rire, puis commença à lui faire des suçons sur le ventre, lui chatouillant les flancs. Livia hurla de rire, se tortilla puis se retourna pour lui échapper. Elle se mit sur le côté, puis sursauta en l'apercevant. À la fenêtre du manoir, il y avait une silhouette.

Quelqu'un les observait.

CHAPITRE DIX-SEPT

En entendant Livia crier de peur, Nox se releva rapidement, saisissant immédiatement son pantalon et le remontant sur ses jambes alors même qu'il commençait à courir vers la porte. Livia le suivit dans le long couloir du manoir, mais elle s'arrêta quand il lui cria : "Reste à l'intérieur, bébé. Appelle les secours."

L'adrénaline affluait dans ses veines tandis qu'elle attrapait son téléphone portable et appelait, maudissant pour une fois le fait que Nox ait refusé d'engager une équipe de sécurité. Elle eut les services d'urgence, qui lui assurèrent que quelqu'un était en route.

"Restez calme, madame, et restez en ligne. Votre partenaire est-il de retour ?"

"Non," Livia essaya d'arrêter le tremblement de sa voix, "il est toujours dehors." Elle alla à la porte, regardant dehors dans la nuit froide, frissonnant de terreur et de froid. Elle ne s'était couverte que de la chemise de Nox. Elle ne le voyait pas, ni ne l'entendait pas. "Nox !"

"Reste à l'intérieur !" Le son de sa voix était lointain, mais elle se sentait un peu soulagée qu'il soit encore à portée de voix.

"Il cherche encore qui c'était", dit-elle au répartiteur. "S'il vous plaît, dépêchez-vous."

"Oui, madame, restez calme."

Un coup de feu retentit dans la nuit et Livia cria, laissant tomber le téléphone portable. "Nox !" Des larmes de terreur coulèrent sur son visage alors qu'elle se mettait à courir dans la nuit, ne se souciant pas de sa propre sécurité pourvu qu'elle le trouve. Elle entendit crier puis un autre coup de feu. Elle courut vers le son, en criant son nom, et ce fut un grand soulagement quand il apparut dans son champ de vision.

Nox la regarda, une expression étrange dans les yeux, et Livia s'arrêta : "Bébé ?"

"Je t'avais dit de rester à l'intérieur", dit-il doucement, et à sa grande horreur, du sang commença à couler de la base de ses cheveux, sur son visage parfait. Il essaya de l'atteindre mais ses genoux lâchèrent et Nox Renaud s'effondra sur le sol.

LIVIA ne se souvenait pas comment elle avait pu s'arrêter de crier. À l'arrivée de la police, suivie quelques minutes plus tard de l'équipe médicale, elle vit Nox être emmené, inconscient, dans l'ambulance. Une policière l'enveloppa d'une couverture et quand ils arrivèrent à l'hôpital, une gentille infirmière lui donna une tenue d'hôpital pour se couvrir. Ils emmenèrent Nox directement aux urgences et peu de temps après, le médecin vint la trouver.

"M. Renaud a reçu une balle dans la tête, mais heureusement, c'est une blessure relativement bénigne. Je dis *relativement* parce que, évidemment, toute blessure par balle à la tête engendre des complications. Ce qui est encourageant, c'est que la balle a arraché un morceau d'os du crâne mais n'a pas pénétré son cerveau. On va retourner voir quels sont les dégâts et je vous tiendrai au courant dès qu'on en saura plus."

"Doc ? Est-ce qu'il va s'en sortir ?"

"On va faire tout ce qu'on peut. Gardez espoir."

L'officier de police qui était avec Livia remercia le médecin. Quand elles furent seules, elle demanda à Livia de raconter à nouveau ce qui s'était passé et Livia lui répéta.

"Pouvez-vous dire si l'intrus était un homme ou une femme ?"

"Je l'ai aperçu une fraction de seconde avant qu'il ne s'éloigne de la fenêtre." Livia restait calme, consciente que la police devait poser ces questions, mais elle était terriblement inquiète pour Nox. "Nox est sorti pour le suivre et je vous ai appelé. Et soudain, Nox était à terre, en sang." Sa voix se brisa quand le choc la frappa de plein fouet. "Oh mon Dieu... *oh mon Dieu...*"

Elle laissa tomber sa tête dans ses mains et se mit à pleurer. Le policier lui frotta le dos. Quelques instants plus tard, Livia entendit une voix familière et quelqu'un s'assit à côté d'elle et la prit dans ses bras.

"Chut, tout va bien." Sandor la serra fort et elle s'appuya contre lui. Elle se mit à pleurer puis elle leva les yeux. Sandor, inquiet et bouleversé, essaya de lui sourire. Il lui tendit un mouchoir et lui tapota le dos. "Il va s'en sortir, ma chérie."

"Bien sûr que oui", dit Amber avec détermination en entrant dans la pièce. Elle fit un signe de tête à l'agent de police. "Bonjour. Amber Duplas."

"Je sais qui vous êtes, Mme Duplas, et merci d'être venue."

"Vous les avez appelés ?" Livia, qui s'essuyait les yeux, avait l'air surprise.

L'officier de police hocha la tête. "Vous n'étiez pas en état, et nous connaissions les contacts de M. Renaud. On a pensé qu'il valait mieux les appeler."

"Je vous remercie. Vous êtes très aimable."

"Je vais me retirer maintenant, mais je reviendrai pour vous poser d'autres questions."

"Bien sûr."

Quand elle fut seule avec Sandor et Amber, elle leur raconta ce qui s'était passé. "On lui a *tiré* dessus", dit-elle avec incrédulité. "Quelqu'un lui a tiré dessus."

Amber mit son bras autour de ses épaules. "Écoute, les docteurs disent qu'il s'en sortira... très probablement."

"Ils t'ont dit ça ?"

Amber sourit. "Je suis légalement le plus proche parent de Nox. On l'est l'un pour l'autre en fait, puisqu'on n'a pas de parents en vie."

"Je vois." Liv se sentit épuisée et Sandor le remarqua.

"Livvy, ça peut prendre des heures. On peut demander à l'infirmière d'apporter un lit pour que tu puisses te reposer."

"Merci, San, mais non. J'ai juste besoin d'un café."

Amber se leva. "Je vais en chercher un."

Sandor laissa son bras autour de Livia. "Pose-toi au moins contre moi et essaie de te détendre un peu. L'opération va sans doute durer longtemps."

Finalement, le médecin revint au bout de quelques heures. Il souriait, et Livia sentit le poids de la terreur disparaître. "M. Renaud va bien. La balle n'est pas entrée dans la cavité cérébrale. Comme nous le pensions, un os a été touché mais il a eu beaucoup de chance. La balle l'a juste effleuré. Il lui manquera un peu de peau et de cheveux pendant un moment, mais nous avons réussi à refermer la plaie. Il n'aura même pas besoin de voir l'équipe de chirurgie esthétique. Il est en salle de réveil et il faut attendre que l'anesthésie se dissipe. Il a peut-être une commotion cérébrale, c'est même presque sûr, alors on va le garder en observation quelques jours."

Livia sentit des larmes couler sur son visage. "Merci, docteur, merci beaucoup."

Il lui tapota la main. "Reposez-vous un peu. Vous le verrez dans une heure environ."

Une fois seule avec Sandor, Livia s'effondra et sanglota. Elle ressentait un mélange de soulagement et de terreur. Sandor la serra fort et la laissa pleurer avant qu'elle ne s'endorme finalement dans ses bras.

QUAND LIVIA se réveilla une heure plus tard, elle sentit que ses yeux étaient enflés et chargés de sel et elle essaya de sourire à Sandor. "Je sais que je dois ressembler à la créature du marais, mais j'ai besoin de voir Nox."

"Le médecin a dit qu'on pouvait aller dans sa chambre quand tu te réveillerais."

Livia se leva, puis sentit une bouffée de chaleur et vacilla. Sandor la rattrapa et elle s'appuya contre son corps massif. "Liv, tu as mangé quelque chose ?"

"Pas depuis hier soir."

"Il faut que tu manges un peu."

"Je veux le voir d'abord."

Sandor eut l'air mécontent mais se résigna. "Allez, accroche-toi à moi."

QUAND LIVIA VIT NOX, elle se remit à pleurer. Sa tête était bandée et Livia pouvait voir du sang séché et la trace d'un énorme bleu, rouge, violet, noir et bleu, méchant et vicieux, sur le côté droit de sa tête. "Mon Dieu."

"Souviens-toi de ce que le docteur a dit. Ça a l'air pire que ça ne l'est vraiment."

Livia se pencha sur son amant et embrassa ses lèvres, heureuse de sentir qu'elles étaient chaudes. "Je t'aime tellement", chuchota-t-elle, puis elle sourit quand Nox ouvrit les yeux et quand son regard la fixa.

"Salut, ma belle." Il la regarda quelques instants, un sourire aux lèvres, puis ses yeux se refermèrent et il s'endormit à nouveau.

Livia poussa un soupir de soulagement et appuya doucement son front contre le sien. "Dieu merci, Nox."

Sandor lui frotta le dos. "Viens t'asseoir avant de tomber, Liv. Je vais te chercher un truc à manger."

Il faisait nuit et Nox dormait encore. Livia caressa ses boucles tombant sur son visage pâle et soupira. Elle avait renvoyé Sandor et Amber chez eux, mais elle était épuisée. Elle se leva, se pencha sur Nox pour embrasser ses lèvres froides. "Je vais chercher du café, mon chéri. Je reviens tout de suite."

Elle partit à la recherche d'un distributeur automatique, mais celui de l'étage de Nox n'était plus en service. Elle prit les escaliers en espérant que faire un peu d'exercice la réveillerait. Maintenant qu'elle savait que Nox était hors de danger, l'adrénaline avait disparu et son corps était lourd et sans énergie. Qui avait pu tirer sur son bien-aimé Nox ? Qui les surveillait ? Elle en avait la chair de poule. Comment la soirée était-elle passée d'un moment de sensualité et d'amour à l'horreur ?

Elle ouvrit la porte de l'étage du dessous et pénétra dans le couloir. Il était silencieux, et Livia put voir que des travaux de rénovation étaient en cours. Il n'y avait personne. À son grand soulagement, les distributeurs automatiques fonctionnaient et elle acheta rapidement un café noir et fort et une barre de céréales. Elle prit de l'eau fraîche à la fontaine et vida entièrement le gobelet en plastique.

Elle sentit un courant d'air frais dans son dos et entendit une porte claquer. Elle se retourna et eut le souffle coupé en voyant une silhouette se dessiner dans l'ombre au bout du couloir. Celle-ci la regardait. Livia prit une inspiration en tremblant. "Désolée si je ne suis pas censée être ici, mais la machine à café du..."

La silhouette commença à marcher vers elle sans parler, et c'est là qu'elle le vit. Le couteau dans sa main.

Mon Dieu, non, non...

Elle lâcha le café chaud, se retourna et courut. L'intrus était entre elle et les escaliers, alors elle continua plus loin dans le couloir, cherchant une autre issue. Elle l'entendait derrière elle, et le bruit de sa respiration alors qu'il lui courait après. Elle slaloma et passa une série de portes ouvertes jusqu'à ce que, en essayant d'ouvrir une dernière porte, elle réalisa qu'elle n'avait plus une chance de s'en sortir.

Une seconde plus tard, elle le sentit la saisir par les épaules et l'attirer vers lui. Livia cria, donna des coups de pied et lutta contre son agresseur, déterminée à se battre jusqu'à ce qu'elle s'échappe ou qu'il la tue.

Il était fort, trop fort, et quand il lui asséna un coup de poing sur la tempe, Livia s'effondra au sol, hébétée, terrifiée, et sachant qu'elle ne pouvait plus rien faire.

Allongée sur le dos, elle sentit son agresseur soulever son haut et découvrir son ventre. Elle vit la lame refléter dans la lumière du couloir avant de s'évanouir.

CHAPITRE DIX-HUIT

"Livia ? Livvy, chérie, réveille-toi."

Elle pouvait entendre la voix de Sandor, mais elle ne comprenait pas. Pourquoi lui disait-il de se réveiller ? Elle n'était pas morte ? Son meurtre avait été étonnamment indolore, elle devait l'admettre, mais maintenant elle avait abominablement mal au crâne. Elle ouvrit les yeux. Une lumière blanche aveuglante.

"Aïe," dit-elle, et elle entendit le rire soulagé de Sandor.

"Rebonjour, beauté. Tu nous as fait peur."

"Livia ? Je suis le Dr Ford. Nous vous avons trouvée inconsciente à l'étage en dessous. Que s'est-il passé, mademoiselle ?"

Livia cligna des yeux, et toucha immédiatement son ventre. Il n'y avait pas de coup de couteau. Elle se leva et toucha sa tempe. Quand elle retira sa main, elle était ensanglantée. "Il m'a poursuivie et m'a frappée. Je pense qu'il voulait me tuer... pourquoi ne l'a-t-il pas fait ?"

Elle vit le médecin et Sandor échanger un regard sceptique et se sentit idiote. Elle se redressa en position assise. "Qui est avec Nox ? Si quelqu'un a essayé de me tuer, alors il n'est pas en sécurité non plus."

"Amber est avec lui, ma chérie. Maintenant, le docteur va soigner ta tête et la police veut te parler, d'accord ?"

"Bien sûr." Livia avait l'impression qu'ils se moquaient d'elle.

"Peut-être qu'*eux* me croiront", sans pouvoir s'empêcher de le dire d'un ton méprisant. Le docteur ne répondit pas et Sandor lui sourit.

"Ce n'est pas qu'on ne te croit pas. C'est que quand je t'ai trouvée à l'étage au-dessous, on aurait dit que tu étais tombée et que tu t'étais cogné la tête, c'est tout. Il n'y avait aucun signe de lutte. Tu es sûre que tu n'as pas paniqué ? Tu es très fatiguée, chérie. La nuit a été longue."

En y réfléchissant... avait-elle pu imaginer cela ? Livia ferma les yeux et sentit sa tête tourner. Le docteur nettoyait sa blessure. "Vous n'aurez même pas besoin de points de suture."

Livia le remercia. Quand Sandor et elle furent seuls, elle sentit les larmes lui monter aux yeux. "Je ne sais pas quoi penser, San. J'étais si sûre qu'il avait un couteau. Je l'ai vu."

Sandor s'assit sur le bord du brancard et mit son bras autour d'elle. "Pourquoi étais-tu là-bas ?"

"Pour du café. Le distributeur de cet étage ne fonctionne pas. Hé, je me souviens avoir laissé tomber le café quand il m'a poursuivie." Elle le regarda pleine d'espoir, mais il secoua la tête.

"On n'a pas trouvé de liquide par terre, chérie."

Putain de merde. Devenait-elle folle ? "Je veux aller voir Nox."

"Bien sûr."

LIVIA REGAGNA la chambre de Nox en titubant un peu. Quand elle poussa la porte, une vague de jalousie l'envahit quand elle vit Amber caresser le front de Nox. Il était éveillé, et quand il la vit, il lui lança un sourire si doux que son cœur se souleva dans sa poitrine.

"Hé, toi. Ils m'ont dit que tu avais fait une chute."

Livia lui sourit prudemment, jetant un coup d'œil à Amber, qui abandonna sa place pour la laisser à Livia. "Nous allons vous laisser un peu seuls", dit-elle, elle attrapa Sandor en sortant de la pièce et ferma la porte derrière eux. Livia se pencha et embrassa Nox sur la bouche.

"Tu m'as fait tellement peur, bébé."

"Je suis désolé, chérie. Tu n'as pas répondu à ma question, tu as fait une chute ?"

Livia hésita, ne sachant pas quoi lui dire, mais elle hocha la tête. Ils avaient des choses plus importantes à se dire à ce moment-là. "Je vais bien... mais, Nox, tu te souviens de ce qui s'est passé avant qu'on te tire dessus ?"

Elle ne put s'empêcher de toucher le bandage sur sa tête. Il lui prit la main et la pressa contre son visage. "Oui. On faisait l'amour, un sale type nous regardait. Quand je suis allé dehors, j'ai entendu quelque chose et je me suis dirigé vers le bruit. J'ai vu quelqu'un, une silhouette, et je l'ai poursuivie." Il soupira en fermant les yeux et elle lui caressa le visage. "Quand tu as crié, j'ai vu la silhouette se tourner vers le son de ta voix et j'ai eu très peur qu'il ne s'en prenne à toi. J'ai failli le rattraper, puis il m'a tiré dessus. Je me souviens que je ne savais pas si j'étais mort ou non, je voulais juste te voir une dernière fois, alors je suis revenu sur mes pas pour toi."

Il ouvrit les yeux et croisa son regard. "Chérie, j'étais étourdi et commotionné, mais au moment où je me suis évanoui... j'ai vu quelqu'un derrière toi. Mon dieu..." Il avait l'air de se sentir coupable et Livia sentit sa gorge se serrer.

"Il nous a suivis ici," dit-elle doucement, "et il m'a attaquée. Je ne suis pas *tombée*. San et le docteur ne me croient pas. Qui diable est après nous, Nox ?"

Nox secoua la tête d'un air sinistre, et il s'approcha d'elle. Elle se glissa dans le lit avec lui et il l'enveloppa de ses bras. "Je ne sais pas, chérie, mais je peux te dire ceci. Il ne s'approchera plus de nous." Il l'embrassa sur le front. "Je sais que tu détestes cette idée, mais demain matin, je me charge de nous trouver une sécurité rapprochée. D'accord ?"

Livia ne pouvait qu'être d'accord. "Très bien. Comme tu veux, chéri."

Nox l'embrassa sur le front. "Tu as mal ?"

Elle secoua la tête et sourit. "Pas autant que toi je suis sûre."

"Ils m'ont mis sous morphine."

Livia gloussa. "Ça va devenir chaud alors !"

Nox rit. "En fait, je suis crevé. J'aurais bien besoin d'un peu plus de sommeil, et on dirait bien que toi aussi."

LIVIA DORMIT dans le lit avec Nox, malgré les coups d'œil désapprobateurs des infirmières qui venaient vérifier ses constantes. Quand ils se réveillèrent, c'était déjà le soir. Livia l'embrassa tendrement sur la bouche.

"Heureusement que tu vas bien, Nox. Je ne sais pas ce que j'aurais fait."

Il lui caressa le visage. "Maintenant tu sais ce que je ressens. Quoi qu'il arrive, on s'en sortira, Liv. Je veux être heureux pour toujours avec toi."

Ils entendirent des éclats de voix dans le couloir. Nox et Livia se regardèrent alors que Roan et Odelle, tous deux en colère et terrifiés, firent leur entrée. Odelle poussa un énorme soupir de soulagement. "Dieu merci."

Roan, qui était mal en point, serra la main de son ami. "Bon sang, Nox, quand ils ont dit aux infos qu'on t'avait tiré dessus..."

"C'est aux infos ?"

Odelle hocha la tête. "C'est comme ça qu'on l'a su."

Livia se leva. "Je suis désolée, c'est ma faute. J'aurais dû t'appeler." Elle vacilla et Odelle fit un pas en avant pour la soutenir.

"Non, *Amber* et *Sandor* auraient dû nous appeler. Tu avais autre chose à gérer... qu'est-ce qui t'est arrivé à la tête ? Personne n'a dit que tu avais aussi été blessée."

"C'est arrivé à l'hôpital. Je t'en parlerai plus tard." Livia jeta un coup d'œil à Roan, qui avait l'air affolé. "Il va bien ?", demanda-t-elle tout bas et Odelle secoua la tête.

"Non, il ne va pas bien. Écoute, il faut qu'on se parle et je..., laisse-moi un instant avec Nox et on ira prendre un café et chercher un truc chaud à manger. Tu as l'air d'en avoir bien besoin."

Livia hocha la tête et se tourna vers Nox. "Je vais te laisser un moment avec tes amis, chéri. Je reviens tout de suite."

Elle se retourna et vit Nox ouvrir ses bras pour étreindre Odelle.

Livia fut étonnée d'entendre la jeune femme pleurer. Elle fut surprise de la voir si bouleversée car Odelle ne laissait habituellement transparaître aucune émotion. Livia réalisa alors à quel point Nox était important pour Odelle, et cela la rendait encore plus sympathique.

Et Roan... il y avait quelque chose qui clochait chez lui, quelque chose qui le faisait ressembler à un homme au bord du gouffre. Il n'était pas juste choqué que son ami se soit fait tirer dessus. Il y avait autre chose.

Livia se rendit aux toilettes pour se rafraîchir, utilisant une des brosses à dents jetables pour se laver les dents. Elle se sentait sale et elle avait des démangeaisons ; les vêtements qu'on lui avait donnés étaient tachés de sang séché. Une ecchymose se formait sur sa tempe et elle pouvait voir la trace du poing dans sa blessure. Elle grinça des dents. Elle n'avait pas halluciné ou imaginé l'intrus qui la poursuivait.

Mais pourquoi ne l'avait-il pas tuée ? Elle releva son haut et examina son ventre. Rien, même pas une égratignure. Elle était sur le point de redescendre son haut quand quelque chose attira son attention. Une petite coupure à l'intérieur de son nombril. Un point de sang séché. C'était quoi ce bordel ? Était-ce un avertissement, ou l'homme avait-il l'intention de la découper lentement avant d'être interrompu ? Peut-être par Sandor qui la cherchait ? Elle eut la chair de poule et sa respiration s'accéléra quand elle comprit que si Sandor ne l'avait pas cherchée, elle aurait pu être morte à présent. Couchée, éventrée, son sang répandu autour d'elle, abandonnée sur le sol jusqu'à ce que Nox demande où elle était. L'agresseur avait tiré une balle dans la tête de Nox, puis il était venu la chercher, alors pourquoi n'avait-il pas terminé le travail ? Elle était totalement vulnérable à ce moment-là.

Tous ceux que tu aimes... L'avertissement trouvé sur la scène de crime de Pia la frappa à nouveau. À qui parlait-il ? Nox ? Mais pourquoi ? Qu'est-ce qui avait déclenché cette vendetta vingt ans après la mort de sa famille et de sa fiancée ?

Livia se regarda dans le miroir. Que se passait-il, bon sang ? Et pourquoi était-elle si sûre qu'Amber avait quelque chose à voir avec tout ça ? Amber et Roan... tous les deux, elle en était sûre, en savaient plus qu'ils ne le disaient. Amber cherchait-elle à venger la mort d'Ariel maintenant que Nox avait enfin tourné la page et était tombé amoureux d'une autre femme ? Ou voulait-elle garder Nox pour elle ?

Et Roan ? Il avait l'air détruit. Elle n'arrivait pas à imaginer Roan l'épiant et l'attaquant... mais Roan était un homme passionné. Aurait-il hésité à la tuer rapidement et brutalement, peu importe qui venait ? Elle pensait que non.

Livia se secoua. "Et il se pourrait qu'un psychopathe ait tué Pia, et rien de plus qu'un intrus qui surveillait le manoir de Nox pour le cambrioler". Elle prononça ces mots à haute voix pour essayer de se rassurer, mais en vain. Non, c'était quelque chose de plus sournois. Elle le savait au plus profond d'elle-même.

Elle sursauta quand la porte des toilettes claqua derrière elle et elle se retourna. Personne. Ce qui voulait dire que quelqu'un l'avait observée. Elle se précipita vers la porte et regarda dehors. Qui que ce fusse avait disparu depuis longtemps. Livia grinça des dents, mais en regardant par terre, elle l'aperçut. Un long cheveu roux sur le sol en lino. *Amber.*

Livia retourna dans la chambre de Nox, l'entendant parler d'une voix tendre et affectueuse. "C'est bon, Odelle, je vais bien. Je serai sorti d'ici dans quelques jours."

"Je ne supporte pas l'idée qu'il t'arrive quelque chose, à toi ou à Livia. Tu es ma famille."

Livia fut incroyablement touchée. Qui aurait cru qu'elle comptait autant pour la reine des glaces ? Elle frappa doucement à la porte et passa sa tête à l'intérieur en leur souriant. Roan s'était éclipsé. "J'espère que je ne vous dérange pas."

"Pas du tout, bébé."

Odelle s'approcha d'elle et la serra dans ses bras, et Livia lui rendit son étreinte. "Tout va bien, Odelle, vraiment."

Odelle renifla et Livia réalisa qu'elle pleurait à nouveau. La jeune femme se sépara d'elle, en s'essuyant les yeux. "Désolée."

"Ne t'inquiète pas pour ça." Livia lui sourit puis alla vers Nox et lui prit la main.

Odelle se ressaisit. "Écoute, je peux passer un coup de fil tout de suite et organiser une protection rapprochée ici, à la maison, au restaurant, et pour ton bureau, Nox."

Nox hocha la tête. "Ce serait un poids en moins. Merci, Odie."

Odelle décrocha son portable et sortit dans le couloir. Livia donna un léger coup de coude à Nox. "Odie ?"

Il sourit. "Je suis le seul qu'elle laisse l'appeler comme ça. Mais seulement lors d'occasions spéciales."

"Comme une balle dans la tête ?"

"Par exemple." Ils rirent tous les deux et la tension qu'ils ressentaient se dissipa grâce à cette blague. Nox l'embrassa. "Au fait, j'aime bien ton look sexy dans cette blouse."

Livia leva les yeux au ciel. "Je suis sale."

"Écoute, bébé, je vais demander à Sandor de te ramener chez toi. Mange convenablement, prends une douche et dors un peu. Je ne vais nulle part."

C'était tentant et au bout d'un moment, Livia accepta. "Tant que quelqu'un est avec toi."

"Je ne pense pas qu'Odelle partira."

"Où est Roan ?

Nox secoua la tête. "Il se sentait étouffer, il a marmonné qu'il était désolé, et il est parti. Odelle est fâchée contre lui à propos de quelque chose."

Ils restèrent assis en silence un moment, se tenant la main. Livia se racla la gorge. "Nox... J'ai ce pressentiment. Que celui qui est derrière tout ça... est proche de nous. De toi."

"Je suis d'accord."

Elle le dévisagea. "Tu penses que... Roan ?"

Nox soupira. "Je déteste dire ça, mais je ne vois personne d'autre. Il boit, il est fauché..."

"Il n'est pas sur le point d'épouser Odelle ?"

Nox serra les lèvres. "Si. Et il devrait s'estimer chanceux. Mais ça ne lui garantit pas de s'enrichir. Le père d'Odelle ne le permettra pas."

Livia le regarda d'un air inquiet. "Le père d'Odelle sait qu'on est au XXIe siècle, non ?"

"Je ne veux pas dire qu'il ne donnera pas son accord pour le mariage, mais Odelle est une héritière. Elle n'a pas d'argent à elle, tout est bloqué sur un compte en banque, et son père peut lui retirer à tout moment."

"Mais pourquoi Odelle l'épouse-t-elle ?"

Nox lui fit un sourire étrange, à moitié triste. "Parce qu'elle l'aime."

"Nox, tu penses que Roan pourrait te tirer dessus ?"

"Je peux seulement te dire que Roan est un tireur d'élite. Si *c'était* lui, alors il n'avait pas l'intention de me tuer." Nox avait l'air écœuré de devoir prononcer ces mots. "Quand je sortirai d'ici, ma belle... il faudra qu'on parle de beaucoup de choses. Ta sécurité est primordiale. Notre avenir aussi. Odelle m'a dit que la presse avait cité ton nom. Ils seront après toi à l'université et au restaurant aussi."

"Je peux affronter ça."

Nox l'examina. "Tu n'as aucune idée de comment ils peuvent être. Ce sont des vautours. Ils déterreront tout ce qu'ils peuvent trouver sur toi."

Livia haussa les épaules. "Je n'ai pas de squelette dans mon placard."

"Alors je dois te prévenir," dit Nox, son beau visage devenant sérieux, "ils en inventeront, rien que pour toi. Les choses vont vraiment devenir dingues."

ODELLE REMERCIA le portier en entrant dans son immeuble. Il la rappela. "M. Saintmarc vous attend en haut."

Odelle hocha la tête, le visage impassible. "Merci, Glen."

Elle prit l'ascenseur jusqu'à son duplex et entra dans l'atrium. Roan était affalé contre le mur. Il la regarda, les yeux pleins de désespoir, et le souhait d'Odelle de le renvoyer chez lui s'évanouit. Elle ne l'avait jamais vu aussi abattu. Elle s'accroupit à côté de lui. "Qu'y a-t-il, Roan ? Qu'est-ce qu'il y a ?"

Roan se mit à sangloter en prononçant ces mots. "Ils vont dire que c'était moi, Odelle... ils vont dire que c'était moi... cette fille, Pia... J'étais avec elle la nuit où elle a été tuée... et ils vont dire que c'est moi..."

. . .

L'ENQUÊTE de police ne mena à rien et, alors que Noël approchait et
que le froid arrivait, Livia et Nox se retranchèrent dans le manoir.
Livia ne sortait que pour aller au travail ou à l'école, et Nox pour les
réunions d'affaires qu'il ne pouvait pas faire de la maison. Ni l'un ni
l'autre ne le disaient, mais cette proximité qu'ils s'imposaient
semblait avoir développé leur relation, une nouvelle intimité, une
proximité qui leur manquaient sans qu'ils le sachent.

Bien sûr, leurs audacieux exploits sexuels étaient à présent
réservés à leur chambre. Odelle avait engagé une armée d'agents de
sécurité pour Nox et Livia. Ils étaient un peu sonnés de voir à quel
point leur vie était maintenant restreinte.

"Je ne peux pas les renvoyer. Odelle me tuerait et j'aimerais qu'on
ne me tue qu'une fois par an", dit Nox en souriant à Livia, qui rit.

"Ça perturbe nos affaires, n'est-ce pas ? Je veux dire, j'ai été assassinée l'autre jour, et j'avais une grosse lessive à faire."

"Comme c'est pénible."

"N'est-ce pas ?"

Ils plaisantaient ainsi depuis qu'Odelle leur avait parlé de Roan.
Il avait couché avec Pia et était avec elle la nuit où elle avait été
tuée. Odelle l'avait persuadé d'aller voir la police et de leur en
parler. Il avait été interrogé puis inculpé de suspicion de meurtre.
Odelle avait payé sa caution de deux millions de dollars, et maintenant Roan était enfermé dans son appartement en attendant le
procès.

Ni Nox ni Livia ne pouvait croire à cette tournure d'événements.
Pire, lorsque Roan avait été interrogé sur la nuit où Nox et Livia
avaient été attaqués, il n'avait pas pu fournir d'alibi. La police, frus-
trée de ne pas trouver le coupable du meurtre de Pia, avait fait du
rejet de la proposition commerciale de Roan par Nox son mobile.

"Leurs arguments sont peu convaincants", leur avait dit l'avocat de
Roan, William Corcoran, lorsqu'ils s'étaient rencontrés dans les
bureaux de Nox et Sandor, "mais pour le moment, il est la seule
personne avec un mobile et nous savons qu'il était avec la jeune fille.

J'ai cru comprendre que vous le faites surveiller par un garde 24h/24, Mme Griffongy ?"

Odelle, pâle et les traits tirés, hocha la tête. "Il n'ira nulle part, M. Corcoran. Il veut prouver son innocence."

Livia prit la main d'Odelle et la serra. "Nous sommes là pour toi, Odelle." Elle ne pouvait pas se résoudre à dire qu'elle était aussi là pour Roan car pour elle ce n'était pas impensable qu'il ait fait du mal à Nox et à Pia pour l'empêcher de parler à Odelle de leur liaison. Odelle avait l'air abattu et Livia avait le cœur brisé pour elle.

"Nous n'avons jamais réussi à avoir cette conversation entre filles, n'est-ce pas ?" dit-elle à voix basse à Odelle alors que Nox et Sandor parlaient à l'avocat. "On devrait faire ça. Bientôt."

Odelle acquiesça. "Je passerai au restaurant demain midi, si ça te va ?"

"Bien sûr."

LE LENDEMAIN, Moriko et Marcel lui firent passer un sale quart d'heure. Elle ne pouvait pas leur en vouloir. Elle les avait appelés de l'hôpital, mais elle n'avait pas voulu les laisser lui rendre visite. Elle leur avait dit que c'était parce que Nox avait déjà trop de visiteurs, mais à vrai dire, elle ne voulait pas que Moriko et Marcel ne soient plus en danger qu'ils ne l'étaient déjà en la fréquentant. Pia faisait à peine partie du groupe, et maintenant elle était morte. Personne n'était en sécurité.

Moriko jeta un coup d'œil à la blessure à la tête de Livia et elle fit une grimace de colère. "Et *ça*, tu n'en a pas parlé non plus."

"J'ai glissé à cause d'une flaque à l'hôpital. Rien de grave." Elle ne leur avait pas dit qu'elle avait été attaquée.

Marcel secoua la tête. "C'est sérieux, Liv. Je ne veux pas que tu sois blessée."

Livia hocha la tête en direction des deux énormes gardes du corps assis dans le restaurant. "T'inquiète. Ces deux-là sont toujours avec moi, malheureusement."

Elle jeta son sac dans l'arrière-salle et se rendit dans la cuisine pour se laver les mains. Elle se sentait fatiguée et épuisée, mais au moins elle se remettait à faire quelque chose qu'elle connaissait. Nox ne voulait pas qu'elle retourne au travail, mais n'avait pas réussi à la dissuader. "J'ai des responsabilités, bébé."

À présent, elle noua son tablier autour de sa robe et se rendit en salle. Le restaurant était calme, le rush du déjeuner était passé, et Moriko et Livia polissaient des verres à vin tout en bavardant et en dressant les tables.

"J'ai des choses à te dire", dit Moriko en souriant et Livia haussa les sourcils. Elle jeta un coup d'œil à Marcel et Moriko leva les yeux au ciel.

"Tu vas arrêter avec ça ? J'adore Marcel, mais je *travaille* pour lui aussi. Non, ce n'est pas Marcel, mais j'ai rencontré quelqu'un."

"Qui ?"

"Je ne suis pas encore prête à le dire. Mais je vais laisser l'appartement. J'ai pensé que tu voudrais le savoir."

"Tu emménages avec quelqu'un ?" Livia était choquée, mais Moriko fit une grimace et fixa son amie d'un regard de défi. Livia sourit timidement. Oui, elle n'avait *pas* le droit d'être scandalisée. "Désolée. Où vas-tu déménager ?"

Moriko lui dit et Livia siffla. C'était dans un immeuble haut de gamme de la ville, à un ou deux pâtés de maisons de l'endroit où vivait Odelle. "Très joli."

"Il y a un ascenseur à l'ancienne, comme dans les films français. Tout en fer forgé chic." Moriko avait l'air si fier que Livia ne put s'empêcher de rire.

"Classe."

"C'est ton cul qui est classe. Hé, peut-être qu'on va devoir faire des réceptions comme tu le fais avec tous tes nouveaux amis de la haute."

Livia sourit. "Tais-toi. Je suis contente pour toi, ma chérie. Quand est-ce qu'on rencontre le capitaine Ascenseur ?"

"Ha ha ha. Bientôt, j'espère."

"Dis-moi au moins son prénom."

"Non, non. Tu devras vivre avec ça."

"Rabat-joie".

. . .

ODELLE ARRIVA juste après treize heures et Livia prit sa pause. Elles se trouvaient à deux tables des imposants gardes du corps de Livia. Odelle eut l'air amusé. "Ça doit être étrange pour toi de les avoir dans les pattes."

Livia hocha la tête. "Oui, mais ne crois pas que je ne sois pas reconnaissante, Odelle."

"Tu peux m'appeler Odie, si tu veux."

Livia lui sourit. "Tu as été une véritable amie pour moi et Nox, Odie."

L'autre femme rougit un peu. "Je ne suis pas douée pour me faire des amis," dit-elle, "surtout avec les femmes. Elles ne me font pas confiance. Je ne sais pas pourquoi ; ce n'est pas comme si je couchais avec leurs hommes. Pas comme Amber."

Livia soupira. "J'ai eu des doutes à son sujet, à propos de ce que tu m'as dit. Mais en même temps, elle n'a rien fait de mal, je ne pense pas. Bien sûr, Nox ne voit rien d'anormal, et j'hésite à dire quoi que ce soit de négatif. Ils sont si proches."

"C'est compréhensible. Écoute, peut-être que je ne suis pas objective. Je n'ai jamais apprécié cette femme, et maintenant que je sais qu'elle couchait avec Roan..."

"Couchait?"

Odelle sourit. "Dès qu'elle a su que je l'avais découvert, elle l'a largué. Amber n'a plus besoin des hommes une fois que leur femme ou leur petite amie l'apprennent." Elle regarda Livia. "Est-ce que ça te contrarie ?"

Livia hocha la tête. "Je voulais croire qu'elle était quelqu'un de bien. Je pensais qu'elle l'était."

"Livvy, tu es adulte. Est-ce que je pense qu'Amber est malintentionnée ? Pas envers Nox en tout cas, et pour être honnête, elle a l'air de t'apprécier aussi."

"Si on exclut Amber et Roan, qui d'autre pourrait en vouloir à Nox ?" Livia frémit en disant ces mots.

"Honnêtement, je ne sais pas. Nous savons toutes les deux qu'il n'y a pas plus loyal que Sandor."

"C'est un ours en peluche."

Odelle sourit. "C'est vrai. C'est un gars bien. Si seulement j'étais tombée amoureuse de lui à la place."

Livia gloussa. "Je paierais pour voir ça. Alors, quelqu'un d'autre ?"

"Eh bien, il y a quelqu'un. Une ex-copine de Nox. Pas vraiment une petite amie, mais une aventure. Au moins pour Nox. Janine Dupois. Nox t'a parlé d'elle ?"

Livia secoua la tête. "Non, mais on n'a jamais vraiment eu de discussion à propos de nos ex, donc je ne lui en veux pas de ne pas l'avoir fait. Qui est-elle ?"

"Rédactrice de mode et mondanité. J'ai entendu dire qu'elle avait déménagé à New York mais qu'elle n'était pas parvenue à s'y faire une place."

Livia leva les yeux au ciel et Odelle rit. "C'est comme ça que ça marche, j'en ai peur."

"Si ça devait durer entre Nox et moi, et j'espère que ce sera le cas, j'espère qu'on ne s'attendra pas à ce que je devienne..."

"Comme moi ?" Mais Odelle souriait et Livia lui serra la main.

"Tu vois ce que je veux dire. Je ne suis pas une femme mondaine. Je ne connais rien de ce monde."

Odelle l'examina. "Tu sais, Nox est un gars plutôt terre à terre. Il n'aurait pas *pu* tomber amoureux de quelqu'un qui ne lui convenait pas. N'aie jamais peur de ne pas réussir à t'intégrer, Livvy."

À SON RETOUR à la maison, Livia se sentait plus optimiste qu'elle ne l'avait été depuis des semaines. Nox arriva un peu après elle et elle alla l'accueillir à la porte. Elle l'embrassa tendrement. "Tu m'as manqué."

Elle lui prit la main et le conduisit immédiatement en haut des escaliers. Nox sourit. "Eh bien, si c'est comme ça que je te manque..."

Dans leur chambre, Livia lui arracha sa cravate et lui embrassa le torse en déboutonnant sa chemise. Nox dézippa lentement sa robe, le bout de ses doigts caressant sa colonne vertébrale de haut en bas. Alors qu'elle tirait sa chemise sur le côté, sa langue trouva son mamelon tandis qu'elle ouvrait sa braguette pour mettre la main dans son pantalon. Sa bite était déjà dure quand elle la libéra de son pantalon et elle gloussa en entendant son souffle saccadé. Elle le poussa sur le lit et lui arracha son pantalon.

"Allonge-toi, bébé. C'est moi qui commande." Elle se tortilla hors de sa robe et Nox imita le cri du loup. Livia sourit avant de s'agenouiller entre ses jambes et de le prendre en bouche. En remontant le long de ses veines et de son manche épais et doux, elle avala son sperme salé, puis remua sa langue sur son gland sensible pour le rendre dingue. Elle écoutait ses longs soupirs de désir tout en le suçant, l'avalant et en le titillant, et quand il fut sur le point de jouir et essaya de se retirer, elle secoua sa tête. Il jouit dans sa bouche, gémissant son nom encore et encore.

Livia avala sa semence, puis hurla de rire quand il la projeta sur le sol et commença à l'embrasser furieusement, comme si un animal s'était déchaîné en lui. Il lui suça les mamelons jusqu'à ce qu'ils soient durs comme du roc et qu'elle se tortille en dessous de lui, si excitée qu'elle crut qu'elle allait s'évanouir. Puis, alors qu'il descendait le long de son corps, léchant, avalant, mordant ses seins, son ventre, elle gémit comme sa bouche trouva son sexe. "Mon Dieu, Nox..."

Il lui donna du plaisir jusqu'à ce qu'elle le supplie de la baiser, puis il la pénétra de sa bite dure comme une pierre, pressant ses genoux contre sa poitrine et faisant claquer ses hanches contre les siennes. Livia cria de plaisir, sans se soucier d'être entendue par les agents de sécurité. Elle se perdit dans cette extase grisante, l'embrassant, lui disant encore et encore à quel point elle l'aimait.

Finalement, épuisés, ils se mirent au lit et se serrèrent l'un l'autre. Ils s'embrassèrent et bavardèrent tranquillement, profitant de ce temps passé ensemble.

"Odelle m'a appelée 'Livvy' et me laisse l'appeler 'Odie'", dit Liv avec de grands yeux, faisant rire Nox.

"Elle m'a dit qu'elle t'adorait. Tu ne fais pas semblant, elle aime ça."

"Tu es beaucoup plus proche d'elle que je ne le pensais au départ, ce qui me fait penser que nous, toi et moi, devrions passer plus de temps à apprendre à nous connaître, en plus de baiser comme des bêtes."

Nox rit. "Tant qu'on peut continuer à faire ça aussi."

"Bon sang, oui. Alors..."

"Alors, qu'est-ce que tu veux savoir ?"

"J'aimerais en savoir plus sur Ariel, si ce n'est pas trop douloureux."

Nox se tut pendant un moment, puis hocha la tête. "D'accord."

Livia lui caressa le visage. "Quand tu voudras, bébé."

"C'est bon, Livvy, je ne vais pas craquer. Le psychiatre que j'ai vu m'a énormément aidé." Il s'arrêta un moment, puis il prit une grande respiration. "C'est parti. On s'est rencontrés quand on était enfants, quand la famille d'Ariel et Amber a emménagé ici. Leurs parents étaient des gens gentils, assez riches comme nous, et le père d'Amber était un associé de mon père. Ariel et moi, on s'est entendus tout de suite. Tu sais qu'elle et Amber étaient jumelles ? Non identiques. Ariel avait les cheveux brun foncé et les yeux foncés comme les tiens. Elle a toujours pensé qu'elle était ordinaire, ce qui était faux."

Livia se souvint d'avoir vu des photos d'Ariel. "Elle était mignonne. Tu m'as déjà dit comment elle était morte... mais peut-être que ça aiderait de parler de ce qui s'est passé les jours qui ont précédé sa mort."

Nox la regarda un long moment puis hocha la tête. "Ok. D'accord. Parlons-en."

CHAPITRE DIX-NEUF

I *l y a vingt ans...*

ARIEL REGARDA NOX FIXEMENT, en essayant de ne pas rire. "J'y ai réfléchi longuement, et je crois que je sais quelle est la tenue parfaite pour nous pour le bal de promo."

Nox lui sourit, voyant bien son regard malicieux. "Oh, ouais ? Vas-y, dis-moi tout."

Ariel se leva, et se mit à faire une danse sur les côtés puis revint rapidement sur son tapis de sol. Nox éclata de rire. "C'est quoi ce bordel ?"

"Je te donne un indice ", dit-elle à bout de souffle, puis elle commença à faire semblant de courir, en bougeant énergiquement ses bras et ses jambes.

" Tu es folle, Mlle Duplas, et je n'ai aucune idée de ce que tu fais."

"Imagine un pantalon baggy." Ariel faisait des va-et-vient dans sa chambre, agitant ses bras et l'exhortant à deviner. "Peut-être que si je chante..."

Elle se mit à chanter "oh-uh" à plusieurs reprises en se déplaçant, puis s'arrêta brusquement en criant : "Stop !"

Nox finit par comprendre. "*Hammertime* !" Il éclata de rire sous les acclamations d'Ariel qui s'effondra sur le lit à côté de lui, essoufflée.

"Alors, qu'en penses-tu ? On y va tous les deux en pantalon Hammer et on fait un pied de nez au patriarcat. Pourquoi devrais-je porter une robe ?"

"Tu pourrais porter n'importe quoi et être quand même la reine du bal."

Ariel fit semblant de vomir et Nox rit. "Tu n'arrives vraiment pas à accepter un compliment, hein Ari ?"

"Tu me connais, Noxxy. Je laisse les cotillons et les trucs de débutante à Amber. C'est son truc."

Nox sentit un sous-entendu dans sa voix. "Qu'est-ce qui se passe ?"

Ariel haussa les épaules. "Rien, vraiment. On a juste un moment "sans". Nous ne nous entendons pas particulièrement bien en ce moment."

"Pourquoi ?"

Ariel hésita, puis haussa les épaules. "Des raisons."

Nox enroula une longue mèche de ses cheveux autour de ses doigts. "Tu ne veux pas en parler ?"

"Pas vraiment. Maintenant que tu sais ce que j'ai prévu pour le bal..."

Nox sourit. "Tu crois que je ne te connais pas encore ? Tu dis ça, puis je vais me pointer en pantalon Hammer, et tu auras l'air d'une déesse céleste dans une robe parfaite. Je me souviens encore du bal de fin d'année. Tu te souviens ?"

"C'était hilarant."

"Pour *toi*. Ma mère a passé des semaines sur mon costume de marin."

Ariel rit. "Tu es tellement naïf, M. Renaud." Elle pencha la tête et l'embrassa, s'attardant sur ses lèvres. "Maintenant, sérieusement... tu veux voir ma robe ? Je te le demande parce qu'elle a une fermeture compliquée, et tu devras peut-être t'entraîner si tu veux me l'enlever."

Le sourire de Nox s'élargit. Comme beaucoup de couples, ils

avaient prévu qu'ils coucheraient ensemble pour la première fois la nuit du bal de fin d'année... même s'ils avaient déjà fait pratiquement tout le reste. Ils étaient tous les deux très impatients. "Tu sais, ça pourrait être une bonne idée."

Ariel le fit sortir de la pièce alors qu'elle se changeait et elle le rappela quand elle fut prête.

Nox eut le souffle coupé en ouvrant la porte. La robe en mousseline gris pâle épousait ses courbes à la perfection et mettait en valeur les tons roses de sa peau d'un blanc crémeux.

"Wahou. Wahou." Nox s'approcha d'elle, et mit son visage contre le sien. "Tu es incroyablement belle."

Ariel rougit, mais rit. "Bonne réponse. Tu peux m'embrasser maintenant."

Le baiser dura si longtemps qu'Ariel, en riant, dut le repousser. "Encore un jour, Nox, et on poursuivra ce baiser et bien plus encore."

Hochement de tête. "Alors je ferais mieux de partir d'ici avant que tu ne me rendes dingue."

"Et tes couilles bleues."

"*Et* mes couilles bleues." Il sourit car elle lui pinça l'entrejambe. "Merde, ma chérie, tu es impossible."

"Et oui." Elle se tenait sur la pointe des pieds pour l'embrasser. "À demain, Nox Renaud."

C'ÉTAIT le bal de fin d'année. Ariel et Amber se préparèrent séparément, chacune dans leur chambre, sans rien se dire. Alors qu'elle terminait de se maquiller et se glissait dans sa robe grise, Ariel envisagea d'aller voir sa sœur, pour essayer de dissiper le gouffre qui s'était récemment creusé entre elles. Elle avait menti à Nox hier à propos de ce qui l'opposait à Amber. Le problème venait de Nox lui-même. Ariel savait qu'Amber était amoureuse de lui et n'en voulait ni à sa sœur ni à Nox pour cela. Il était facile d'aimer Nox. Amber savait qu'elle ne serait jamais avec lui et, n'avait jamais envisagé de le piquer à sa sœur mais... sa façon de gérer cela était de se tenir à distance d'eux deux.

Ariel tapa prudemment à la porte de sa sœur. "Ambs ?"

"Toujours en train de me changer." Un ton neutre, pas d'invitation. Ariel soupira.

"D'accord.... je vais fumer dehors. Peux-tu distraire maman si elle me cherche ?"

"Pas de soucis."

ARIEL SORTIT dans la nuit chaude de Louisiane. Elle se mit immédiatement à transpirer et elle jura, espérant qu'elle ne se retrouverait pas avec des auréoles sous les aisselles - cette mousseline était trop bien pour qu'on la traite ainsi. *Non pas que Nox en ait quelque chose à foutre* se dit-elle en souriant intérieurement avec tendresse et en sortant une cigarette de son paquet. Sa mère savait probablement qu'elle fumait, mais il était implicitement interdit d'en parler à la maison.

Elle fit le tour de la maison principale jusqu'à l'endroit où elle se cachait pour fumer, hors de la vue de la maison. Cachée par les arbres recouverts de mousse espagnole, elle humait l'air de la nuit. Le bayou était très malodorant les nuits comme celle-ci, l'odeur de pourriture se diffusait dans l'air. Ariel lança son mégot par terre, l'écrasa avec la pointe de sa chaussure, puis se retourna pour rentrer.

La première chose qu'elle sentit fut une piqûre dans le cou, puis une difficulté à respirer à mesure que ce qui lui avait été injecté coulait dans ses veines. Elle eut à peine le temps de se rendre compte que quelqu'un l'avait saisie avant que tout devienne noir et qu'elle s'évanouisse.

IL FAISAIT FROID. Elle était allongée sur quelque chose de froid. Elle frissonna malgré la chaleur de la nuit, puis ouvrit les yeux. Sa tête tournait vite, elle voyait flou et sa poitrine était lourde. En se concentrant, elle le vit... elle supposa que c'était un homme. Il était assis sur ses jambes, à cheval sur elle. Il était si impassible qu'il lui fit peur, comme s'il avait attendu qu'elle se réveille. Ariel regarda autour d'elle et sentit une vague de panique la traverser. Ils étaient dans un cimetière.

"Qu'est-ce qui se passe ?" Sa voix tremblait et la silhouette à la capuche noire semblait la regarder droit dans les yeux. Elle ne voyait aucun de ses traits, et le silence de l'inconnu la fit paniquer encore plus. "S'il vous plaît... je ferai tout ce que vous voudrez..." Elle se tut car elle vit le couteau dans sa main, et elle sut. "Oh, mon Dieu, s'il vous plaît... s'il vous plaît *ne*..."

Il ne l'écouta pas. Avant qu'Ariel ne puisse crier, il plaqua sa main gantée sur sa bouche et enfonça le couteau sur son ventre, encore et encore. Le dos d'Ariel s'arqua et elle gémit de douleur alors qu'il la tuait. Sa main quitta sa bouche quand il vit qu'elle avait du mal à respirer.

"Pourquoi ?", demanda Ariel alors que son tueur s'asseyait pour la regarder se vider de son sang. Une larme coula sur sa joue. "S'il vous plaît, dites-moi... *pourquoi* ?"

Mais il ne lui répondit jamais.

Nox montait dans sa voiture quand sa mère l'appela. Son visage était tendu. "Amber au téléphone. Elle est hystérique, et je ne comprends pas ce qu'elle dit." Nox mit un moment à réaliser qu'Amber lui disait qu'Ariel avait disparu.

Ils découvrirent son corps le lendemain matin et Nox, effondré et dévasté, se rendit directement au cimetière. Il se battit avec un policier qui ne voulait pas le laisser l'approcher, au point qu'ils durent le menotter pour le calmer. "S'il vous plaît, laissez-moi la voir."

Finalement, pour le calmer, et puisqu'il était le fils d'un héritier de la Nouvelle-Orléans, et peut-être pour juger sa réaction, ils le laissèrent la voir.

En voyant Ariel, éventrée et mutilée, sa mousseline grise imbibée de sang, pâle et gisant sur la tombe, Nox tomba à genoux. Quelque chose en lui mourut.

Les funérailles furent un enfer pour lui. Il ne prêta attention à personne, pas même à Amber ou Teague quand ils essayèrent de lui parler. Amber était dévastée par la mort de sa sœur – elle en fut changée à jamais.

Finalement, tout finit par revenir à la normale dans leur cercle, mais Nox et Amber passèrent plus de temps ensemble, se sentant exclus des autres. La police n'avait aucune piste. Nox avait un alibi en béton, et la police manqua vite d'indices. L'affaire fut reléguée au second plan, au grand dam des familles Duplas et Renaud. Puis, presque exactement un an plus tard, Tynan Renaud assassina sa femme et son fils puis se suicida, et l'affaire du meurtre d'Ariel tomba encore plus dans l'oubli.

MAINTENANT

LIVIA CARESSA le visage de Nox pendant qu'il lui racontait tout. "Je me suis toujours senti coupable parce que quand ma famille est morte, Ariel a été presque oubliée par notre cercle d'amis, par la presse, par la police." Il soupira en posant son front contre le sien. "C'était presque comme si l'affaire d'Ariel avait été reléguée au chapitre des jeunes et belles femmes vues comme des "cibles parfaites" parce qu'elles sont de belles jeunes femmes."

Livia embrassa ses paupières. "Malheureusement, cela semble être une réalité. Nous, les femmes, nous devons toujours être prudentes. On ne peut pas sortir seule la nuit, car un homme pourrait nous violer ou nous tuer. On nous dit qu'il ne faut pas s'habiller de telle ou telle façon, comme si nous étions responsables d'inciter ou pas un homme à nous agresser. C'est ignoble et malsain, mais c'est le monde dans lequel nous vivons."

Nox secoua la tête. "Mince. Quelle vie de merde."

"C'est pourtant la norme pour toutes les femmes de la planète." Elle soupira en pensant à la peur de sa récente agression. À quel point elle avait frôlé la mort.

"Puis-je m'excuser au nom de mon genre?"

Livia rit. "Non, tu ne peux pas. Tu es un des hommes biens, Nox, ne l'oublie pas. Ne porte pas la responsabilité des autres sur tes épaules. Promets-moi qu'on éduquera nos fils de façon à ce qu'ils ne considèrent pas les femmes uniquement comme des objets sexuels."

Nox embrassa le bout de ses doigts. "Je te le promets... et... nos fils ?"

Livia rougit. "Je ne suppose rien, juste... si ça arrive."

"Mon Dieu, je l'espère." Il pressa ses lèvres contre les siennes, l'attirant vers lui. "J'en veux un tas avec toi, Livia. Mais tu es jeune, et tu as ta carrière devant toi."

"De serveuse ? Ouais, quel programme."

Nox rit. "Je parlais de ta carrière musicale."

"Oh, ça. Nox, j'adore la musique. C'est ma passion. Mais je n'ai jamais envisagé une carrière musicale en tant que telle. Je veux être assez douée pour pouvoir l'enseigner, comme Charvi. J'adorerais ça. Peut-être faire quelques petits concerts ici et là, mais pour ce qui est d'une carrière de musicienne à part entière, je pense que c'est un rêve."

"Tu ne veux pas être célèbre ?"

"Mon Dieu, non. Non, *arg*, tu imagines ? Des paparazzis partout... Attends. Bien sûr que tu *peux* imaginer. Mon Dieu, je suis bête. Désolée."

Nox rit. "C'est pas grave. Tu sais, une fois qu'ils sauront qu'on sort ensemble, tu devras t'attendre à les voir beaucoup."

Livia gémit et roula pour se mettre sur lui. "Ne nous inquiétons pas de ça pour l'instant. J'espère retarder cela le plus possible. D'accord ?"

"Promis."

Nox ne se doutait pas qu'il romprait sa promesse aussi vite.

CHAPITRE VINGT

A u travail le lendemain, le restaurant était tellement bondé que Livia et Moriko n'eurent pas une minute à elles, encore moins pour discuter. Livia avait dit à Nox qu'elle voulait voir Moriko plus souvent. "Depuis que j'ai déménagé, j'ai l'impression qu'on s'éloigne l'une de l'autre, et je détesterais ça. Morry est mon amie, tu sais ?"

C'est ce qu'elle dit à Moriko quand le personnel du soir prit enfin la relève. Moriko proposa à Livia de venir voir son nouvel appartement car elle voulait la narguer, dit-elle avec un sourire. Suivies discrètement par le garde du corps de Livia, elles se rendirent dans le nouvel immeuble de Moriko, et au septième étage avec l'ascenseur en fer forgé à l'ancienne.

"Classe", dit Livia en faisant un clin d'œil à Moriko, qui sourit.

"Jalouse ? Non pas que tu aies besoin de l'être, puisque tu vis dans un putain de manoir."

"Ha. Écoute-nous donc, on est toutes les deux des femmes entretenues. Qu'est-il arrivé à la sororité ?" Livia s'assit sur un grand canapé bleu foncé. "Mon Dieu, c'est divin."

Moriko rit. "Je sais, n'est-ce pas ? Et parle pour toi, je paie un loyer à Lucas."

"Lucas alors ? Dis m'en plus, ma belle. Tu gardes ce Lucas secret depuis trop longtemps."

Moriko tendit une bouteille de bière à Livia et s'assit à côté d'elle. "Eh bien, si je te voyais plus..."

Livia lui donna un petit coup à l'épaule. "Je sais, je suis désolée. J'ai toujours juré que je ne serais pas une de ces femmes qui abandonnent leurs amies quand elles tombent amoureuses, mais c'est exactement ce que je fais. Je suis désolée, Morry. Je vais me rattraper."

"Comment ça se passe dans le bayou ?"

Livia raconta à Moriko sa vie avec Nox, à quel point ils étaient devenus proches, et son amie l'écouta en fronçant les sourcils. "Tu es sûre que vous ne devenez pas co-dépendants ?"

Livia fut vexée. "Qu'est-ce que tu veux dire ?"

Moriko soupira. "Je veux dire, depuis combien de temps vous connaissez-vous vraiment ? Même pas deux mois, hein ? Tu as emménagé avec lui – moins d'un jour après lui avoir fait le laïus "Je suis une femme indépendante", et maintenant tu es pratiquement captive dans cet endroit. L'endroit où ton petit ami s'est fait tirer dessus, pour l'amour de Dieu..." Moriko s'arrêta, elle tremblait. Livia ne l'avait jamais vue aussi énervée.

"Morry ? D'où est-ce que ça vient tout ça ? Je veux dire, je..."

"Non, laisse-moi finir. J'ai peur, Liv, je suis terrifiée. J'ai l'impression que quelque chose de mal va t'arriver, comme si tu allais mourir. Comme si Nox était une personne dangereuse et que quelque chose – quelqu'un – pouvait te blesser. Son cercle d'amis resterait solidaire et nous ne saurions jamais vraiment ce qui est arrivé."

Livia resta stupéfaite un long moment. "Je sais que l'histoire avec Pia est horrible, et oui, on s'est fait attaquer mais..."

"Et sa petite amie a été assassinée et sa famille a été tuée. Merde. La mort le suit partout, Livia. Écoute, j'aime bien Nox, mais je ne pense pas qu'il soit une bonne chose pour toi."

Livia sentit ses yeux se remplir de larmes. Avoir la bénédiction de Morry pour sa relation était important pour elle, et elle n'avait pas anticipé de telles critiques. "Alors, quoi ? Tu veux que je le quitte ?"

"Oui."

"Tu te fous de moi ?" Livia cligna des yeux au changement soudain de l'ambiance entre elles, et en regardant de près son amie, elle pouvait voir la tension sur son visage, les cernes sous ses yeux. "Morry, que se passe-t-il ? Est-ce que ça va ?"

"Non, je ne vais pas bien", cria Morry soudainement, faisant sursauter Livia. "Chaque fois que je reçois un coup de fil, je pense que c'est la police qui me dit que tu es morte."

"Ma vieille, tu réagis de façon excessive."

"Non c'est faux. Quelqu'un a tiré sur ton petit ami, t'a attaquée dans un maudit hôpital, a massacré une jeune fille pour envoyer un message à Nox. *"Tous ceux que tu aimes"* ? Putain. *Liv...*"

Morry tremblait, mais elle recula quand Livia essaya de la serrer dans ses bras. "Je ne savais pas que tu ressentais ça."

"Tu es ma famille," dit férocement Moriko, "ma sœur. J'ai peur, Liv."

Cette fois, elle laissa Livia l'étreindre. "Tout va bien, Morry, vraiment. Regarde l'armoire à glace qui m'attend devant la porte. Non, c'est méchant. Jason est très gentil et il me protège."

"Tu ne vois pas à quel point c'est tordu d'avoir un garde du corps ?" Morry n'allait clairement pas céder, pensa Livia consternée.

"Écoute, je t'ai entendue, vraiment. Mais c'est seulement jusqu'à ce qu'ils attrapent le coupable, Morry. Nox est un homme puissant, il attire forcément les tarés." Même pour les oreilles de Livia, cela décrivait à peine leur vie actuelle.

Moriko la regarda froidement une longue minute, puis se leva et se rendit dans sa chambre. Livia entendit du bruit, puis elle réapparut avec un dossier très épais. Elle le jeta à Livia. "Juste un taré, hein ?"

Livia attrapa le dossier et des papiers se dispersèrent partout. Elle glissa sur le tapis pour les étaler. De vieux rapports de police, des coupures de journaux. Livia vit des photos de Nox, un jeune homme vêtu d'un costume raffiné, réconforté par sa mère alors qu'un médecin légiste et son équipe enlevaient le corps d'Ariel du cimetière. Ces photos des funérailles, prises sans respect de l'intimité de la famille en ces jours difficiles, étaient bouleversantes et révoltantes. Toutes les photos étaient accompagnées de gros titres sensationnalistes, condamnant le jeune homme avant même que le corps d'Ariel ne soit froid. Le sang sur la pierre tombale.

Puis, plus tard, Nox seul à un service funèbre, debout devant les cercueils de sa mère et de son frère. Le regard dans ses yeux était brûlant, et Livia ne put s'empêcher de pleurer. Moriko n'essaya pas de la réconforter. Encore une fois, la presse avait crucifié Nox, le seul survivant. Était-il le complice de son père ? Il était le seul héritier maintenant, après tout...

"Moriko, si tu crois ces mensonges sur Nox, je ne vois pas comment on peut continuer à être amies."

Elle leva les yeux vers Morry et la vit s'adoucir. "Bien sûr que non. Les journalistes sont, et ont toujours été, des ordures. Je les tuerais pour ce qu'ils ont fait à ce pauvre garçon. Mais, Liv, tu dois bien voir que la noirceur poursuit Nox. Il ne pourrait pas avoir un nom plus approprié, n'est-ce pas ?"

"Je ne peux pas le quitter. Je l'aime tellement. C'est vraiment un homme bien. Quel genre de personne serais-je pour le quitter maintenant ?"

"Une personne qui reste en vie." Un froid s'installa entre elles.

Livia ferma les yeux et se frotta le visage avec les mains. Dire qu'elle avait l'impression que son équilibre était brisé était un euphémisme. Moriko était tout pour elle, et maintenant elle disait à Livia de tout laisser tomber et de fuir.

Non. Livia se leva, rassemblant les papiers du dossier pour elle. "Je peux garder ça un moment ?"

"Bien sûr."

Après un long silence, Livia soupira. "Je ferais mieux d'y aller."

"D'accord."

Moriko ne la suivit pas jusqu'à la porte, et Livia sentit son cœur faillir lorsqu'elle se retourna pour regarder son amie. "À bientôt ?"

Moriko fit un signe de tête crispé. "Sois prudente, chérie."

Livia parvient à monter dans la voiture de Nox avant d'éclater en sanglots.

. . .

Nox avait réussi à ne plus penser à tout cela, mais pas pour une bonne raison. Sandor était venu le voir ce matin-là et lui avait dit deux mots qui l'avaient obligé à s'asseoir.

"OPA hostile."

Nox leva les yeux quand Sandor entra dans la pièce. "Qu'est-ce que tu as dit ?"

"Tu as bien entendu, Nox." Sandor s'assit lourdement. "Je n'arrive pas à croire qu'on ne l'ait pas vu arriver."

"Whoa, attends. On parle de quoi?"

"Je parle de Roderick LeFevre et de sa bande de joyeux lurons."

"Et alors ? Ils n'ont que 30 % des parts de l'entreprise."

"Plus maintenant. On dirait que Rod a tranquillement acheté jusqu'à la dernière action qu'on ne possédait pas."

"C'est quoi ce bordel ?" L'adrénaline affluait dans les veines de Nox.

"Comment le sais-tu ?"

Sandor sourit sans humour. "Rod a un seul adversaire. Zeke Manners. Zeke m'a appelé et m'a dit que Rod lui offrait trois fois le prix du marché. Zeke l'a envoyé bouler." Il soupira. "Je m'en veux. Si je ne t'avais pas poussé à entrer en bourse, nous aurions gardé le contrôle de l'entreprise."

"Attends," Nox avait l'air horrifié, "tu veux dire que ce n'est pas le cas ?"

"Fais le calcul, Nox. On a vendu 51 %." Sandor soupira et se pencha en avant. "Quels que soient les plans de Rod, on en possède toujours, avec les parts de Zeke, une majorité. Ça veut juste dire qu'on doit accepter Rod en tant qu'associé à cause de l'accord qu'on a passé. Ce n'est pas la fin du monde."

Quand Nox rentra à la maison ce soir-là, il entendit Livia jouer du piano et se rendit à la salle de musique pour la trouver. Il se tint à la porte en la regardant, ses doigts se déplaçant avec légèreté sur le clavier, son corps ondulant sur la mélodie. Il s'approcha d'elle et se pencha pour embrasser la peau douce de son épaule.

"Ne t'arrête pas", dit-il alors qu'elle sursautait légèrement. Livia continua donc à jouer pendant qu'il s'asseyait à côté d'elle. Il mit ses bras autour de sa taille et enterra son visage dans ses cheveux. *J'emmerde le travail, j'emmerde tout le reste*, pensa-t-il. *Voilà tout ce que je veux, cette femme. Elle et moi... nous. Rien d'autre n'a d'importance.*

"Pars avec moi pour Noël", murmura-t-il. "Nous irons là où personne ne pourra nous trouver, rien ne pourra nous déranger. Toi et moi et une cabane en rondins de bois dans les montagnes. Un Noël sous la neige."

Ses lèvres étaient contre son oreille, puis elles descendirent le long de son cou et il la sentit trembler. Elle arrêta de jouer et se tourna pour l'embrasser. "Ça a l'air parfait. Tout simplement parfait."

"J'en ai marre que tout le monde s'immisce dans notre relation, dans notre vie, dans notre travail. Tout ce que je veux, c'est toi, Livia... pour toujours."

Elle enroula ses bras autour de son cou. "Et moi, toi. Juste toi."

Il l'embrassa intensément, en mettant tout l'amour qu'il ressentait pour elle dans ce baiser, les laissant tous deux essoufflés. "Je t'aime", chuchota Livia en effleurant ses lèvres avec les siennes. Nox sourit et il lui intima de se lever.

"Viens avec moi." Il la conduisit dans son bureau, devant le gigantesque globe terrestre qui s'y trouvait. "Choisis un endroit, n'importe où dans le monde, et c'est là que nous irons. N'importe où. Je sais que tu ne me laisseras pas faire des folies pour toi souvent..."

"À moins qu'il ne s'agisse d'acheter des Steinways pour mon université", interrompit-elle en souriant, et Nox inclina la tête avec un sourire.

"Touché, mais s'il te plaît, laisse-moi faire ça. Laisse-moi te donner le Noël le plus romantique et le plus somptueux qui soit. C'est le premier qu'on passe ensemble. Laisse moi te faire ce cadeau."

Livia le regarda un long moment, puis sourit. "Je suppose que, pour notre premier Noël, ce serait malvenu de ma part de refuser. D'accord, Nox Renaud, c'est à toi de jouer... à deux conditions."

En voyant son sourire, il sut qu'elle était sur le point de faire une blague.

"Vas-y."

"D'abord... l'année prochaine, c'est mon choix, mon budget."

"Tant que tu me promets qu'il y aura une autre année, et encore une année après ça, et après ça, et ainsi de suite."

Elle l'embrassa tendrement. "Mon Dieu, oui, je te le promets."

Il la serra dans ses bras et regarda son joli visage. "Et la deuxième ?" Il appuya délibérément son érection contre elle, la faisant soupirer de joie.

"Que tu ne m'obligeras jamais au grand jamais à écouter cette horrible chanson de Mariah Carey."

Nox rit. "Quoi ? *We Belong Together* ?""

"Ha ha ha, non, mais je l'adore celle-là. Et c'est notre cas."

Nox l'embrassa à nouveau. "Oui, c'est vrai. Maintenant, arrête de tergiverser et choisis un endroit pour partir en vacances."

Livia fredonnait au-dessus du globe, le faisant tourner doucement. "Et toi, qu'en penses-tu ? Où veux-tu aller pour Noël ?"

"Tout ce que je veux pour Noël, c'est toi", dit innocemment Nox, puis elle rit en lui frappant le bras. "Aïe, femme démoniaque. As-tu pris ta décision ?"

"D'accord," dit Livia en fermant les yeux et en faisant tourner le globe. "Où que je mette le doigt, on y va."

"Marché conclu."

Elle laissa le globe tourner plusieurs fois avant d'y poser son doigt.

"C'est le milieu de l'océan Pacifique, imbécile, tourne encore."

"Merde." Elle répéta le processus, mais avant de pouvoir ouvrir les yeux pour voir où elle avait atterri cette fois, Nox la retourna et fit tourner le globe. "Je n'ai pas vu où j'ai atterri", se plaignit-elle, mais il se contenta de sourire.

"Moi je sais... Je garderai la surprise jusqu'au jour J. Tu peux prendre des congés ?"

Elle hocha la tête. "Marcel ferme pendant cinq jours à Noël, mais il aura besoin de moi pour le Nouvel An."

"C'est compréhensible. Je ferai la fête là-bas ce soir-là." Ils se dirigèrent lentement vers la cuisine, main dans la main, et Nox ouvrit le réfrigérateur. "Des pâtes ?"

"Parfait." Livia s'assit sur un tabouret haut et le regarda préparer leur repas. "Alors, donc... tu ne vas vraiment pas me dire où on va ?"

"Aussi longtemps que je pourrai le garder secret. Nous prendrons mon jet privé... oui, juste cette fois-ci ", lui dit-il. "Je sais, l'environne-ment, bla bla bla, mais ce sera la dernière fois. Je le vendrai après, alors laisse-moi jouer une dernière fois avec mon petit jouet."

Livia sourit. "J'aime jouer avec ton jouet."

"Quelle fille vulgaire."

"Tu le vends vraiment ?" Livia était impressionnée.

Nox sourit d'un air triste. " Tu as réussi à me faire culpabiliser, Mme écologie."

Livia éclata de rire. "Le nom de super héros le plus ennuyeux qui soit."

"N'est-ce pas ?" Nox jeta de l'oignon et de l'ail dans une poêle, et hacha quelques herbes.

"Où as-tu appris à cuisiner, Renaud ?" Livia se pencha pour voler un morceau de parmesan en souriant mais Nox lui repoussa la main.

"Ma mère était Italienne vois-tu ?"

"As-tu passé beaucoup de temps en Italie ?"

Nox hocha la tête alors qu'il pelait habilement quelques tomates. "Les grandes vacances d'été. La chaleur y est intense, plus sèche qu'ici, mais quand même. Papa possédait des oliveraies et des vignobles où nous passions des heures à cueillir des fruits. Nous séjournions dans des villas de campagne rustiques et buvions du vin à chaque repas, et c'était le paradis. Une vie simple."

Livia tirait doucement sur une mèche de ses cheveux. "On dirait que tu veux y retourner."

"Je n'y suis pas allé depuis la mort de mes parents. J'attendais que tu viennes. Je nous vois passer des étés comme ça, à faire l'amour et à marcher dans les collines de Toscane. Florence est magnifique. Ou alors regarder nos enfants courir et jouer." Il s'arrêta et rit un peu. "C'est un peu surréaliste de ne pas se connaître depuis longtemps et de déjà parler des enfants et de l'avenir ?"

Livia réussit à voler un autre morceau de fromage. En le mettant dans sa bouche, elle sourit. "Je pense que c'est ce qui arrive dans toutes les relations. Pour l'instant, je ne peux pas m'imaginer faire ça avec qui que ce soit d'autre."

Il l'embrassa, effleurant ses lèvres avec les siennes. "Moi non plus."

ILS MANGÈRENT ENSEMBLE puis prirent un long bain. Livia s'appuya contre son torse et il dessina des motifs avec les bulles de savon le long de son corps. "Nox ?"

"Ouais, bébé ?"

"Tu crois qu'on est co-dépendants ?"

Nox eut un regard méfiant. "Non. C'est quoi ce bordel ?"

"Juste un truc que Moriko m'a dit."

Nox resta silencieux un moment. "Elle ne m'aime pas."

"Si", Livia s'assit et se retourna pour lui faire face. "Si elle t'aime bien, mais, elle pense qu'avec tout ce qui se passe, que... Merde, je ne sais pas."

Il lui prit le visage dans sa main. "Ça t'inquiète vraiment, n'est-ce pas ?"

Elle hocha la tête. "Nous nous sommes quittées fâchées et je ne sais pas comment recoller les morceaux. Elle veut que je rompe avec toi et ça ne risque pas d'arriver."

"Elle a vraiment dit ça ?" Nox se laissa tomber vers l'arrière, blessé.

Livia hocha la tête, elle avait l'air désolée. "Elle a peur que quelqu'un me tue à cause de notre relation."

Nox soupira. "Je ne peux pas lui en vouloir de penser ça. C'est quelque chose avec lequel je me bats tous les jours. Pourquoi devrais-je t'imposer toute cette merde ?"

Livia secoua la tête. "Ne tombe pas dans le piège de penser que tu es responsable de tout ça. J'aimerais juste qu'on sache qui est responsable et pourquoi c'est arrivé. Nox... Je pense qu'on devrait enquêter nous-mêmes. J'ai l'impression, et je ne sais pas d'où ça vient, qu'il y a des éléments du meurtre d'Ariel et de la mort de ta famille qui sont juste sous nos yeux, mais que nous ne pouvons pas voir. Certains ont dit qu'ils ne pouvaient pas croire que ton père s'en prenne à ta famille... et bien, je le crois aussi. Même si je ne l'ai jamais rencontré, celui qui a mis monde un homme comme toi ne peut pas être mauvais."

Les yeux de Nox étaient doux. "Je t'aime d'avoir dit ça."

"Mais tu le pense aussi ?"

Lentement, il se mit à hocher la tête. "Oui vraiment. Depuis longtemps, c'est juste que je n'ai jamais eu quelqu'un de mon côté. Je ne t'ai jamais eue. Je pense que nous étions destinés à nous rencontrer, Livvy, pas seulement parce que nous sommes tombés amoureux, mais parce que nous étions destinés à nous guérir mutuellement. Bon sang, ajouta-t-il en souriant, qu'est-ce que c'était gnangnan. Peut-être que nous sommes effectivement co-dépendants."

Livia rit et l'embrassa. "Ouais, ne soyons pas trop sérieux. Tout ce que je dis, c'est... soyons proactifs et examinons tout ce qui pourrait avoir un lien avec cela. Parce qu'une chose est sûre..."

"Quoi ?"

Son sourire s'effaça, mais elle le regarda fixement. "C'est quelqu'un qu'on connaît."

Et avec le cœur lourd, Nox hocha la tête. "Je sais, je sais. Je sais que c'est vrai."

CHAPITRE VINGT-ET-UN

Deux jours avant qu'ils ne s'envolent pour l'endroit où Nox emmenait Livia pour Noël, Livia devait jouer au concert de fin de semestre. Elle était assise dans les loges, entourée de ses camarades de classe alors qu'ils se préparaient. Elle avait mal au ventre. Charvi avait décidé que Livia clôturerait le spectacle avec sa nouvelle composition, et pire encore, tous ses amis étaient là pour l'écouter... sauf Moriko.

"Je dois travailler, chérie", s'était excusée Moriko au téléphone. "Marcel et moi voulions tous les deux venir, mais l'un de nous doit rester ici. Il a gagné. Je suis désolée, bébé."

Livia l'avait rassurée en lui disant que ce n'était pas grave, mais elle savait que Moriko s'était probablement portée volontaire pour rester au restaurant. Les choses avaient changé entre elles depuis la dernière fois qu'elles s'étaient vues.

Livia prit une grande inspiration et écouta la musique venant de la salle de concert retransmise dans les haut-parleurs de la loge. À mesure que les artistes étaient appelés, la salle se vidait jusqu'à que Liv soit seule. Puisqu'elle était à l'université, elle avait demandé à Jason de rester dehors, ne voulant pas attirer encore plus l'attention avec un garde du corps qui la surveillait. Elle avait besoin de respirer, de se mettre en condition pour pouvoir jouer.

Elle se rendit aux toilettes pour se passer de l'eau sur le visage. En se regardant dans le miroir, elle vit à quel point elle était pâle – elle n'avait pas bien dormi la nuit précédente. Elle se frotta les joues pour leur faire reprendre des couleurs et entendit la porte de la loge s'ouvrir. S'attendant à ce que le machiniste vienne l'appeler, elle fut surprise de n'entendre que le silence. Elle retourna dans la loge.

Une main se plaqua sur son visage et un bras s'accrocha à sa taille, puis elle fut projetée au sol. N'ayant pas le temps de crier, Livia frappa son agresseur. Non *pas encore, pas question.* Mais cette fois, il était tellement plus fort, pressant son avant-bras autour de sa gorge, l'empêchant de respirer.

Horrifiée, Livia le sentit remonter sa robe, tirer sur sa culotte. *Oh, mon Dieu, s'il vous plaît, non...*

Elle le frappa à nouveau, sa tête tournait à cause du manque d'oxygène, mais elle cherchait désespérément à le tenir à distance. Il lui donna un coup de poing dans le ventre et elle suffoqua, se tordant de douleur. Il lui arracha sa culotte et lui écarta les jambes de force.

"Non, s'il vous plaît, s'il vous plaît, ne..." Sa voix était brisée, à peine un murmure, malgré le fait qu'elle hurlait dans sa tête. Elle le sentit la toucher, mais à son grand soulagement, il ne tenta pas de la violer. Elle le sentit sortir son pénis et le caresser frénétiquement, elle se rendit compte qu'il se masturbait. Il grogna et elle gémit d'horreur en sentant son sperme gicler sur sa peau. Il tenait le couteau dans sa main et le pressait contre sa gorge.

"Si tu le dis à qui que ce soit, je les tue tous. Nox, Amber, Sandor, et ta jolie petite amie asiatique. Je reviendrai te chercher, Livia, ne l'oublie pas. La prochaine fois que tu me verras... *cette chose,*" dit-il en brandissant le couteau, "sera plantée au plus profond de toi, comme pour cette pute d'Ariel."

Puis il partit. L'attaque avait duré en tout moins de trois minutes. Livia s'allongea quelques instants, profondément choquée, avant de se redresser et de remettre ses vêtements en ordre. Elle se sentait engourdie. Elle s'assit de nouveau sur la chaise et lissa sa robe. Elle ne pouvait même pas pleurer.

On frappa à la porte et le machiniste, Jim, passa la tête dans la pièce et lui dit, "Hé, Livvy, deux minutes et c'est à toi."

"Merci, Jim."

Il ne remarqua pas que sa voix était faible et tremblante. Livia cligna des yeux plusieurs fois, puis franchit les couloirs jusqu'aux coulisses, tel un automate. Ses oreilles sonnaient, son corps tremblait et elle se sentait plus froide qu'elle ne l'avait jamais été de sa vie. Elle se rendit à peine compte qu'on avait annoncé son nom, et elle monta sur scène sous les applaudissements et les cris de joie de ses amis.

Ses yeux scrutèrent automatiquement la pièce à sa recherche jusqu'à ce qu'elle aperçoive Nox et qu'elle regrette immédiatement de l'avoir fait. Elle voulait crier, pleurer, courir dans ses bras. Il lui souriait et l'encourageait, mais alors qu'elle restait immobile, elle vit son expression se transformer en une expression inquiète. Le public avait cessé d'applaudir et murmurait en se demandant ce qui se passait.

Nox commença à se lever mais Livia secoua la tête et alla s'asseoir au piano. Elle ferma les yeux et prit une grande inspiration. Elle se mit à jouer, une version ralentie de sa pièce, canalisant tout le choc, la peur, la douleur qu'elle avait accumulée dans le récital. Elle n'avait pas conscience de la présence du public ou de qui que ce soit d'autre pendant qu'elle jouait, ne voulant toucher qu'une seule personne, voulant qu'il sache à quel point elle l'aimait et avait besoin de lui.

Elle joua pendant près d'une heure, parcourant chaque section avec facilité. Elle avait mal aux doigts et au dos lorsqu'elle finit et resta assise, engourdie et immobile.

Le public applaudit avec ferveur, ce qui sortit Livia de sa rêverie. Secouée, elle se leva et se dirigea vers le micro devant la scène, ouvrit la bouche pour parler... et s'évanouit.

CHAPITRE VINGT-DEUX

Nox jeta un regard à Livia alors qu'ils survolaient l'océan Atlantique en direction de l'Europe. Elle avait à peine dit un mot depuis l'attaque le soir du concert. Après qu'elle se fut effondrée, il avait été le premier à la rejoindre, passant par-dessus les sièges pour arriver jusqu'à elle. Charvi, Amber et Sandor étaient sous le choc quand il avait emmené Livia en dehors de la scène et dans sa loge. Elle s'était réveillée dans ses bras, puis elle avait crié quand elle avait vu où ils étaient. Il avait regardé autour de lui et avait remarqué des signes de lutte, sa culotte déchirée et sa chérie en pleurs, et il sut ce qui s'était passé.

À l'hôpital, ils utilisèrent un kit de viol, même si elle leur expliqua que son agresseur ne l'avait pas pénétrée. "C'est quand même une agression sexuelle grave, Mme Chatelaine. Laissez-nous prendre soin de vous."

Nox insista pour qu'elle les laisse s'occuper d'elle, puis la police vint. Une gentille policière prit sa déposition. "Le kit de viol montre qu'il a éjaculé sur vous, je suis désolée de vous le dire, donc nous devrons vous demander un échantillon d'ADN. Et aussi à M. Renaud."

"Bien sûr," lui dit Nox calmement, "je ferai tout pour l'aider."

Livia ne voulait pas passer la nuit à l'hôpital, alors Nox la raccompagna à la maison, la mit au lit et s'allongea à côté d'elle. Il lui caressa le visage. "Si tu veux que j'aille dormir ailleurs ce soir, dit-il doucement, je ne serai pas offensé. Si tu as besoin de quoi que ce soit, demande."

Livia le regarda fixement. "Serre-moi dans tes bras, s'il te plaît, Nox. J'ai si froid."

Et c'est ce qu'il fit, en l'enveloppant de ses bras. Ni l'un ni l'autre ne parvinrent à dormir. "Tu veux que j'annule nos vacances ? On peut toujours les reprogrammer."

"Non", dit-elle rapidement, "je veux partir loin d'ici. Loin, très loin, Nox."

"L'Europe c'est assez loin ?"

Elle sourit à moitié. "C'est donc l'Europe ?" Il sentit son corps se détendre. "Oui, c'est parfait."

Il déposa un baiser sur son front. "Tu veux que je te dise où ?"

"Non, garde la surprise."

Il l'examina. Ses yeux étaient hagards. "Je suis désolée que ça te soit arrivé, bébé. Je ferais n'importe quoi pour remonter le temps et l'empêcher. Je te jure, le jour où on découvrira qui c'est..."

Livia secoua la tête. "S'il te plaît, non. Ne t'abaisse pas à son niveau."

Elle ne lui avait pas encore dit tout ce qu'elle avait dit à la police. "Qu'est-ce que tu ne me dis pas ? Qu'est-ce qu'il t'a dit ?"

Livia hésita longtemps. "Qu'il allait me tuer la prochaine fois qu'il me verrait. Comme Ariel."

"*Putain.*" Nox ferma les yeux et respira profondément. "C'est bon. Plus question de se séparer de Jason. Fini les services du soir au restaurant qui finissent tard. Liv, s'il te plaît... ne veux-tu pas songer à prendre un congé ? On pourrait rester en Europe le temps qu'il faudra pour attraper ce connard. Je veux que tu sois en sécurité."

"Je démissionnerai de mon travail au restaurant. Je ne suis pas utile à Marcel si je me comporte comme un lapin effrayé à chaque fois qu'un inconnu entre. Je pense qu'il s'y attend de toute façon.

Mais après le Nouvel An, je ne veux pas l'abandonner en cette période très chargée."

Le sourire de Nox s'effaça. "Ok, si tu es d'accord pour renforcer ta protection rapprochée. Je m'assurerai que Marcel soit dédommagé pour ses pertes en recette. J'aurai des gardes bien en vue et des hommes en civil là-bas. Personne ne te fera du mal. Mais après, s'il te plaît, je sais que c'est beaucoup demander, mais je veux juste que tu sois en sécurité."

Livia essaya de sourire. "Après tout mon discours comme quoi je suis une femme indépendante, j'accepte d'être une femme entretenue."

"Une femme en sécurité. Une femme *vivante*. Quand on aura attrapé ce type, tu pourras faire tout ce qui te chante. D'ici là, je ne pense pas qu'il soit sage d'être autant à découvert."

Et deux jours plus tard, ils étaient enfin en route pour l'Europe. Livia avait l'air en meilleure santé, c'était au moins ça, mais elle était maussade. Il alla s'asseoir à côté d'elle et prit sa main. Elle se retourna et lui sourit. "Salut, toi."

Il se pencha pour l'embrasser, sentit ses lèvres bouger contre les siennes. "Je t'aime."

Elle entortilla ses boucles de ses doigts. "Faisons de ces vacances le moment parfait pour oublier les horreurs du passé, récentes et autres, et faisons en sorte de ne penser qu'à *nous*. Des trucs romantiques, faire l'amour."

Nox eut l'air un peu surpris. "Chérie, si tu n'as pas trop envie de faire l'amour en ce moment, on n'a pas à le faire."

Elle l'embrassa farouchement. "Nox Renaud, tu ferais mieux de me baiser comme il se doit pendant ces vacances, parce que c'est ce que j'ai l'intention de te faire."

Il rit, un peu surpris. "Eh bien, alors, marché conclu." Si c'était ce qu'elle voulait – ou ce qu'elle pensait vouloir – qui était-il pour la contredire ? Mais Nox savait que si cela se passait et qu'elle paniquait, il serait là pour elle si elle en avait besoin. Si elle avait juste besoin d'être en colère et de frapper quelqu'un, il l'aurait laissée faire.

Il réussit à la distraire encore plus de sa rumination alors qu'ils traversèrent l'Europe. Ils survolèrent la France et l'Allemagne avant qu'il ne finisse par fléchir et tout lui dire. "Vienne. Ou plutôt, un petit chalet de montagne juste à côté. J'ai pensé que tu aimerais le patrimoine musical de la ville."

Livia eut l'air ravie. "Sérieusement ? Mon Dieu, Nox, tu n'aurais pas pu choisir mieux."

"En fait, c'est *toi* qui l'as choisi, tu te souviens ?"

Livia plissa les yeux. "Tu en es sûr ?"

"Je le jure. Ton doigt a atterri sur l'Autriche... ou presque."

Livia se mit à rire en voyant l'expression espiègle de son visage. "Qu'est-ce que ça veut dire "presque" ? Sur quelle destination ai-je vraiment atterri ?"

Nox haussa les épaules. "Quelque part au Cachemire."

Livia se mit à rire, elle se glissa de son siège pour se percher sur ses genoux. "Quel vilain !" Elle gloussa quand il lui déposa des baisers sur les épaules. "Jeune fou."

Nox lui sourit. "Ton jeune fou. Es-tu à moi ?"

"Je suis toute à toi bébé."

Le chalet, situé à mi-hauteur d'une montagne, était isolé et discret, et chaleureusement éclairé à leur arrivée. Livia en fit le tour, bouche bée. "C'est magnifique, Nox. Tout simplement magnifique." Elle retira son manteau d'un coup d'épaule – un feu de bois brûlait déjà dans la cheminée. Elle sourit à Nox. "Tu as fait venir tes lutins de Noël avant notre arrivée ?"

"En quelque sorte", dit-il en riant et en lui tendant la main. "Viens avec moi. J'ai d'autres surprises pour toi."

Dans la cuisine, il lui montra un réfrigérateur bien garni, prêt pour leur repas de Noël. "Et des placards remplis de friandises faites entièrement de sucre, de beurre et de produits chimiques", dit Nox avec une fausse expression sérieuse sur le visage, sûr que Livia allait rire.

Elle sourit. "Beau travail."

"Et maintenant la chambre." Il la conduisit dans le couloir et ouvrit la porte, dévoilant une chambre toute blanche, avec un grand lit au milieu et une fenêtre en verre donnant sur les montagnes et les pins lourds de neige à l'extérieur. "Du salon, la nuit, on voit la ville illuminée."

"C'est paradisiaque", se réjouit Livia, puis elle désigna de la tête une boîte sur le lit. "Qu'est-ce que c'est ?"

Nox sourit d'un air penaud. "J'ai hésité après ce qui s'est passé, mais je pense que ça va te plaire. Ouvre-le."

Livia retira le couvercle de la boîte et la couche de papier de soie en-dessous. Elle se mit à rire. "Oh, petit *cochon*."

À l'intérieur se trouvait un harnais en cuir souple, avec des lanières brun crème qui feraient contraste sur sa peau pâle, s'entre-croisant sur son corps. Une cravache d'équitation, des godes, du lubrifiant et des liens de velours faisaient partie de l'assortiment de jouets que Nox avait composé.

Il sourit. "Je suis allé faire du shopping."

"Effectivement !" Livia prit le harnais de cuir et le tint contre elle. Elle vit qu'il lui irait parfaitement. "Mon Dieu, Nox, ça m'excite rien que de regarder ces trucs."

Nox rit. "Tu t'imagines dans quel état j'étais en les achetant ? J'ai acheté en ligne, bien sûr, parce que je suis..."

"Une poule mouillée." Ils rirent tous les deux, et Nox enroula une mèche de ses cheveux autour de son doigt et l'attira vers lui.

"Bien sûr que oui. Mais, aussi, en ville, il y a un magasin pour adultes très connu et très bien approvisionné. L'un des meilleurs d'Europe. Je me disais que si on avait besoin d'autre chose..."

Livia lui passa les bras autour du cou, se sentant follement heureuse pour la première fois depuis un moment. Ici, elle pouvait prétendre que rien de mal ne leur était arrivé chez eux, que le reste du monde n'était qu'une illusion. "Nox Renaud, tu me rends très heureuse." Elle pressa ses lèvres contre les siennes. "Et si on prenait une douche, qu'on mangeait un morceau, puis qu'on planifiait nos vacances ? Tu veux que j'enfile ce magnifique harnais ce soir ?"

Nox sourit. "En fait, je pensais le garder pour le jour de Noël."

"Comme c'est demain, je suis d'accord avec ça. Juste de la bonne vieille baise ce soir, alors ?"

"Oh, bon sang," dit-il, levant les yeux au ciel, "si je suis *obligé*." Il la chatouilla jusqu'à ce qu'elle pleure de rire, puis ils prirent un long bain ensemble.

Livia shampouina longuement les boucles brunes de Nox, qui avaient encore poussé, en étudiant son beau visage. "Tu sais, quand je pense à nous en tant que couple, je me dis qu'on ne peut pas savoir qu'on a douze ans d'écart. Tu fais tellement plus jeune que ton âge."

Nox fit une grimace et elle se mit à rire. "Ça, c'est sexy."

Elle lui versa de l'eau sur la tête pour rincer ses cheveux. "Tu sais, personne n'a fait cela pour moi depuis que j'étais enfant et ma mère avait l'habitude de me chanter des chansons quand elle me lavait les cheveux."

"C'est trop mignon. À chaque fois que je vois des photos d'elle, je vois à quel point tu lui ressembles. Tu ressembles moins à ton père."

"Oui, c'est ce que tout le monde disait."

Ils dînèrent légèrement, assis devant les grandes baies vitrées du chalet, avec vue sur la ville illuminée. "C'est si paisible ici, si serein."

"Tant qu'il n'y a pas d'avalanche", dit Nox en souriant ce qui fit bondir de panique Livia. "Du calme, je plaisante." Il lui prit la main. "Je t'aime, Livia Châtelaine."

Elle lui sourit. "Je t'aime aussi, mon riche garçon."

Il rit. "Tu sais, si tu m'épousais, ce serait aussi ton argent."

Livia l'arrêta. "Quoi ?"

Nox sourit à moitié. "Il faut juste que tu y réfléchisses."

Livia déglutit fortement. "Je ne t'épouserais pas pour ton argent, Nox."

"Je le sais, imbécile."

Il y eut un long silence. "Nox... ça ne fait que trois mois."

"C'est pourquoi je ne pose pas *encore* la question", dit-il avec légèreté, mais elle pouvait voir l'intensité de ses émotions au fond de ses yeux. "Mais ne te méprends pas, je *vais* poser la question. Je t'ai enfin trouvée. Tu es l'amour de ma vie, Livia Châtelaine."

Des larmes roulèrent de ses yeux. "Et tu es l'amour de ma vie, Nox Renaud."

Il leva la main gauche et embrassa son annulaire. "Un jour. Bientôt."

Plus tard, après avoir fait l'amour, Nox s'allongea la tête posée sur son ventre, les mains sous ses hanches. Livia passait les mains dans ses cheveux et caressait son visage doucement avec ses pouces.

"T'es beau gosse", lui chanta-t-elle. Il fit une grimace et lui fit un bisou sur le nombril. Elle gloussa. À quatre pattes, il grimpa sur le lit jusqu'à ce que leurs visages soient au même niveau. Il lui mordit doucement la lèvre inférieure, puis l'embrassa. Elle le fit descendre de sorte que tout son poids fut sur elle et soupira joyeusement.

"À quoi penses-tu ?" demanda-t-il, lui embrassant son cou jusqu'aux épaules.

"J'aimerais pouvoir effacer les vingt dernières années de ta vie et faire en sorte que ce que nous avons dure pour toujours."

"Eh bien," il roula sur le côté. "Je ne peux pas effacer les vingt dernières années. Mais je peux te promettre que ça durera pour toujours entre nous." Il lui sourit et parcourut son corps de sa main, en étalant ses longs doigts sur son ventre. Livia se tortilla de plaisir et le regarda, remarquant son expression changer.

"Qu'est-ce que c'est ?"

Il détourna le regard. "J'aurais aimé que ma famille puisse te rencontrer. Ma mère, Teague... même mon père. Liv, j'ai réfléchi et réfléchi et je ne peux pas *croire* qu'il ait tué ma mère et mon frère. Je veux que l'affaire soit réexaminée. Je connaissais mon père, je le *connaissais*. C'est impossible qu'il ait fait ça. Je pense qu'il a été assassiné et piégé."

Liv s'assit, hocha la tête, convaincue par ce qu'il disait. "Bien. Nox, je suis contente que tu penses comme ça parce que je suis d'accord. Il faut découvrir la vérité. Quelque chose me dit que c'est lié à ce qui se passe maintenant. Je suis contente, mon cœur, et je serai à tes côtés jusqu'au bout."

"C'était un homme bon", dit Nox, et Livia hocha la tête.

Elle posa sa bouche contre la sienne. "Toi aussi, tu l'es. Le meilleur des meilleurs."

Nox commença à secouer la tête. "Non, j'ai foiré trop souvent..."

Elle ne le laissa pas finir : "Tout le monde fait des erreurs, tout le monde a ses démons. Tu n'es pas parfait. Et moi non plus.

Personne ne l'est. Mais toi et moi ensemble, eh bien, on est pas mal."

Elle le chevaucha et il lui sourit.

"Oh, c'est toi le patron maintenant ?"

Elle rit. "Je suis le chef maintenant. Tu peux m'appeler Chef... Toujours-prêt-pour-l'action."

"Un beau nom d'amérindien."

"Je te remercie."

"Chef ?"

"Oui ?"

"Je crois que c'est *ma* matraque que tu as en main."

"Hum hum."

"D'accord, alors..."

LA SOIRÉE ÉTAIT DÉJÀ BIEN AVANCÉE quand la maison de retraite appela Sandor pour lui dire que son père était décédé. Sandor écouta en silence puis remercia l'infirmière. "Je m'occuperai des funérailles", dit-il, stoïque comme toujours, mais quand il raccrocha le téléphone, il se sentit bouleversé. *Bon sang, papa, tu n'aurais pas pu attendre après Noël ?*

Il se sentit mal d'avoir pensé ça. Il savait que cela allait arriver, que son père allait de plus en plus mal, mais c'était quand même un choc pour lui. Le dernier membre de sa famille qui lui restait. *Merde.*

Son portable retentit à nouveau et il vit que c'était Odelle qui appelait. "Salut, Odie, quoi de neuf ?"

"C'est Roan. La police vient de m'appeler parce que Nox et Livia ne sont pas en ville. Le sperme de l'agresseur de Livvy correspond à l'ADN de Roan. Bon sang, quel salaud, Sandor. Je suis désolée de t'appeler et de te déranger, mais je ne savais pas quoi faire."

"Ce n'est rien, ma chérie. Où est Roan maintenant ?"

"Je ne sais pas. Il est parti toute la journée. J'ai failli appeler Amber pour voir s'il était avec elle, mais j'ai pensé que je risquais de m'énerver contre elle, alors..."

"Je vois. Écoute, retrouvons-nous et parlons-en. Tu es à la maison

?"

"Oui."

"Je viens te voir et on décidera quoi faire."

Il raccrocha et soupira, sachant qu'il n'était pas du tout surpris que l'ADN de Roan ait été trouvé sur Livia. Il se demandait comment leur annoncer la nouvelle, mais il ne voulait pas interrompre leurs vacances. Au lieu de ça, il appela Amber et tomba sur son répondeur. "Si tu sais où est Roan, Amber, dis-le-moi maintenant. C'est allé trop loin cette fois. Rappelle-moi."

C'ÉTAIT le matin de Noël et Nox préparait des œufs pour leur petit-déjeuner, sirotant son café tout en contemplant le paysage enneigé. Il entendit la douche couler et quelques minutes plus tard, Livia en sortit, vêtue d'une fine robe de chambre blanche, ses longs cheveux humides. Nox lui sourit.

"Mon Dieu, quelle vision magnifique. Joyeux Noël, bébé."

Elle se mit sur la pointe des pieds pour l'embrasser sur la bouche. "Joyeux Noël, beau gosse."

"Tu as faim ?"

"Mon Dieu, oui."

Ils prirent le petit-déjeuner, puis pendant qu'ils se brossaient les dents, il la vit se sourire à elle-même. "C'est quoi, ce sourire espiègle ?"

Elle se tourna vers lui. "Tu veux ouvrir ton cadeau de Noël ?" Elle lui fit un signe de tête vers la ceinture de sa robe de chambre et, en souriant, il y glissa un doigt et l'ouvrit, la robe tombant de ses épaules.

En dessous, elle portait le harnais qu'il lui avait acheté, le cuir entrelaçait son corps, ses seins et son ventre, avant de balayer ses jambes. Nox sentit sa bite se durcir immédiatement.

"Mon Dieu..." Sa voix tremblait et Livia sourit, en se débarrassant de la robe de chambre et lui prenant la main.

"Allons jouer, bébé."

En la suivant dans la chambre, il admira ses fesses parfaitement arrondies, ses fossettes de Vénus, sa peau lisse et impeccable. Sa bite était douloureusement raide dans son pantalon de lin et Livia la prit dans le creux de sa main. "C'est tout pour moi ?" Elle le regarda de ses longs cils, sa bouche à peine entrouverte, et Nox poussa un grognement de désir.

"Chaque centimètre. Je vais te baiser tellement fort, jolie fille."

Livia gloussa de rire quand il souleva dans ses bras et jusqu'au lit. Il l'embrassa du cou jusqu'à la poitrine, suçant ses mamelons jusqu'à ce qu'ils soient durs comme du bois, puis titilla son nombril avec sa langue. Livia se tortillait de plaisir sous lui, et quand finalement sa langue alla à la rencontre de son clitoris, Nox vit son sexe devenir rouge et gonflé, prêt à ce qu'il la baise de toutes les façons qu'il le souhaitait. Il se sentit l'homme le plus puissant de la Terre. Pour prolonger leur plaisir, il la fit approcher de l'orgasme puis se mit à se déshabiller.

Livia le regarda, pleine de désir, un petit sourire au coin des lèvres. Nox se déshabilla lentement, puis, tendant la main vers la boîte, il glissa un anneau autour de la base de son pénis, déjà engorgé. "Tu la veux ?" lui dit-il, en l'empoignant et elle hocha la tête.

"Je veux te goûter."

Nox sourit. "En temps voulu, ma belle. D'abord... on va t'attacher, et voir si tu aimes le fouet."

Livia gémit doucement. Elle était plus qu'excitée. Elle écarta les jambes pour qu'il puisse voir à quel point elle le voulait. "J'ai tellement envie de toi."

Nox sourit. "Tu te souviens de notre premier rendez-vous ? Quand on parlait de l'anticipation ? Eh bien..."

Il attacha ses mains et ses pieds à la tête et colonne du lit, puis, prit un tube de lubrifiant chauffant ; il en appliqua un peu dans son sexe. "Tu sens le picotement ?"

Livia hocha la tête. "Mon Dieu, ça fait du bien."

Il sortit la cravache de la boîte. "On essaie ça ? Où veux-tu ?"

"Les seins et le ventre", dit-elle, le souffle coupé, puis elle poussa des cris de douleur et d'excitation quand il lui donna un coup sur le ventre, laissant une marque rouge.

"Tu aimes ?"

"Encore, s'il te plaît, bébé, encore..." Son dos s'arqua quand il la frappa de nouveau, la cravache faisant une croix sur sa peau douce. Ça l'excitait tellement, mais il se retenait, même si sa bite était tendue, palpitante et douloureuse du désir d'être en elle. Il attrapa un gode, le badigeonna de lubrifiant et le plongea dans sa chatte, la faisant crier. Il l'embrassa passionnément alors qu'il la baisait avec le gode, puis quand il ne put plus attendre, il plongea sa queue au fond d'elle, soulevant ses hanches avec un bras musclé en la menant vers l'orgasme.

"Es-tu à moi ?" dit-il en la regardant dans les yeux, et Livia hocha la tête, son visage vira au rose adorablement.

"Pour toujours", haleta-t-elle puis poussa un cri en jouissant, son corps frémissant et tremblant. Nox enfouit son visage dans son cou alors qu'il éjectait son sperme épais et crémeux profondément dans de son ventre.

"Mon Dieu, je t'aime, Livia... tellement, tellement, tellement..."

Ils s'effondrèrent, essoufflés et rassasiés, Nox la libéra de ses liens. "Wahou," respira Livia, "c'est vraiment la meilleure façon de célébrer Noël."

Nox rit. "C'est probablement très sage comparé à ce qu'on pourrait faire."

"Nous avons tout notre temps." Livia roula sur le côté, accrochant sa jambe autour de son corps et se blottissant contre son torse. Ils restèrent allongés en silence en reprenant leur souffle, s'embrassant doucement de temps en temps. Nox la regarda.

"Je ne peux pas imaginer ma vie sans toi maintenant, Liv. Ça n'aurait aucun sens."

"Je ressens la même chose. Bizarre, quand on pense aux circonstances qui nous ont amenés ici. Et si tu n'avais jamais choisi Marcel pour faire le traiteur à ta fête d'Halloween ? Ou si j'avais déménagé à Seattle au lieu de la Nouvelle-Orléans ?"

Nox sembla surpris. " Tu ne m'avais jamais parlé de Seattle."

Livia sourit. "C'était l'autre option. Moriko et moi avions une autre colocataire, Juno, et elle venait de Washington. Tu l'aimerais bien, elle et sa famille, en fait. On hésitait entre Seattle et la Nouvelle-Orléans. La Nouvelle Orléans l'a emporté."

"Pourquoi ?"

Livia fit un petit rire. "C'était plus loin de mon père."

"Je comprends." Il la serra dans ses bras. "Tu ne parles pas beaucoup de lui."

"Rien à dire. C'est un connard qui ne s'est jamais soucié de moi ou de Maman, alors dès que j'ai pu m'éloigner de lui, je l'ai fait. J'ai accumulé plusieurs boulot pour obtenir mon diplôme de premier cycle, mais laisse moi te dire, chaque heure de sommeil perdue en valait la peine."

Nox lui caressa le visage. "Je t'ai déjà dit que tu étais mon héroïne ?"

Liv sourit. "Mec, ce n'est pas une histoire originale, à vrai dire. Il y a tellement de gens qui n'ont pas accès à l'université alors qu'ils ont beaucoup de potentiel. Il y avait quelques personnes dans ma classe qui auraient pu, et je n'exagère pas, devenir des musiciens de renommée internationale. Ils ont dû abandonner l'école parce qu'ils n'avaient pas les moyens de se nourrir, même en ayant deux ou trois emplois. C'est tragique."

Une idée émergeait dans la tête de Nox pendant qu'elle parlait. "Tu sais... on pourrait faire quelque chose pour ça."

Liv lui sourit. "Tu as encore ce regard qui dit "Je veux sauver le monde". C'est quoi l'idée ?"

"Une fondation caritative, qui porterait ton nom, pour aider les étudiants qui ont des capacités musicales mais qui n'ont pas les moyens de financer leurs études ou leur avenir."

Nox vit les yeux de Liv se remplir de larmes. "Nox... Je sais pas quoi dire. Tu crois que ça pourrait marcher ?"

"Avec ton aide ? Assurément. On pourrait peut-être demander à Charvi et aux professeurs du département de musique de nous aider. Ça t'intéresserait ?"

"Bon sang, oui ! Mais j'ai une suggestion."

"Qu'est-ce que c'est ?"

Elle toucha son visage. "La fondation devrait porter le nom de ta mère. La *Fondation Gabriella Renaud.*"

Nox sentit sa gorge se serrer. "Elle aurait adoré ça. Et je t'aime de l'avoir suggéré."

Livia sourit, l'embrassa doucement. "Mais d'abord, Nox, on doit régler cette histoire chez nous. Ensuite on pourra vraiment aller de l'avant vers de meilleures choses."

"Je suis d'accord."

Liv s'assit. "Nous devrions commencer à élaborer un plan sur la façon de s'y prendre."

Nox rit et la ramena dans ses bras. "Après ces vacances," dit-il fermement. "En attendant, tout ce qui compte, c'est ça."

ROAN SAINTMARC ENFOUIT sa tête dans ses mains. Il avait entendu Odelle prendre l'appel qui l'avait condamné, et il savait que la police l'arrêterait pour avoir agressé Livia et tué Pia. C'était un homme mort. Il quitta la maison d'Odelle les mains vides, ayant tout perdu.

Il retira le plus d'argent possible de son compte chèque et, après délibération, se rendit au manoir de Nox, s'introduisant par effraction au sous-sol. Il savait que Nox et Livia étaient partis et que le manoir était vide. Il savait aussi qu'il pouvait vivre dans la cave à vin de Nox, et qu'il aurait au moins à manger, à boire et un refuge. Il ne lui fallut pas longtemps pour trouver son chemin ; lui et Nox avaient trouvé l'entrée cachée dans le jardin quand ils étaient enfants. Il avait jeté son téléphone portable en ville et avait acheté un billet d'autobus avec sa carte de crédit pour brouiller les pistes de la police. Avec un peu de chance, ils penseraient qu'il était parti depuis longtemps.

Il se faufila dans la cave à vin et jeta son sac. Il avait oublié à quel point il faisait froid ici en hiver. Froid et sombre... il prit une lampe de poche, mais juste au moment où il allait l'allumer, il entendit des pas derrière lui. En se retournant, il aperçut seulement la silhouette d'un autre humain, et quelque chose de lourd le frappa à la tête et tout devint noir.

CHAPITRE VINGT-TROIS

L e dernier soir de leurs vacances – des vacances merveilleuses, relaxantes et sensuelles – Nox et Livia prirent un bain dans l'immense baignoire. La fenêtre donnait sur la neige, et ils avaient allumé quelques bougies pour rendre la pièce plus douce et plus romantique. Livia se demandait comment ces vacances, cet endroit, cet homme, pouvaient être plus romantiques, mais les bougies étaient une jolie attention. Elle embrassa Nox sur la tempe. "Peut-on rester ici pour toujours ?"

Nox rit. "Ce serait sympa, hein ? Mais je pense qu'un jour, tu finirais par t'ennuyer. En plus, ce serait bien d'avoir un endroit garanti sans stress, un endroit sûr où aller quand les choses vont mal."

Livia caressa son torse alors qu'il avait la tête posée sur ses seins. "En parlant de ça..."

"Ouais."

"Retour au monde réel demain."

"Beurk."

Livia rit. "Mais, nous avons un but maintenant, bébé. Nous allons enfin laisser les fantômes reposer en paix, même si c'est douloureux. Je suis là pour toi."

Nox entrelaça ses doigts avec les siens. "Je ne pourrais pas le faire sans toi."

"Tu sais ce qui me surprend ?"

"Qu'est-ce que c'est ?"

"Qu'aucun de tes amis ne t'ait jamais suggéré de le faire. De vraiment creuser cette affaire, voir s'il y a un lien entre le meurtre d'Ariel et ce qui est arrivé à ta famille. Il me semble que si c'est lié, c'est toi qui es au cœur du problème. Pourquoi Sandor, Roan ou Amber ne t'ont-ils jamais dit : "Découvrons ce qui se passe vraiment " ?" Elle soupira et appuya sa tête contre la sienne. "Peut-être qu'ils pensaient te protéger."

"Peut-être."

"C'est dommage que le père de Sandor n'ait pas pu expliquer ce qui se passait avec ton père. Je sais qu'ils étaient proches."

Nox eut l'air surpris. "Ils étaient associés, mais je ne dirais pas qu'ils étaient proches. Papa était étrangement protecteur envers Sandor, et il me semblait qu'il le protegeait des choses que le père de Sandor avait faites. Quoi exactement, je ne sais pas."

"Ça devient compliqué."

"C'est pour ça qu'on a laissé les choses en plan si longtemps. Trop de questions, pas assez de réponses."

"Le père de Sandor était-il mauvais ? Je veux dire, est-ce que c'est un homme mauvais ? Désolée."

Nox réfléchit. "Ce n'est pas quelqu'un avec qui j'aurais choisi de passer du temps."

"Je suppose que la pomme est tombée loin de l'arbre."

Nox acquiesça d'un signe de tête. "Très loin. Sandor est l'un des hommes les plus bons que j'ai connu."

Elle sourit tendrement et le ramena contre elle, l'embrassant sur le sommet de la tête, et caressant son torse de ses mains.

"Tu aimes tout le monde."

Il rit. "Ouais." Il se leva et, souriant, se tourna vers elle.

"C'est toi que je préfère." Il la tira vers lui. Il rassembla ses cheveux humides dans son cou d'une main, et l'autre se glissa entre ses jambes. Elle soupira au contact de ses doigts et il enfouit son visage dans son cou. Il retira le bouchon et alors que la baignoire se vidait, ils se serrèrent l'un autour de l'autre, emmêlant leurs corps, faisant l'amour jusqu'à l'épuisement, riant et suant sur le sol de la salle de bain.

PLUS TARD, alors que Livia dormait, Nox repensa à ce qu'elle avait dit. *Ouais, ça allait être compliqué.* À l'époque où sa famille était décédée, les techniques d'analyse d'ADN étaient peu utilisées, mais il se demandait si cela pouvait maintenant être d'une aide quelconque. Pourrait-il faire exhumer sa famille et faire des tests sur leurs cadavres ? Qu'est-ce que ça prouverait ? Mon dieu, c'était tellement déroutant, mais il savait au fond de lui que quelque chose clochait dans cette histoire. Ce n'était que maintenant qu'il trouvait le courage d'admettre qu'il pensait que son père n'avait pas tué sa mère et son frère. Ce n'était pas l'homme avec qui il avait grandi. Même une crise psychotique n'était pas crédible. Tynan Renaud n'était pas un homme qui avait des accès de déprime. Quand il avait un souci, il travaillait dessus et trouvait une solution. *Non.* C'était impossible qu'il ait tué Gabriella... La mère de Nox avait été l'amour de la vie de Tynan, tout comme Livia était celle de Nox. Pendant un court et horrible instant, il s'imagina tirer une balle dans le ventre de Livia et la regarder agoniser lentement.

"Mon Dieu, arrête", murmura-t-il pour lui-même en se frottant les yeux pour effacer l'image de son cerveau. Concentre-toi sur le début. Son père, sa mère et son frère avaient été tués par balle. Qui aurait voulu tuer sa famille ? Mon Dieu, il savait pourquoi la police l'avait interrogé pendant des heures ; il se souvenait encore de leurs attaques incessantes.

Qui as-tu engagé pour faire le travail, Nox ?

Tu voulais tant que ça ton héritage ?

Pourquoi as-tu fait ça, petit Noxxy ?

Il comprit alors que même la police ne pensait pas que Tynan Renaud pouvait être un meurtrier. Pourquoi n'avaient-ils pas poursuivi cette ligne de pensée même après avoir innocenté Nox ?

Quelqu'un avait dû leur demander d'abandonner l'affaire. Une onde de choc le traversa. Mon Dieu, oui. Ça devait être ça. Quelqu'un avait payé la police. Ce ne serait pas une première. Mais pourquoi ?

Il pouvait donc éliminer Sandor, à son grand soulagement. Sandor était peut-être riche aujourd'hui mais c'était grâce à son travail acharné, il n'aurait jamais pu se permettre de payer de tels pots-de-vin. Ce qui laissait Roan, Amber et Odelle. Il exclut Odelle immédiatement – cette femme était peut-être un drôle d'oiseau, mais elle aimait vraiment Nox et sa famille.

Il grimaça en pensant à Amber et Roan. Ils avaient de l'argent, certes, et de l'influence... mais pourquoi...

Mon Dieu. Est-ce qu'Amber lui en voulait pour la mort d'Ariel et avait fait tuer sa famille à cause de cela ? Il secoua la tête. *Pas possible.* Amber n'aurait pas pu garder ce secret pendant vingt ans. Mais l'idée n'arrêtait pas de le tourmenter.

"Nox ?"

Livia le regardait depuis le lit, l'air endormi, et il s'approcha pour s'allonger à côté d'elle. Elle lui caressa le visage. "Est-ce que ça va ?"

"Oui, ça va. Je pensais simplement à ce qu'on s'apprête à faire."

Livia sourit, sa joue adorablement froissée par l'oreiller. "Un truc sexy ?"

Nox gloussa doucement. "En fait, je parlais de notre petite enquête, mais j'aime ta façon de penser."

Il se mit sur elle alors qu'elle se remettait sur le dos et enroulait ses jambes autour de lui. "On va tout arranger," dit-elle doucement, "je te promets qu'on y arrivera."

Et Nox la croyait.

CHAPITRE VINGT-QUATRE

D e retour à la Nouvelle-Orléans, Nox et Livia avaient un plan. Nox irait voir la police et leur demanderait de rouvrir le dossier de l'enquête sur le meurtre de sa famille ; Livia ferait autant de recherches que possible sur la famille et les relations d'affaires de son père.

Au début, la police hésita même à écouter Nox, mais finalement, un jeune détective, Brian Jones, le rappela. "M. Renaud, je veux vous aider. Je travaille sur des affaires non résolues depuis quelques années et bien que le rapport officiel indique un meurtre/suicide, quelque chose m'a toujours semblé louche. Parlons un peu."

Nox appela Liv. "C'est fantastique," se réjouit-elle, "c'est un vrai pas en avant. Je n'ai encore rien trouvé en ligne, mais je vais continuer à creuser. Je dois aller travailler ce soir."

"J'essaierai de revenir pour t'amener, mais sinon, prends Jason avec toi."

"Mon garde du corps préféré", soupira-t-elle, mais elle accepta.

Livia fit des recherches sur internet et regarda tous les articles, dossiers et blogs qu'elle pouvait trouver sur la tragédie de la famille Renaud. Plusieurs faisaient le lien avec la mort d'Ariel et disaient que Nox était maudit, ce qui mettait Liv en colère. En fin d'après-midi, elle avait mal aux yeux et elle monta se changer pour aller travailler. Au moment où elle entra dans leur chambre, elle se figea. Sur le lit, il y avait une enveloppe. Elle était sûre qu'elle n'était pas là ce matin. Elle sentit son cœur se serrer de malaise. L'enveloppe de papier épais ressemblait à celle qu'on lui avait laissé à l'université. Du papier cher. En faisant attention de ne pas trop y toucher, elle en sortit le billet. Elle en eut le souffle coupé.

Je t'avais dit de le quitter. Maintenant, tout le monde devra mourir avant que je te tue, belle Livia.

"Jason !"

Son garde du corps arriva en courant, flanqué d'autres agent de sécurité de Nox. Elle montra la lettre à Jason. Sinistre, il ordonna aux hommes de fouiller la maison.

"Et vous êtes sûre que ce n'était pas là avant ce matin ?"

"Certaine."

Jason hocha la tête et prit son téléphone. Un des agents de sécurité réapparut, le visage blême et visiblement secoué. "Patron, la cave à vin. Vous devez voir ça."

Livia insista pour les accompagner, mais elle regretta aussitôt de l'avoir fait. "Oh, Seigneur..."

Du sang. Il y en avait beaucoup, dans toute la pièce, qui était emplie d'une odeur de pourriture. Le cadavre était appuyé contre le mur, le ventre ouvert, les entrailles pendantes.

Ils étaient tous choqués. Jason toucha le cadavre du bout de l'orteil. "Qui s'embêterait à ramener une *vache* ici pour l'étriper ?"

Livia, couvrant sa bouche et son nez, hocha la tête. "Quelqu'un envoie un message. C'est ce qu'il va me faire."

"Faites venir la police ici immédiatement", aboya Jason à ses hommes, puis il se tourna vers Livia qui tremblait. "Mlle Châtelaine, nous devons vous mettre en sécurité. Je vous emmène au bureau de M. Renaud. Je ne pense pas que ce soit une bonne idée de sortir en public."

"Non, je dois aller travailler", insista Livia. "Marcel est toujours à court de personnel vers le Nouvel An."

Jason n'était pas content et il appela Nox. Quand il parla à Livia,

Nox l'écouta. "Je ne veux pas être celui qui te dit quoi faire, même si je pense que c'est plus que préoccupant."

"Je veux aller travailler", insista-t-elle. "C'était une *vache*. Quelqu'un a voulu me faire peur. Qu'ils aillent se faire foutre, Nox."

Il gloussa d'un petit rire. "Qu'ils aillent se faire foutre. D'accord, mais je t'emmène au travail, et une armada de gardes restera avec toi toute la soirée."

"Marché conclu."

Marcel l'accueillit avec une chaleureuse accolade, mais Livia remarqua la fatigue dans ses yeux. "Ça va ?"

Marcel secoua la tête. "Liv, je ne veux pas te rajouter des soucis, mais... tu as vu ou eu des nouvelles de Moriko ? Elle n'est pas venue hier soir, et ça ne lui ressemble pas. J'ai essayé de l'appeler, mais elle ne répond pas."

Livia regarda Nox, terrifiée. Nox acquiesça. "On va voir chez elle."

Dans le taxi, Livia tenait la main de Nox fermement. "S'il te plaît s'il te plaît, s'il te plaît, s'il te plaît, ne sois pas morte", chuchotait-elle en vain en essayant de joindre son amie au téléphone. Dans l'ascenseur de l'appartement de Moriko, elle se mit presque en colère.

"Pourquoi diable ne répond-elle pas ?"

Alors qu'elle parlait, quelque chose lui toucha l'épaule. Quelque chose de liquide. Ils se regardèrent. Du sang. Il était tombé de plus haut. Ils se tournèrent tous les deux pour regarder vers l'étage de Moriko et avec une horreur croissante, ils réalisèrent que l'étage était couvert de sang et que le sang coulait bel est bien de l'appartement de Moriko. "Non, non, non..." Livia se débattit avec les portes de l'ascenseur et les ouvrit brutalement. Nox essaya de l'arrêter, car il savait d'instinct ce qu'elle allait trouver, mais il n'y parvint pas. Il resta donc au plus près d'elle alors qu'elle entrait en trombe dans l'appartement de son amie. Ils la virent en même temps. La belle et douce Moriko, à moitié assise, à moitié couchée contre le mur de son appartement, éventrée par un couteau qui était encore dans son corps. Ses vêtements étaient trempés de sang, ses yeux étaient fermés, son visage, pâle comme la mort.

"*Oh, mon Dieu. Mon Dieu, non, s'il vous plaît...*" Livia tomba à genoux et rampa jusqu'à son amie morte. Elle voulait la ramener à la vie mais ils savaient tous les deux qu'elle était partie. Massacrée. Poignardée à mort. Livia poussa un hurlement d'agonie que Nox n'oublierait jamais et serra le corps de Moriko contre elle, souhaitant qu'elle respire et l'implorant de revenir à la vie. Elle la serra contre elle, sans se soucier du sang de Moriko qui se répandait sur elle. Ses sanglots étaient déchirants. Nox, la voix tremblante, appela discrètement les secours, mais en voyant la quantité de sang répandu, ils savaient qu'ils ne pourraient rien faire. Moriko était morte. Assassinée.

TOUT CE QUE Livia pouvait voir ou sentir, c'était le sang, même après que Nox l'eut mise sous la douche à l'hôtel. Il lui avait dit que le manoir était trop dangereux maintenant et elle avait acquiescé d'un signe de tête, n'écoutant pas vraiment. Elle se sentait détachée de tout et de tout le monde, même de Nox. Moriko était morte.

À présent, elle était couchée dans un lit inconnu, écoutant Nox et la police parler dans l'autre pièce. Elle essaya de faire taire leurs voix, mais elle voulait aussi savoir ce qui se passait.

On frappa à la porte. Odelle entra et ferma la porte derrière elle. Elle ne dit rien et s'assit au bord du lit en tenant la main de Livia.

Pendant un long moment, aucune des deux ne dit quoi que ce soit. Puis Livia, la voix tremblante, commença à parler. "Moriko est morte."

"Je sais, je sais. Je suis désolée, Livvy."

"Il l'a tuée parce que Nox et moi sommes ensemble."

Odelle secoua la tête. "Qui que ce soit, il l'a tuée parce que c'est un psychopathe, Liv. Ce n'est pas ta faute."

Livia ferma les yeux, en sanglotant. "Pourquoi est-ce que ça arrive ?"

"J'aimerais pouvoir te le dire, ma belle, vraiment." Odelle caressa maladroitement les cheveux de Livvy. "Ils cherchent Roan."

"Tu crois vraiment que Roan est derrière tout ça ?"

Odelle avait l'air si triste que Livvy s'était assise et la serra dans ses bras. "Je pensais *pas du tout*, mais maintenant... je ne sais plus. Je pense toujours qu'Amber en sait plus qu'elle ne le dit, mais je ne suis peut-être pas objective. Tu l'as vue dernièrement ?"

"Pas depuis avant Noël."

Odelle soupira et s'éloigna de Liv. "Je suppose que la police l'interrogera aussi."

"Nox a dit qu'elle a quitté la ville."

"Je pense que c'est vrai. Elle agit bizarrement depuis qu'elle a rompu avec Roan."

Liv étudia son amie. "Odie... Est-ce que Roan aurait pu faire du mal à Amber ? Ou vice versa ?"

"Je ne sais pas. J'avais l'impression que leur relation était juste une histoire de sexe. Roan ne donne pas dans les relations sérieuses."

"Sauf quand il est avec toi."

Odelle sourit à moitié. "J'allais le dire, mais je pense que tu as raison, en fait. Il se confie à moi. Il parle de ses rêves et ses espoirs."

"Je veux vraiment croire que Roan n'a rien à voir avec cette histoire, Odelle. Pour ton bien autant que le sien, et le nôtre."

Odelle acquiesça tristement. "Moi aussi, Livvy, moi aussi."

Mais une semaine plus tard, alors que Livia préparait les funérailles de Moriko, la police leur annonça de terribles nouvelles. Le sperme de Roan avait été trouvé sur le corps de Moriko et sur celui de la vache massacrée. Un avis de recherche était lancé contre lui.

Nox, Livia, Sandor, Odelle et Amber se retrouvèrent ensemble dans un bar discret du quartier français. Ils semblaient tous anéantis, mais Livia ne pouvait s'empêcher d'étudier Amber, qui semblait être en proie à quelque chose – une crise de nerfs ? Du chagrin ? Ses cheveux roux étaient sales et mal coiffés et elle se rongeait les ongles jusqu'au sang.

"Qu'y a-t-il, Amber ?" lui demanda gentiment Livia, mais Amber l'ignora.

Nox regarda son amie fixement. "Mon Dieu, tu es défoncée ? *Bon sang*, Amber, dans un moment pareil ?"

Elle secoua la tête, mais maintenant que Nox en avait parlé, ils pouvaient tous voir qu'Amber était agitée. Odelle leva les yeux au ciel et demanda à Livia : "Comment ça va, Livvy ?"

Livia haussa les épaules. "Je n'arrête pas de la voir allongée par terre, Odie."

"Ce n'est pas ta faute, Liv. Le médecin légiste a dit qu'elle était morte depuis des heures."

"J'aurais dû aller la chercher plus tôt. Quelques jours plus tôt. Elle a toujours veillé sur moi, j'aurais dû faire la même chose pour elle." Livia sourit à travers ses larmes. "Une fois, à l'université, elle m'a crié dessus parce que je lui avais ouvert la porte de ma chambre sans vérifier qui c'était. C'était aussi *sa* chambre, l'imbécile. Bref, elle m'a fait promettre de toujours vérifier qui était à la porte, et si je ne savais pas qui c'était, de ne pas ouvrir la porte." Son visage s'assombrit. "Quel genre d'amie je suis pour... ?"

"Trop occupée à baiser Nox dans toutes les villes d'Europe", lâcha soudain Amber, d'un ton sec. "Pauvre petite Livvy, précieuse petite Livvy, écartant ses jambes pour le premier milliardaire venu..."

Odelle, se levant rapidement, gifla Amber, les faisant tous sursauter. Amber se balança en arrière, puis se jeta sur Odelle, qui l'esquiva en faisant un pas de côté alors qu'Amber s'affalait sur le sol. Sandor aida Amber à se relever alors que Nox s'interposait entre les deux femmes. Livia était trop choquée pour bouger.

"Amber, rentre chez toi et va te nettoyer. Et ne parle plus jamais comme ça à Livia. *Jamais.*" Nox était furieux.

Amber lui cracha dessus. "Tu crois que cette petite merde peut remplacer ma sœur ? Ma sœur qui t'aimait ? Qui t'était dévouée ?"

"Va-t-en !" Livia se leva d'un bond à côté de Nox pour l'empêcher d'attaquer Amber, et Sandor s'interposa entre eux.

"Je la ramène chez elle, Nox."

Tout le monde les fixait, certains prenaient même des photos. Nox prit Livia dans ses bras. "C'est bon, chérie. Elle est partie."

"Mais c'était quoi *ça* ?" dit Livia d'une voix incrédule. Nox secoua la tête en la serrant fort.

"Je ne sais pas, bébé."

"C'est l'anniversaire d'Amber", dit doucement Odelle, et Nox gémit.

"Oh, mon Dieu, j'ai oublié. C'est aussi l'anniversaire d'Ariel."

"Je n'ai jamais vu Amber aussi défoncée. D'habitude, elle prend que de l'herbe. Mais *ça* ce n'était pas de l'herbe."

"Non."

Livia ne dit rien. L'attaque d'Amber avait été si inattendue. Livia sentait qu'elle perdait son sang-froid mais elle répondit à l'étreinte de Nox. "Tu devrais peut-être aller la voir. Je n'essaie pas de remplacer Ariel."

"Je le sais bien. Amber le sait. Je m'excuse pour elle, elle n'est pas elle-même."

Livia leva les yeux vers lui. "Va la voir. Fais amende honorable. Va voir si elle a besoin d'aide."

Nox lui sourit en lui caressant le visage. "C'est pour ça que je t'aime."

Nox alla voir Amber le lendemain, et c'était une Amber repentante qui s'assit à côté de lui. "Je ne pensais pas ce que j'ai dit," commença-t-elle, "je t'en *prie*, dis à Livvy que je l'aime. Je ne pensais pas tout ce que j'ai dit. J'étais juste... Mon Dieu, Nox, Ariel me manque tellement."

Nox acquiesça. "Moi aussi, Amber, tu le sais. Mais aucun de nous n'aurait pu empêcher ce qui s'est passé."

Amber resta silencieuse et Nox fut surpris de voir autre chose dans son regard. "Quoi ? Qu'y a-t-il, Ambs ?"

Elle secoua la tête. "Je ne peux pas... Je ne peux pas te le dire, Nox. C'est trop... C'est quelque chose que j'ai fait. Je dois vivre avec, sauf que je ne sais plus comment faire..."

Nox était vraiment inquiet à présent. "Amber... s'il te plaît, dis-moi que tu n'as rien à voir avec les menaces que Liv a reçues?"

Amber renifla. "Non, Nox. Pas les menaces."

"Quoi alors ?"

Elle marmonna quelque chose et Nox ne parvint pas à distinguer clairement ses mots. "Quoi ? Tu as bien dit : "Lui faire peur" ?"

Amber le regarda avec dans les yeux une tristesse infinie, puis se leva soudainement. "Je ne peux pas... Je ne peux pas... Je suis désolée, Nox."

Ce n'est que plus tard, lorsqu'il fut au lit avec Livia, qu'il comprit ce qu'Amber avait dit. Quand il s'en rendit compte, cela lui fit l'effet d'une douche froide. Il se répéta les mots encore et encore, espérant plus que tout qu'ils ne signifiaient pas ce qu'il pensait qu'ils signifiaient.

"Il était seulement censé lui faire peur."

Amber ne parlait pas de Livia... mais d'Ariel.

Amber connaissait l'assassin d'Ariel.

CHAPITRE VINGT-CINQ

"Tu es sûr ?" Livia le regardait avec des yeux choqués. Nox lui avait exposé toute sa théorie au petit-déjeuner le lendemain, et à présent Livia s'enfonça dans sa chaise, bouleversée. "Tu crois qu'elle a engagé quelqu'un pour faire peur à sa sœur et qu'il est allé trop loin et l'a tuée ?"

"C'est exactement ce que je pense", dit Nox, le visage grave. "J'ai toujours su qu'Amber était jalouse d'Ariel, mais je ne pensais pas qu'elle aurait pu faire ça."

Liv secoua la tête. "C'était peut-être un canular qui a mal tourné."

"Les canulars qui tournent mal ne finissent pas avec une femme poignardée à mort, Livia. Celui qui a tué Ariel le voulait vraiment. Il l'a étripée... il a apprécié le faire."

"Donc Amber avait de mauvaises fréquentations. Peut-être qu'elle voulait trouver quelqu'un pour effrayer sa sœur, mais elle a choisi un psychopathe qui au lieu de ça a tué Ariel et qui la fait chanter depuis."

"Wahou, tu vas vraiment loin avec cette théorie." Nox était impressionné.

Liv sourit à moitié. "Ça m'est venu comme ça. Ce n'est pas difficile de comprendre le mobile d'Amber."

"Vraiment ?"

"C'est *toi*, abruti. Amber est amoureuse de toi."

"Non."

Livia leva les yeux au ciel. "Mon gars, réveille-toi. *Bien sûr* qu'elle l'est. Elle l'a toujours été, mais après que son plan pour Ariel ait mal tourné. Quand Ariel est morte, elle a compris qu'elle ne pourrait jamais être avec toi, que ça la rendrait coupable et que tôt ou tard elle se trahirait. Mais que faire maintenant ? Tu vas aller voir la police ?"

Nox soupira. "Je crois que je ferais mieux de lui en parler d'abord. Si le tueur est le même gars et qu'elle le sait, alors peut-être qu'on pourra lui faire avouer son identité et en échange on ne la mêlerait pas à tout ça."

"Mais comment va-t-on expliquer à la police comment on l'a découvert ?"

Les yeux vert de Nox devinrent farouches. "On n'en parle pas à la police. Je m'occuperai de cette personne moi-même."

Livia déglutit. "Nox."

"Personne ne menace la femme que j'aime. *Personne*. Et pour Moriko, pour Pia, pour Ariel... je m'en occupe."

Livia était à la fois effrayée et excitée par son ton menaçant. Elle se pencha et écrasa ses lèvres contre les siennes. "Je t'aime", chuchota-t-elle, "Fais attention à toi s'il-te-plaît."

"Je te le promets." Son baiser était doux et tendre et dura beaucoup plus longtemps que prévu. Ils furent interrompus par le bourdonnement de son téléphone portable. À contre cœur, il se détacha d'elle et jeta un coup d'œil à l'écran.

"C'est l'inspecteur Jones." Il répondit à l'appel et Livia l'écouta pendant qu'il parlait, son visage s'assombrissant.

Qu'est-ce qui se passe maintenant ?, pensa-t-elle inquiète, et elle se leva pour aller prendre une douche. Nox l'attrapa par la main et elle vit la détresse dans son regard. "D'accord, merci, inspecteur. Je descends tout de suite." Il raccrocha le téléphone.

"Qu'est-ce qu'il y a, bébé ?"

"Amber va devoir attendre. Ils exhument ma famille aujourd'hui."

Nox insista pour voir les membres de sa famille être exhumés du mausolée familial. Livia resta avec lui, lui tenant la main alors que son expression passa de la détermination au chagrin quand les cercueils furent sortis de terre. Il se détourna lorsque le médecin légiste ouvrit le cercueil de son frère.

Nox eut un haut le cœur et vomit tandis que Livia, ne sachant pas quoi faire d'autre, lui frottait le dos et essayait de le consoler. "Je suis vraiment désolée, bébé."

Nox s'essuya la bouche. "C'est pas grave. Je sais qu'on fait ce qu'il faut."

Les cercueils de sa famille furent chargés dans le van du légiste et emmenés. Laissés seuls, Nox et Livia regardèrent les tombes vides. "Promets-moi, dit Nox, que quand nous mourrons, nous ne serons pas enterrés comme ça. Faisons-nous tous les deux incinérer et soyons dispersés au vent pour l'éternité."

"D'accord, bébé. Les mausolées me font flipper."

Nox sourit à moitié à sa tentative de lui remonter le moral. "Notre famille sera heureuse."

"Bien sûr que oui." dit fermement Livia. "Toutes ces merdes que nous vivons en ce moment seront derrière nous, et nous aurons un tas d'enfants et nous serons heureux. Vacances d'été en Italie, Noël à Vienne."

"J'ai hâte d'y être." Il plaqua ses doigts sur son ventre. "C'est mal que je veuille que tu sois enceinte tout de suite ?"

"Ah," dit-elle. "Attendons qu'il n'y ait plus de psychopathes qui menacent de me tuer, d'accord ?"

Son sourire disparut et elle le poussa. "Désolée, mauvaise blague."

"Je ne laisserai rien t'arriver."

"Pareil", dit-elle. "Allez, viens. Allons voir l'inspecteur Jones."

IL LES OBSERVAIT à l'autre bout du cimetière. Ils ne savaient pas que ce qu'ils faisaient ne ferait qu'améliorer son plan de tuer Livia. Il les avait presque mis à genoux... mais ce qu'il ferait ensuite détruirait Nox Renaud à jamais. Il n'y avait qu'un dernier petit détail à régler, et il allait s'en occuper de façon spectaculaire.

Amber.

AMBER ÉTAIT PÂLE mais sobre quand Nox la rejoignit dans un petit café de la ville. Tout à son honneur, elle n'essaya pas de parler avant que Nox ne s'assoie et dise simplement : "*Il était seulement censé lui faire peur.*"

Amber, qui regardait son café, releva la tête et hocha la tête. "C'était censé être une blague. Je savais qu'elle sortirait fumer une clope avant que tu ne viennes la chercher. Il était censé lui faire faire le tour du pâté de maisons et la ramener immédiatement. J'ai su que quelque chose n'allait pas au bout d'un moment, quand il ne m'a pas appelée comme il était censé le faire."

"Qui, Amber ?"

Elle secoua la tête. "S'il te plaît, laisse-moi finir l'histoire. Il avait accepté de le faire parce qu'il était en colère contre toi. Quelque chose à voir avec ta famille, je ne sais pas exactement. Quand il ne l'a pas ramenée, j'ai tout de suite su. J'avais toujours su qu'il n'avait pas toute sa tête, mais rien de si grave. Quand j'ai vu ce qu'il avait fait à ma sœur..." Elle se couvrit la bouche et étouffa un sanglot. "Il m'a dit que si jamais je le disais à quelqu'un, il raconterait à tout le monde que c'était moi qui avait tout manigancé, que je voulais sa mort. Je n'ai *jamais* voulu sa mort, Nox, tu dois me croire."

Nox, qui était en proie à un tourbillon d'émotions, la fixa froidement. "Ce qui est triste, c'est que je t'aimais. Toi, ta chevelure rousse flamboyante et ton sourire éblouissant. Et tu m'aimais aussi, tant que je restais dans la boîte que tu avais construite pour moi. Solitaire, endeuillé. Tant que je pleurais encore Ariel, tu savais que tu me contrôlais. Je t'ai fait peur, je sais. Une fois que je suis sorti de ma boîte et que j'ai commencé à étirer tous mes membres au maximum, une fois que j'ai cessé de réprimer ce feu, cette vie. Cet amour. Cet amour pour Livia. Je ne voulais pas croire que tu étais ce genre de femmes qui ne voit les autres femmes que comme une menace. Une de ces amis qui m'ont gardé près d'eux juste pour les rendre plus beaux, comme j'en ai eu toute ma vie. Des sangsues. Je n'aurais jamais pensé que tu deviendrais l'un d'entre eux. Mais tu étais la pire d'entre eux, parce que je t'aimais comme une sœur, Amber."

Il se tut alors, faisant tourner son verre, regardant la glace fondre dans le liquide vert. Du melon. La porte s'ouvrit, et un bruit de gloussement se dépêcha d'entrer avec la pluie. La pluie tomba sur le parquet de bois. Deux femmes âgées, emmitouflées dans des manteaux de laine, essayant d'échapper au froid.

Des larmes roulèrent silencieusement sur le visage d'Amber. Nox secoua la tête. "Tu l'as tuée. Ta propre sœur. Pourquoi ?"

Amber le regarda, il n'y avait pas de colère dans ses yeux, juste de la tristesse. "Je t'aimais. *Je t'aime.*"

Nox essaya de ne pas perdre son calme, mais sa voix trembla lorsqu'il lui posa les questions qu'il avait besoin de lui poser. "Tu as quelque chose à voir avec les attaques dont Livia a été victime? Contre moi ? As-tu assassiné Pia ? Moriko ?"

"Non, non, je le jure," Amber semblait presque désespérée. "Ce n'était pas moi. Écoute, j'aime vraiment Livia, et je vois qu'elle est parfaite pour toi. Mon Dieu... non. Je le jure. Mais... j'ai fait quelque chose, et je ne peux pas croire que je l'ai fait."

Nox n'était pas convaincu. "Quoi ?"

"Roan laissait ses préservatifs usagés dans ma poubelle."

Nox fit un bruit de dégoût. "Qu'est-ce que ça a à voir avec tout ça ?" Il se pencha en avant pour qu'elle le regarde. "Qui as-tu engagé pour tuer Ariel, Amber ?"

Elle ferma les yeux. "Je n'ai pas *engagé*..."

Il y eut un bruit vif et, l'espace d'une seconde, tout le monde dans le café se figea. Les yeux d'Amber s'écarquillèrent puis un mince filet de sang commença à couler le long de sa tempe.

En état de choc, Nox vit le trou qu'avait fait la balle dans la fenêtre quelques secondes avant qu'elle n'atteigne sa cible. Puis Amber s'effondra en avant, les yeux grand ouverts mais décidément morts.

Puis ce fut le chaos. Les gens qui hurlent. Nox se précipita dans la rue pour voir où était le tireur – *qui* était le tireur. Mais, bien sûr, le tueur avait déjà disparu dans la nature. Nox s'écroula sur le sol, profondément choqué et attendit l'arrivée de la police.

Livia se jeta dans ses bras. "Seigneur, Nox, Dieu merci, tu vas bien." Elle le serra fortement contre elle alors qu'il enfouit son visage dans ses cheveux.

"Assez," dit-il d'une voix étouffée, "*assez* de gens sont morts. On doit le trouver, et tout de suite."

"Qui, chéri ?" Livia le fixa d'un regard effrayé. "Qui ?"

Nox eut l'air anéanti en prononçant ces mots. "Roan. On doit trouver Roan."

CHAPITRE VINGT-SIX

En janvier, les amis de Nox encore en vie travaillèrent avec la police afin de retrouver Roan. Plus convaincu que jamais que Roan était le tueur, Nox demanda à la police de comparer tout ancien ADN qui n'appartenait pas à sa famille à celui de Roan.

L'inspecteur Jones accepta. "Nous avons lancé un avis de recherche à l'échelle nationale pour Saintmarc, mais si c'est lui qui a tiré sur Mme Duplas, il est évidemment dans les environs de la Nouvelle-Orléans, attendant de finir le travail. Êtes vous bien protégés ?"

Nox acquiesça d'un signe de tête. Sandor regarda Livia et Nox. "Écoutez, l'hôtel ne conviendra pas. Venez habiter chez moi. Ce n'est pas un manoir, mais il y a beaucoup moins d'endroits sombres pour qu'un pervers se cache. Toi aussi, Odelle. Nous devons rester solidaires jusqu'à ce qu'on retrouve Roan."

La maison de Sandor était grande et confortable, et Livia s'y sentit plus en sécurité que n'importe où ailleurs depuis longtemps. Elle s'inquiétait cependant pour ses amis, car l'un d'entre eux était responsable de ce chaos et coupable de meurtre. Elle éprouvait de la haine pour Roan Saintmarc, et bien qu'elle ne le disait pas à voix haute, elle voulait presque qu'il vienne s'en prendre à elle pour qu'elle puisse venger ses amis. Venger Moriko, se venger elle-même. Même si cela la tuait.

Elle sentait qu'Odelle la surveillait et savait que si elle avait besoin de craquer, Odelle serait là pour elle. Elle ne voulait pas faire plus de peine à Nox. De tous, c'était lui qui était le plus affecté, pensat-elle, après avoir vu Amber se faire tuer devant lui. Il semblait encore sous le choc, même après quelques semaines, et il était difficile de dire si cela venait du meurtre d'Amber ou de ses aveux.

"Ce que je ne comprends pas," lui dit-elle, "c'est comment Roan a su qu'il devait la tuer au moment où elle allait te parler de lui. Il n'a pas pu la mettre sous écoute, pour l'amour de Dieu, il n'avait pas les moyens."

"Peut-être qu'il ne *sait* pas qu'elle n'a pas eu le temps de donner son nom", dit Nox, "auquel cas, il pense que nous savons et va se piéger lui-même par désespoir, avec un peu de chance."

"Ou faire quelque chose d'imprudent qui tuera quelqu'un d'autre", soupira Livia. "Mon Dieu, quel putain de bordel... mais quel est son putain de mobile ? Je ne comprends pas."

"Je ne peux pas t'aider. Honnêtement, je n'en ai aucune idée."

Livia se mordit la lèvre. "Et qu'est-ce qu'Amber voulait dire à propos des préservatifs usagés de Roan ? Ça n'a aucun sens... Sauf si..."

Nox l'observait avec attention. "Sauf si quoi ?"

Livia en était écœurée. "Sauf si elle était en train de te dire que quelqu'un avait utilisé le sperme de Roan pour le faire accuser. Et Amber le *savait*."

L'inspecteur Jones vint les voir un après-midi au bureau de Nox. Après avoir quitté son emploi au *Chat Noir*, Livia travaillait maintenant sur ses projets universitaires au bureau de Nox en journée. Elle découvrit, à sa grande surprise, qu'ils ne s'étaient toujours pas lassés de se voir toute la journée et toute la nuit.

"C'est bon signe", dit Nox en souriant quand elle lui dit ça un soir, et elle rit. Cela faisait du bien de rire et d'être heureux, et ils faisaient souvent l'amour, se cramponnant l'un à l'autre.

Ils discutèrent aussi davantage de leurs idées de fondations caritatives, et demandèrent à Charvi si elle voulait bien y participer. Charvi, qui à son grand désarroi, était aussi sous la protection d'un garde du corps, fut très enthousiaste. "Pour un mec riche, Nox Renaud, vous êtes un sacré bonhomme." Mais elle le regardait avec fierté et Livia savait que son approbation signifiait beaucoup pour lui. Charvi en eut les larmes aux yeux lorsque Nox lui dit qu'ils donneraient à la fondation le nom de son ancienne maîtresse, et elle embrassa le fils de Gabriella.

"J'ai toujours pensé que tu m'en voudrais d'avoir été avec ta mère avant qu'elle ne rencontre ton père", lui dit-elle en essuyant ses larmes. Mais elle t'aimait vraiment, et elle aimait vraiment Tynan. Il n'y avait pas une once de mauvais dans le corps de cette femme."

Nox fut saisi d'émotion et acquiesça. Livia leur sourit à tous les deux. "La famille ce n'est pas qu'une question de sang. Je le sais bien. Je regarde la mienne en ce moment même."

Quand l'inspecteur Jones vint les voir, c'était de nouveau pour parler de la famille de Nox. "Il s'est passé quelque chose d'étrange, M. Renaud. Quand on a comparé l'ADN de votre père à celui de vos amis, on a trouvé une correspondance. Un lien de parenté. Le truc, c'est que le labo s'est trompé sur l'étiquetage. Donc, nous avons besoin de reprendre votre ADN pour tester à nouveau l'échantillon, au cas où, pour je ne sais quelle raison nous aurions fait une erreur."

L'inspecteur était évasif, et Nox et Livia échangèrent un regard. "Vous avez quelque chose à nous dire ?"

L'inspecteur Jones prit une grande inspiration. "Si le labo ne s'est pas trompé, l'un de vos deux meilleurs amis est aussi votre demi-frère."

Nox écarquilla les yeux. "C'est une plaisanterie ?"

"Non, monsieur."

Quand l'inspecteur partit, Nox et Livia se regardèrent longuement. "Mon frère..."

"C'est trop bizarre. Je suis sûr qu'ils ont dû confondre l'ADN de Teague et celui d'un autre."

"Ça doit être ça. Mes parents étaient fidèles." Nox s'acharnait à rester dans le déni, mais Livia pouvait voir le doute dans ses yeux.

"Écoute, ça ne peut être que Roan ou Sandor. Tu ne ressembles ni à l'un ni à l'autre."

"C'est une erreur", Sandor était à la porte, ayant manifestement entendu la conversation. "La police a merdé. Mec, même si je te considère comme mon frère, c'est impossible. Papa a eu une vasectomie après moi, et Maman est morte avant même la naissance de Teague."

"Ça n'explique pas comment je peux avoir un *demi*-frère, si l'échantillon d'ADN de Teague a été confondu avec un autre. Teague *était* mon frère, tu vois bien comme on se ressemblait." Nox soupira. "Ok, donc peut-être que mon père n'était pas un tueur, mais..."

"Quoi ?" Sandor eut l'air surpris par ce commentaire, et Nox et Livia se regardèrent.

Nox se racla la gorge. "Je suis resté passif trop longtemps, Sandor. Je ne crois pas que mon père ait tué ma mère et Teague. Je ne peux pas le croire. Quelqu'un d'autre les a tués, et je veux savoir qui."

Sandor hocha lentement la tête et Livia le regarda attentivement. Y avait-il quelque chose derrière cette expression fermée, ou était-ce juste le choc ? "Ok, bien. Je pense que tu devrais en effet y réfléchir. Ça te hante depuis trop longtemps. Je suis là pour toi mec si tu as besoin."

"Merci, mec."

Sandor leur sourit et quitta la pièce. Livia se mordit la lèvre. La réaction de Sandor, quand Nox lui avait annoncé qu'ils rouvraient l'enquête sur la tragédie familiale, l'avait fait réfléchir et elle était saisie de malaise. Cependant, elle demeura silencieuse – Nox n'avait pas besoin de plus de complications.

"Tu as l'air fatiguée, bébé." Nox pressa ses lèvres sur son front et elle enroula ses bras autour de sa taille.

" Oui, je le suis. Rentrons à la maison."

"Je vais voir si Sandor a besoin qu'on le ramène chez lui."

Livia hésita. "Je voulais dire... *notre* maison. Je veux être tranquille."

Nox soupira. "Ce n'est pas prudent, bébé. Il y a trop de façons d'y entrer, et crois-moi, Roan les connaît toutes."

"Et on ne peut pas les sécuriser ?"

Nox était celui qui hésitait maintenant. "Bébé... ce n'est pas juste que j'ai peur. De mauvaises choses se sont produites là-bas – plus d'une fois – et je suis terrifié à l'idée que si je suis déconcentré une seconde quelqu'un en profite pour s'en prendre à toi. Sérieusement, c'est plus sûr chez Sandor."

Moins d'une semaine après avoir dit cela, Nox se rendrait compte à quel point il avait tort.

Sandor ne rentra pas à la maison avec eux. "J'ai de la paperasse à finir, et je crois que je vais voir une fille après."

Nox sourit. "Ah oui ?"

Sandor haussa les épaules. "Ce n'est pas sérieux. Mais profitez de votre intimité à deux et je vous verrai plus tard."

Dans la voiture sur le chemin du retour, Livia était pensive. "Hum."

"Quoi ?"

"Sandor nous a dit de *profiter de notre intimité*. Comment sait-il qu'Odelle ne rentrera pas à la maison?"

Nox haussa les épaules. "Il a probablement oublié. Elle a tendance à rester seule, sauf quand elle et toi complotez quelque chose." Son portable vibra. "C'est l'inspecteur. Bonsoir."

Il écouta et devint livide. "Vous êtes sûr ? Mon Dieu. Ok, oui, on arrive tout de suite."

Il raccrocha et regarda Livia. "Ils ont repêché un corps dans le bayou près du manoir. Ils pensent que ça pourrait être Roan. Ils veulent que j'y aille et que j'identifie le corps."

Livia attendait dans le bureau du médecin légiste pendant que Nox accompagnait le médecin. Il revint rapidement. Il secoua la tête, l'air secoué. "Impossible à dire. Le corps était dans le marais."

Il n'avait pas besoin d'en dire plus. L'inspecteur Jones suivait Nox.

"Écoutez, on va faire des analyses ADN et on verra ensuite."

Livia se racla la gorge. "Inspecteur Jones ? Sandor Carpentier a-t-il fourni un échantillon d'ADN?

"Je vais vérifier, mais je pense que oui. Pourquoi ?"

"Comme ça. Je suis juste curieuse."

L'inspecteur Jones lui sourit. "Alors, je vous laisse. Merci d'être venus et désolé de vous avoir fait subir ça, M. Renaud."

"Je vous en prie."

Dans la voiture, Nox laissa échapper un long soupir et Livia le regarda avec compassion. "C'était dur ?"

Nox hocha la tête. "Le corps était mutilé et semblait à peine humain. Même si je lui en veux, j'espère que ce n'était pas Roan. Ce corps était dans le marais depuis un moment."

Quand ils arrivèrent à la maison, Odelle était là, et Nox lui raconta avec précaution ce qu'il avait découvert. Odelle acquiesça calmement. "C'est lui," dit-elle, "je le sais dans ma chair. Nox... Je pense qu'on doit commencer à chercher un autre endroit où habiter."

Nox haussa les sourcils. "Pourquoi ?"

"Je ne me sens pas en sécurité ici. Tu ressens la même chose, Liv ?" Odelle la regarda et Livia hocha la tête.

"Oui, mais je ne sais pas pourquoi. Peut-être que c'est l'histoire des échantillons d'ADN, ou ce corps... si c'est celui de Roan, ça veut dire qu'il n'a pas tué Amber... Mais tant qu'on n'a pas la confirmation ADN que Sandor est innocent..."

Nox les fixa toutes les deux. "Vous pensez vraiment que Sandor pourrait avoir quelque chose à voir avec ça ?"

"Laisse-moi être honnête," dit Odelle, "c'est juste un sentiment que j'ai. Je n'ai aucune preuve de quoi que ce soit, j'ai juste mon instinct."

Nox se tourna vers Livia. "Et toi ?"

"Pareil. Il y a quelque chose qui ne tourne pas rond chez Sandor ces derniers temps ou, pour être franche, ça pourrait être de la paranoïa de ma part, étant donné ce qui s'est passé. Les seules personnes en qui j'ai confiance en ce moment sont dans cette pièce."

Nox soupira et Livia pouvait le voir se battre avec l'idée que son ami n'était peut-être pas celui qu'il croyait être. Elle posa la main sur son bras. "Nous ne sommes pas en train de dire que Sandor a fait *quelque chose* de mal. Sois prudent, c'est tout."

"Je comprends tout à fait." Nox réfléchit un moment. "On va lui dire qu'on va déménager parce que.... Mince, je ne sais pas, pour lui laisser son intimité. Je vais voir si je peux trouver quelque chose à louer rapidement".

Finalement, c'est Livia qui annonça à Sandor qu'ils allaient déménager. Il était venu la trouver un matin alors que Nox était au travail. Livia faisait son sac quand elle entendit des pas derrière elle. Elle se retourna et sursauta en voyant Sandor. Il lui sourit. "Désolé, je ne voulais pas te faire peur."

Livia, la main sur la poitrine, essaya de sourire. "C'est pas grave. Je ne m'attendais pas à te voir. Je croyais que tu travaillais avec Nox." Son cœur battait douloureusement contre ses côtes. Sandor s'assit au bord du lit sans y être invité et désigna son sac d'un signe de tête.

"Tu vas quelque part ?"

Livia se sentit mal à l'aise. "Nox t'en a parlé ?"

"De quoi ?"

"De notre déménagement ? On a l'impression de faire une faveur au tueur en restant collés les uns aux autres comme ça." Une pensée lui vint à l'esprit et elle sourit à moitié. "Nox et moi ne voulons pas vous mettre, toi et Odie, plus en danger que vous ne l'êtes déjà. Je ne supporterais pas qu'il vous arrive quelque chose." *C'est ça, rajoutes-en des tonnes.*

Sandor effleura son visage. "Tu es très gentille, Livvy." Il se leva et, à la grande surprise de Livia, la mettant mal à l'aise, il prit son visage dans ses mains. "Chaque jour," dit-il doucement, "je vois de plus en plus pourquoi Nox est tombé amoureux de toi. Tu es belle, à l'intérieur comme à l'extérieur, Livia Châtelaine. Est-ce que ça serait déplacé de dire que j'aurais aimé te rencontrer avant Nox ?"

Livia était sur le point d'esquiver son compliment, mais Sandor posa délicatement et rapidement ses lèvres sur les siennes. Il retira aussitôt ses mains et recula en feignant d'être horrifié. "Mon Dieu, je suis désolé, Liv. C'était tellement déplacé. Je suis désolé."

Livvy avait la peur au ventre. Que se passait-il ? "Ce n'est pas grave."

"Je vais te laisser tranquille. Vous me manquerez tous, mais je comprends pourquoi vous déménagez."

Il la laissa seule, abasourdie, et avec une étrange envie de pleurer. Elle s'assit lourdement sur le lit et se demanda pourquoi elle se sentait si bouleversée. Le baiser avait été *très* déplacé, mais ce n'était même pas ça qui l'avait contrariée. C'était l'expression dans les yeux de Sandor tandis qu'il parlait. Froid. Mort. Pas les yeux de l'homme qu'elle avait espéré, ou avait imaginé, qu'il soit.

Ses instincts primaires étaient en éveil lorsqu'elle ferma la porte de la chambre à coucher et appela Nox. Quand il répondit, elle éclata en sanglots et eut besoin d'une minute pour se calmer avant de dire ce qu'elle voulait lui dire. "S'il te plaît, Nox. Viens me sortir de là."

Ils emménagèrent d'abord dans un hôtel, mais Odelle rentra tout simplement chez elle. "J'ai embauché plus de personnel de sécurité," leur dit-elle, "et je ne veux pas tenir la chandelle, même si je vous aime tous les deux."

À l'hôtel, Nox et Livia commandèrent un service en chambre, prirent une longue douche chaude ensemble, puis firent l'amour. Chez Sandor, Livia ne s'était pas sentie à l'aise de faire l'amour, alors maintenant qu'ils profitaient de leur intimité retrouvée, Livia se collait à lui tandis qu'il la baisait lentement et tendrement. Elle lissa ses sourcils foncés alors qu'il se mouvait au-dessus d'elle. "Je t'aime tellement, Nox."

Il sourit tout en accélérant le rythme et elle poussa un petit cri de plaisir. "Comme je t'aime, jolie fille."

Livia serra ses jambes autour de ses hanches, serrant ses muscles vaginaux autour de sa bite dure comme un roc. Nox gémit. "Mon Dieu, oui, exactement comme ça, bébé." Il cognait ses hanches contre les siennes, et Livia l'accueillait de plus en plus profondément à chaque coup de rein, inclinant son bassin pour que sa grosse bite puisse l'enfoncer de plus en plus fort. "Mon Dieu, j'adore te baiser, Livia Châtelaine... ton corps a été fait pour baiser."

Livia sourit puis se cambra alors qu'elle atteignait l'orgasme, pressant son ventre contre le sien. "Nox ?" demanda-t-elle alors que son rythme devenait de plus en plus brutal et rapide. "Jouis sur mon ventre."

Nox, haletant, continua jusqu'à être proche de l'orgasme, puis se retira et éjacula sur son ventre un épais sperme blanc et crémeux, en caressant son clito en même temps pour la faire jouir encore.

Ensuite, ils reprirent leur souffle alors que Nox massait son sperme sur sa peau. Il fit des cercles autour de son nombril avec le doigt. Livia le regarda fixement. "Je pense à notre escapade de Noël et à tous ces jeux cochons auxquels on a joué."

"Ils t'ont plu ?"

"Tu sais bien que oui. Quand tout ça sera fini, j'aimerais le refaire. Peut-être même essayer de nouvelles choses."

Nox lui glissa un doigt dans la chatte et le fit doucement entrer et sortir, pendant que son pouce caressait son clito. Livia sentit l'excitation monter à nouveau dans son corps. "C'est ça, Livvy, allonge-toi et laisse-moi faire le travail." Nox lui mordit le mamelon avant de le prendre dans sa bouche pendant qu'il la caressait. Livia emmêla ses doigts dans ses boucles sombres alors qu'il tétait ses seins, ce qui rendit ses mamelons durs comme de la pierre. Puis il descendit sur son corps pour lui baiser le nombril avec la langue.

"Mon Dieu, c'est si bon."

"Ventre sensible."

"Tu le sais bien." Livia soupira tandis qu'il descendait plus bas pour prendre son clito dans sa bouche, tandis que ses doigts lui caressaient le ventre. Livia écarta les jambes plus grand et Nox, la langue dans sa chatte, se mit à baiser son nombril avec son pouce, trouvant un rythme qui la rendit dingue. Il la fit jouir encore et encore, avant de plonger en elle sa bite tendue à nouveau. Livia cria lorsqu'elle jouit fort, essoufflée et transpirante, lui griffant les fesses, et le pressant de la prendre plus fort.

Dans ces moments-là, elle pouvait prétendre que tout allait bien, qu'ils étaient heureux. Nox savait comment maîtriser tout son corps, et il faisait tout pour qu'elle jouisse à chaque fois. Mon Dieu, elle aimait cet homme. Elle ferait n'importe quoi, essaierait n'importe quoi avec lui qui lui plairait, mais au final, tout se résumait à leur moi animal qui se révélait, presque féroce dans leur désir charnel l'un pour l'autre.

Ils baisèrent jusqu'à ce qu'ils soient épuisés. Puis, la tête sur ses seins et les bras de Livia autour de lui, Nox s'endormit. Mais l'esprit de Livia bouillonnait de questions.

Toute l'affaire était tellement déroutante, avec cette myriade de suspects. Mais dans sa tête, Livia était sûre de savoir qui était derrière tout cela, et dès demain elle commencerait à chercher à en savoir plus sur l'homme qui, elle en était certaine, essayait de la tuer.

Sandor.

CHAPITRE VINGT-SEPT

Charvi Sood fut étonnée de trouver Livia non pas dans la salle de musique, mais sur un ordinateur dans la bibliothèque de la fac. "Salut, gamine."

"Salut, Charvi."

"Qu'est-ce que tu fais ?"

Livia lui sourit. "Des recherches. Charvi, tu pourrais peut-être m'aider." Elle regarda autour d'elle et baissa la voix. "Que sais-tu de Florian Carpentier, le père de Sandor ?"

Charvi eut un frisson. "Pourquoi cette question ?"

Livia la regarda et Charvi hocha la tête. "D'accord, mais pas *ici*."

Elles se rendirent dans le bureau de Charvi et celle-ci ferma la porte derrière elle. Elle proposa à Livia une tasse de café et quand elles eurent leurs boissons en main, elles s'assirent sur son vieux canapé douillet. Charvi soupira. "Ce que je vais te dire, je ne l'ai jamais dit à personne, par respect pour Gabriella à qui j'avais promis de ne rien dire. Quand elle est morte, j'ai pensé à aller voir la police, mais ils semblaient si certains que Tynan les avaient tués, elle et Teague, que je ne voulais pas causer plus de souffrance à Nox. C'est la vraie raison pour laquelle je suis restée loin de lui." Elle prit une gorgée de café, rassemblant ses pensées.

"Avant que Gabriella ne rencontre Tynan et une fois que nous avons décidé de nous séparer, elle s'inquiétait que notre relation puisse avoir un impact sur ma carrière. C'est incroyable, non ? Elle travaillait un peu pour les Carpentier en tant que consultante. Eleanor Carpentier était une femme charmante et elle et Gabriella sont devenues de bonnes amies. Puis un jour, Gabriella m'a appelée, hystérique. Je suis allée chez elle et je l'ai retrouvée dans un appartement en désordre, Gabriella était en sang et couverte de bleus. Elle avait été violée."

"Oh, mon Dieu." Livia se sentit mal.

"Au début, elle ne voulait pas me dire par qui, elle a juste dit qu'elle ne pouvait plus sortir à la Nouvelle-Orléans de peur de le voir. Finalement, j'ai réussi à lui arracher les vers du nez. Florian Carpentier n'était pas un type bien. Il battait Eleanor, la violait aussi, je crois, et Florian ne prenait même pas la peine de le cacher. J'ai essayé de pousser Gabriella à aller voir la police, mais elle disait qu'il la tuerait si elle le faisait. Elle m'a fait jurer de garder le secret et pendant un certain temps, j'ai eu l'impression que les choses reviendraient à la normale. Puis, environ un mois plus tard, Gabriella a quitté la ville sans prévenir et n'est revenue qu'un an plus tard."

Livia commençait à comprendre. "Elle était enceinte."

Charvi hocha la tête. "Elle a eu l'enfant et Florian et Eleanor l'ont élevé comme le leur."

"Sandor. Sandor est le demi-frère de Nox."

Charvi acquiesça. "Quand Eleanor est morte, et quand Florian a eu Alzheimer, Sandor a repris l'entreprise avec Teague. Puis, quand Nox était à la fac, ils sont tous morts. Au fil des années, j'ai essayé de trouver les raisons pour lesquelles Tynan aurait fait cela, mais je n'en ai pas encore trouvé. Il aimait Gabriella, et ces deux garçons étaient sa vie. Je crois vraiment qu'ils ont tous été assassinés."

Livia déglutit. "Par ?"

"Je pense que Florian était dérangé et pensait que son secret allait être révélé. Il est devenu fou et les a tous tués."

"Mais comment diable a-t-il fait pour piéger Tynan alors ?"

"C'était un homme vicieux, sans aucun doute, et il se croyait au-dessus de la loi. Mais je crois qu'on l'a aidé."

Livia ferma les yeux. "Sandor."

Charvi hocha la tête. "J'en suis de plus en plus convaincue. Je ne connais pas du tout Sandor, donc je ne sais pas s'il tient de sa mère ou de son père. Un fils loyal n'aiderait-il pas son père, même après qu'il ait commis un acte aussi ignoble ?"

Livia resta silencieuse un moment. "Mais piéger Tynan ? Et faire ça à son supposé meilleur ami ? Sandor savait-il qu'il était le fils de Gabriella ?"

"Je ne sais pas."

"Et s'il l'avait découvert ? S'était fâché ? Sandor réussit bien à paraître sympathique et chaleureux, mais il y a autre chose. De la colère. Et si ce n'était pas Florian qui avait tué Gabriella ? Et si Sandor, après avoir découvert la vérité sur ses parents, s'était mis en colère et était allé la confronter ? Il a pris une arme, et quand elle a essayé de nier, il l'a tuée. Tynan et Teague étaient des dommages collatéraux."

Livia avait l'air malade, mais Charvi hocha la tête. "Ça aurait pu se passer comme ça."

"Et Ariel... Et si Amber et Sandor avaient planifié ce piège ensemble ? Et que Sandor avait beaucoup improvisé? Qu'il avait aimé tuer ces femmes. Il aurait pu être..."

"Livia, chérie, un problème à la fois. Mais je pense que tu devrais rester en dehors de ça si ta théorie est correcte."

"Je dois parler à Nox," dit Livia, "mais Sandor est à la fois son associé et son meilleur ami, et je sais qu'ils ont pas mal de problèmes. Quelqu'un a acheté toutes leurs actions."

"Sandor, peut-être ? Il essaie d'évincer Nox ?"

Livia secoua la tête. "Il a parlé d'un certain Roderick LeFevre."

"Rod ?" Charvi sembla surprise. "Je suis étonnée. "Ce n'est pas le mode opératoire du Rod que je connais, il est plus direct."

"Si tu le connais, tu peux me mettre en contact avec lui ?"

"Je suis sûre que ça peut s'arranger."

Une heure plus tard, Livia attendait nerveusement à la réception de la société de Roderick LeFevre. Ses bureaux cossus et son personnel élégant faisaient paraître minable et démodé l'immeuble de Nox. Pourquoi Roderick s'y intéresserait-il ?

"Mlle Châtelaine ?" Un grand homme, blond et élégant lui sourit. "Rod LeFevre. S'il vous plaît, allons dans mon bureau."

Liv le suivit. "Alors, vous êtes la femme qui a conquis le cœur de Nox ?"

Elle lui sourit avec hésitation. "En effet. Et vous êtes l'homme qui a acheté toutes les actions de sa société."

Rod rit. "Oui. Je vous aime déjà ! Vous allez droit au but." Dans son bureau, il l'invita à s'asseoir. Livia l'observa. Il était un peu plus vieux que Nox, la quarantaine, cheveux courts, yeux vert foncé. Son visage pouvait passer d'amical à menaçant en un instant, devina-t-elle, mais il respirait la chaleur et l'honnêteté. Elle inspira profondément.

"Vous avez l'air d'apprécier l'honnêteté, alors voilà. Était-ce votre idée d'acheter toutes les actions que vous pouviez de RenCar, ou Sandor Carpentier est-il venu vous voir et vous a demandé de le faire ?"

Rod haussa les sourcils. "Eh bien, eh bien. Ok, alors, Mlle Chatelaine..."

"Livia."

"Livia. Je pourrais, bien sûr, vous dire de vous mêler de vos affaires."

"Vous pourriez, et je respecterais ça." Livia le regarda fixement.

Rod sourit. "Oui, je vous aime bien. Pour répondre à votre question, oui, il l'a fait. Il m'a dit qu'il voulait prendre l'entreprise à Nox sans qu'il le sache, qu'il pensait que le cœur de Nox n'y était plus et qu'il voulait lui donner l'envie d'essayer quelque chose de nouveau. Sandor m'a dit que si j'achetais les actions, il me paierait le double."

Livia se moqua. "Et vous l'avez cru quand il a dit qu'il voulait aider Nox ?"

"Bien sûr que non, mais ça ne me regarde pas. Je suis un homme d'affaires, Livia, ce que Sandor proposait m'aurait rapporté environ 700 millions de dollars."

Livia siffla et secoua la tête. "Vous gérez des sommes que je ne peux même pas concevoir."

"Qu'est-ce que vous faites dans la vie, Livia ?"

Elle leva fièrement le menton. "Je suis étudiante et, jusqu'à récemment, serveuse."

Rod sourit. "Des vocations admirables. J'ai entendu dire que vous étiez l'une des meilleures étudiantes de toute l'histoire de l'université."

Livia eut l'air surprise et Rod rit. "Moi aussi, je fais mes recherches, Livia. Et parce que je suis qui je suis, si j'aimais les femmes, je me battrais avec Nox Renaud pour une femme comme vous." Il sourit. "Heureusement pour nous tous, mon mari s'y opposerait."

Livia rit à sa plaisanterie et décida qu'elle aimait beaucoup cet homme.

"Pourrais-je vous demander de ne pas parler de notre conversation à Sandor, s'il vous plaît ?"

"Vous avez ma parole."

Il la raccompagna jusqu'à la porte, puis l'arrêta. "Livia... Je ne partagerai pas cette conversation, mais je ne peux pas parler au nom de quiconque qui vous aurait vue venir ici. La Nouvelle-Orléans est une ville relativement petite et tout se sait dans certains milieux. S'il vous plaît, dites à Nox que vous êtes venue ici et assurez-vous d'être correctement protégée."

Livia l'observa. "Vous pensez que Sandor est dangereux ?"

"Je n'en ai aucune preuve, juste..."

"Vous le sentez dans vos tripes."

Rod hocha la tête, avec un demi-sourire. "Exactement."

Livia hocha la tête. "Connaissiez-vous le père de Sandor ? Florian Carpentier ?"

Le sourire de Rod disparut. "Oui, malheureusement."

"Pourquoi "malheureusement" ?"

"C'était un *connard* vicieux", dit-il avec la même honnêteté, et Liv sourit à moitié.

"Compris. Merci encore, M. LeFevre."

"Rod, s'il vous plaît. Au revoir, Livia."

Livia, qui se faisait raccompagner à l'hôtel par Jason, appela Nox. Elle ne voulait pas lui dire ce qu'elle avait découvert au téléphone, au cas où Sandor les écoute, mais elle lui dit simplement qu'elle passerait à son bureau plus tard dans la journée. "Je t'aime."

"Je t'aime aussi, bébé."

Après avoir terminé l'appel, elle regarda Jason. "Jason, peut-on s'arrêter quelque part, avant de rentrer ?" Elle lui donna l'adresse et il fit demi-tour sans aucun commentaire.

À la maison de retraite, elle demanda si elle pouvait voir Florian Carpenter.

"Je suis sa nièce de province et je viens d'arriver", mentit-elle sans difficulté.

"Je ne l'ai pas vu depuis des années."

La réceptionniste la regarda longuement, puis se retourna. "Un instant, s'il vous plaît, madame."

Nerveuse, ses ongles s'enfonçant dans la paume de ses mains, Livia attendit. Bientôt, une assistante bien habillée vint la chercher. "Puis-je vous voir dans mon bureau ?"

Merde, ils n'avaient pas cru à son histoire de "nièce". "Je voudrais juste voir mon oncle."

L'assistante, dont l'étiquette disait qu'elle s'appelait Susan, la fit entrer dans le bureau. Son regard s'adoucit. "Je suis désolée, Mme Carpentier. Nous pensions que toute la famille savait. Le fils de M. Carpentier ne vous a rien dit ?"

"Dit quoi ?"

"Je suis désolée de vous dire que M. Carpentier père est décédé le mois dernier."

Livia la regarda fixement, n'ayant pas besoin de faire semblant d'être sous le choc à présent. "Quoi ?"

"Je suis désolée, ma chère. Il est parti paisiblement."

Mon Dieu, non. Je ne voulais pas qu'il parte en paix, je voulais qu'il souffre après ce qu'il a fait à Gabriella. Livia essaya de ne pas faire transparaître sa haine sur son visage. Susan, devinant sa colère, ne comprit pas son origine.

"Vous n'étiez pas son plus proche parent, voyez-vous."

"Je n'ai pas encore parlé à Sandor," dit Livia en guise d'explication. Elle soupira en fermant les yeux. "Puis-je voir sa chambre ?"

"J'ai bien peur qu'elle ne soit occupée, ma chère. Malheureusement, nous ne pouvons pas garder les chambres libres longtemps. Trop de demandes."

"Bien sûr, je suis désolée." Une autre idée lui vint à l'esprit. "Est-ce que Sandor, je suis désolée, je veux dire, M. Carpentier Junior, a récupéré les affaires personnelles de Florian ?"

Susan hocha la tête. "Oui. Il ne voulait pas s'attarder. Il a organisé l'incinération rapidement, et a pris le peu d'effets personnels qui lui restaient."

Livia remercia la femme et quitta la maison de retraite. Elle s'assit en silence dans la voiture alors que Jason mettait le contact. "Où est-ce qu'on va, Mlle Chatelaine ?"

Elle se mordit la lèvre un moment. "Vous savez, je crois que j'ai laissé des affaires personnelles au manoir de M. Carpentier. Pourrions-nous y passer ?"

CHAPITRE VINGT-HUIT

Nox leva les yeux quand Sandor passa la tête dans l'encadrement de la porte de son bureau. "Je vais déjeuner dehors. Tu veux venir ?"

Nox secoua la tête. "Pas pour moi, merci. J'ai rendez-vous avec Liv dans un moment."

"Cool. À plus."

Nox retourna à sa paperasse mais il n'arriva pas à se concentrer. Livia avait raison, il y avait quelque chose de bizarre chez Sandor. Il donnait effectivement l'impression d'être l'ami de tous, mais au fond de son regard... *Merde*, Nox secoua la tête. Étaient-ils tous les deux paranoïaques ? Il appela Livia. Il fut surpris car elle semblait cacher quelque chose. "Où es-tu ?"

"J'ai laissé quelque chose chez Sandor et on va le récupérer."

Nox fronça les sourcils. Livia avait tellement répété qu'elle ne se sentait pas en sécurité là-bas. "Pourquoi ne pas demander à Sandor de l'apporter au bureau ?"

"Je ne veux pas le déranger, ce n'est qu'une brosse à cheveux."

Elle mentait, il en était sûr. "Liv... qu'est-ce qui se passe ? Dis-moi."

"Rien, je te jure. J'ai passé la matinée avec Charvi et je me suis souvenue que j'avais laissé ma brosse à cheveux chez Sandor. C'est bête je sais. Mais c'était un cadeau de Moriko."

"Jason est avec toi ?"

"Bien sûr, chéri. Ça ne sera pas long."

Quelques minutes plus tard, Harriet, la nouvelle réceptionniste, l'appela. "J'ai un Roderick LeFevre au téléphone pour vous."

Nox fut surpris. "Tu appelles pour acheter mes actions, Rod ?"

Rod ricana, mais sa voix devint sérieuse. "Non, en fait, c'est à propos de ta charmante femme."

"Livia ?" Nox était étonné.

"Sauf si tu en as plus d'une."

Nox se ressaisit. "Et ?"

"Elle est venue me voir ce matin pour savoir si Sandor Carpentier était celui qui achetait vraiment toutes les actions de votre société."

"Et que lui as-tu dit ?" Le sang de Nox se figea. Qu'est-ce qui s'était passé ?

"Je lui ai dit que c'était vrai."

La nouvelle frappa Nox de plein fouet. "Quoi ?"

Rod LeFevre expliqua à Nox la même chose qu'il avait dit à Livia. "Sandor Carpentier n'est pas ton ami," conclut-il, "et bon sang je ne peux m'empêcher de m'inquiéter pour ta charmante femme. Si Sandor découvre qu'elle pose des questions..."

"Merci, Rod. Écoute, je dois l'appeler."

"Sois prudent, Renaud... et je suis désolé."

Nox essaya d'appeler Livia, puis Jason, mais aucun des deux ne décrocha. Alors qu'il raccrochait, son téléphone sonna, c'était l'inspecteur Jones.

"Le corps *est* celui de Roan Saintmarc," lui dit l'inspecteur, "et il est mort depuis quelques mois. Multiples fractures du crâne ; il a été battu à mort. Il n'a pas pu tuer Amber Duplas ou Moriko Lee."

Nox ferma les yeux. "Et l'ADN ? Sandor ?"

"C'est confirmé. Sandor Carpentier est votre demi-frère. Des hommes à nous sont en route vers votre bureau et son manoir en ce moment même."

"Il n'est pas au bureau et Livia est chez lui."

"Ok. On est en route."

Il se leva et sortit du bureau en courant, ignorant le cri de surprise d'Harriet alors qu'il passait devant elle et courut vers sa voiture. "Décroche ton téléphone bordel !"

En désespoir de cause, il appela Charvi. "Charvi, je sais que Livia est venue te voir ce matin. J'ai besoin que tu me dises tout. *Tout. Tout de suite...*"

CHAPITRE VINGT-NEUF

L ivia marchait dans les couloirs du manoir de Sandor, le cœur battant la chamade. Elle cherchait les agents de sécurité, mais il n'y avait personne. Où étaient-ils tous passés ?

Jason avait l'air tendu. "Je pense qu'on devrait sortir d'ici, Mlle Chatelaine."

Livia secoua la tête, se dirigeant vers le bureau de Sandor. "Faites le guet pour moi. Je ferai vite, promis."

À l'intérieur, elle fouilla dans tous les tiroirs du bureau de Sandor, tous les dossiers qu'elle pouvait trouver dans son cabinet. Rien. Finalement, elle trouva une boîte posée sur le rebord de la fenêtre derrière le rideau. Elle l'ouvrit et découvrit divers objets personnels – brosse à dents, articles de toilette, vieilles cartes postales et photos. Au fond, il y avait une pile de lettres. Elle les feuilleta et vit qu'elles étaient toutes adressées à Gabriella. Elle les mit dans la poche arrière de son jean et remit la boîte où elle était.

"Mlle Châtelaine, je pense qu'on devrait y aller." Jason était entré dans la pièce, mais avant qu'elle ne puisse répondre, il fit un étrange gargouillement, ses yeux étaient exorbités, et, horrifiée, elle vit du sang jaillir de son cou.

"Jason ?"

Il la regarda, le regard confus, visiblement souffrant. Le sang jaillit de la plaie à son cou faite par le couteau de Sandor. Sandor lui sourit en arrachant le couteau du corps de Jason, qui s'effondra, mort, au sol. "Salut, Livia. Content de te voir." Il agita le couteau. "C'est l'heure d'être étripée, jolie fille." Et il se dirigea vers elle.

Charvi lui raconta tout et, désespéré, Nox se dirigea comme un fou vers la maison de Sandor, sachant qu'il arriverait peut-être trop tard, que Sandor avait une longueur d'avance, et que s'il surprenait Livia à fouiner... Des images d'Ariel morte, de Pia, superposées avec celles du visage de Livia défilaient devant ses yeux. Livia, morte sur une tombe, le ventre ouvert, gisant dans une mare de sang.

Non. Non. Pas encore.

Et sa famille. Nox savait au plus profond de lui-même que Sandor et Florian les avaient tués, avaient piégé son père bien-aimé, avaient assassiné son frère, avaient abattu froidement Gabriella et l'avaient laissée agoniser longuement. Et tout ça parce que Florian Carpentier était un violeur psychopathe et jaloux. Bande de salauds.

Mais il ne pensait plus qu'à trouver Livia, pour sauver son amour. *S'il vous plaît, s'il vous plaît, faites en sorte qu'elle aille bien...*

Même si elle était choquée et terrifiée par l'apparition de Sandor, Livia était prête à se battre.

"*Espèce d'enculé !*" lui cria-t-elle en se jetant sur lui. Elle le percuta de plein fouet et ils tombèrent sur le sol. Le couteau fendit l'air, tout près du corps de Livia. Elle lui frappa le visage, lui donna des coups de pied, complètement enragée.

Sandor la gifla si fort que ses oreilles bourdonnèrent et qu'elle s'écrasa sur le sol. "Je savais que tu me soupçonnais, Livia, dès que j'ai vu ton visage hier. Quand la maison de retraite m'a appelé ce matin pour me dire que tu fouinais partout..." Il la chevaucha et essaya de lui bloquer les mains. Livia se débattit, lui criant dessus, espérant que quelqu'un, *n'importe qui* vienne. Il lui attrapa la tête et la frappa violemment sur le sol.

"*Livia !*"

Nox. Nox arrivait. Cela lui redonna de la force, et elle leva le genou brusquement, frappant Sandor dans les couilles. Mais ce ne fut pas suffisant. Alors qu'elle se dégageait de lui, il la rattrapa et la plaqua contre le mur en lui arrachant sa chemise. Livia lutta, mais il mit son avant-bras sur sa gorge, en appuyant si fort qu'elle ne pouvait plus respirer.

"Va te faire foutre, connard," dit-elle en haletant, "tu peux me tuer, mais tu ne t'en tireras pas comme ça."

Sandor sourit à peine et lui enfonça son couteau dans le ventre. Livia fut stupéfaite par la douleur atroce qui la traversa. "Dommage que je ne puisse pas faire ça lentement, ma belle, mais comme tu peux le voir, je suis pressé." Le sang jaillit de la blessure et Livia sentit une odeur métallique emplir l'air. Sandor admira son travail. "Tu saignes bien, Livia. Je vais me régaler."

Étourdie par la douleur, Livia en eut le souffle coupé quand il la poignarda de nouveau, le couteau transperçant son nombril et la tailladant en profondeur. Mais Nox arriva, hurlant, frappant Sandor et dégageant Livia de lui, qui s'effondra sur le sol. Livia roula sur son flanc et s'éloigna en rampant, les mains appuyées contre les blessures douloureuses de son ventre, qui saignaient abondamment. Voyant Nox et Sandor se battre, elle se dirigea vers le corps de Jason. Elle attrapa l'arme du garde du corps et elle se retourna juste à temps pour voir Sandor enfoncer son couteau dans le ventre de Nox. Nox hurla de douleur et Sandor rit en retirant le couteau.

"*Non !*" Livia cria et pointa son arme sur Sandor, en appuyant sur la détente. L'arme fit un clic. Livia jura. L'arme était vide ? Sandor balança un crochet vicieux sur la tempe de Nox. Nox tituba et Sandor sauta sur Livia.

"Stupide salope", grogna-t-il, "tu dois enlever la sécurité. Permets-moi de te faire une démonstration."

Alors que Nox, qui saignait, arrivait derrière lui , Sandor pointa son arme sur Livia et lui tira dessus, la balle lui transperça le ventre. Ce fut comme si le feu la traversait. Son corps fut secoué par l'impact et elle ne sentait plus ses jambes.

Nous allons mourir ici. Nous allons tous les deux mourir ici... "Nox..." Sa voix était faible et elle se sentait mourir maintenant. Il y avait du sang partout, et elle sentait son âme la quitter. Nox, qui se battait avec Sandor, la regarda désespéré.

"Tiens bon, ma chérie. Attends, s'il te plaît... continue de respirer, Livvy..." Il se débattait avec Sandor à présent, essayant de prendre contrôle de l'arme. Un autre coup de feu retentit, la balle se logea dans le mur, puis un autre coup de feu retentit, et Nox eut un mouvement de recul, du sang giclait de son épaule. Sandor rit.

"Quoi que tu me fasses maintenant, Nox," grogna Sandor à Nox, "elle est morte. Regarde-la, elle se vide de son sang. Moi qui pensais que tuer ton Ariel était satisfaisant. Tu peux regarder pendant que je vide cette arme dans ta belle amoureuse, Renaud." Il pointa son arme sur Livia.

Nox, affaibli par la perte de sang, se jeta de nouveau sur Sandor et les deux hommes se battirent une fois de plus. Livia perdait connaissance, mais elle tentait désespérément de rester éveillée, désespérée d'aider Nox. Elle réussit finalement à ramper jusqu'à l'endroit où Sandor avait jeté son couteau. Elle le saisit, puis le plongea dans l'arrière du genou de Sandor, puis le retira et coupa son tendon d'Achille.

Sandor rugit de douleur et tomba au sol. Nox lui prit l'arme. Sandor rit, se sachant vaincu. "J'espère qu'elle souffrira avant de se vider complètement de son sang. Mon seul regret est que je n'ai pu la tuer qu'une seule fois." Il cracha ces mots, levant des yeux vers Nox, emplis d'une haine profonde. Sans hésiter, Nox tira sur son demi-frère. Sandor s'effondra, raide mort. Nox se dirigea vers Livia, qui commençait à perdre connaissance.

"Reste en vie, bébé, s'il te plaît... on aura notre happy-end. Je le jure. Nous méritons notre happy-end..." Il s'écroula à côté d'elle, essayant d'arrêter le flot de sang qui coulait de son corps, ignorant ses propres blessures. "S'il te plaît, Livvy, reste avec moi."

Livia lui caressa le visage. "Si je meurs, je veux que tu saches que je t'ai aimé plus que tout au monde. Tu a été ma raison de vivre."

"Si tu meurs, je meurs. On part ensemble ou on vit ensemble, bébé, c'est le contrat... Liv ? Liv, *s'il te plaît... non...*"

Livia entendait sa belle voix, la suppliant de vivre, elle entendait l'amour dans sa voix. Mais l'obscurité prit le dessus, et elle n'entendit plus rien.

CHAPITRE TRENTE

L ivia souffrait tellement qu'elle n'avait aucune envie d'ouvrir les yeux mais elle devait savoir si elle était en vie ou non. *S'il vous plaît, s'il vous plaît,* supplia-t-elle, *faites que Nox soit en vie aussi. S'il est mort...*

"Livvy." Elle n'avait jamais entendu une aussi belle voix de sa vie. "Livvy, chérie, tu peux ouvrir les yeux, chérie."

Elle ouvrit les yeux et se concentra sur son visage. Nox était pâle et devait se raser, mais il était là, vivant et il lui souriait. Il lui écarta les cheveux du visage. "On a réussi, Livvy."

"Embrasse-moi." Elle prononça ces mots, mais aucun son ne sortit de sa bouche, sa gorge était si sèche. Nox sourit et l'aida à boire un peu d'eau.

"Embrasse-moi", dit-elle encore une fois, et cette fois, sa voix retentit, pure et forte. Nox posa ses lèvres contre les siennes et elle soupira de bonheur. "Nous sommes vivants."

"Oui, nous le sommes." Nox lui prit la main. "Toi, à peine. Mais tu es une battante, Livvy."

Elle toucha son visage comme si elle ne pouvait pas croire qu'il était réel. "Sandor."

L'expression de Nox se fit plus dure. "Mort. Bon débarras !"

"Je suis d'accord. Mais c'était un sacré bon comédien. Tu imagines garder pour toi toute cette colère, cette jalousie, cette rage, toutes ces années, en attendant que tu retombes amoureux à nouveau ? Tout ça parce que son père ne pouvait pas s'empêcher de sauter sur tout ce qui bouge."

Nox acquiesça d'un signe de tête. "Sandor n'avait pas l'intention de se faire arrêter. Il a laissé une lettre de suicide et l'a envoyée par la poste à la chaîne d'information locale. Il avait l'intention de nous tuer, puis de se suicider. Je lui ai épargné ce tracas. Il avait tué Roan des semaines auparavant. C'est comme ça que j'ai su que c'était Sandor ; c'est comme ça que j'ai su que je devais te trouver."

"Mon héro." Elle l'embrassa de nouveau puis gémit. "Mon Dieu, je pourrais le tuer encore une fois pour cette douleur qu'il m'a fait subir."

"Je sais, je sais. Je suis désolée, chérie. Tu peux appuyer là si tu as besoin de morphine, mais les docteurs ont dit que tu souffrirais un moment."

Livia appuya sur le bouton et sentit une vague de chaleur affluer dans ses veines. Cela la soulagea. "Et toi, alors ? Pourquoi as-tu l'air si en forme ?"

Nox sourit et releva sa chemise. Il avait une cicatrice en forme de cœur de couleur rose vif qui guérissait bien. Livia était troublée. "Nox... depuis combien de temps ai-je été inconsciente ?"

Le sourire de Nox disparut. "Trois semaines. Tu as fait une embolie pulmonaire et la balle a endommagé ton foie. *Mon Dieu.* Cela a duré longtemps. Tu étais dans le coma, ce qui étrangement, était une bonne chose." Il secoua la tête comme s'il ne pouvait pas croire ce qu'il disait. Livia écouta attentivement et acquiesça d'un signe de tête.

"Nox ?"

"Oui, bébé ?"

"C'est fini maintenant ?"

Nox hocha la tête. " Oui, chérie. Tout était dans les lettres que

Florian a écrites à ma mère. Il n'a jamais rien regretté, ce salaud. Il a écrit des choses si immondes, en lui expliquant la façon dont il allait la tuer. Il ne les a jamais envoyées, évidemment. Florian a violé ma mère. Elle a donné naissance au bébé et leur a donné pour qu'ils l'élèvent. Puis elle a rencontré mon père. Florian a contenu sa jalousie pendant des années, et un jour, il a craqué. Il les a tous tués, en gardant ma mère pour la fin. Dans ses lettres, il a écrit que Florian n'était même pas celui qui a tiré sur ma mère. C'était Sandor."

Livia en était malade. "Il a tué sa propre mère ?"

Nox hocha la tête. "C'était un putain de malade."

"Je ne comprends pas pourquoi il a tué Pia et Moriko. Je comprends pour Roan, pour le faire accuser, et pour Amber pour la faire taire, mais pourquoi ces deux filles innocentes ?"

Nox hésita. "Liv... ils pensent qu'il a tué bien plus de femmes que ça. Ils pensent qu'il assassinait des femmes dans tout le pays depuis des années. Il aimait ça, chérie. Ça l'excitait. Sandor aimait bien écrire aussi. Ils ont trouvé des journaux intimes où il décrivait ses meurtres. Il a tué Ariel et fait chanter Amber pour qu'elle la ferme. Pia, Moriko... il y avait tout un carnet de notes sur les innombrables scénarios qu'il avait imaginés pour *te* tuer. *Mon Dieu*."

"Enfoiré."

"Exactement."

Livia soupira. "Comment va Odelle ? Comment réagit-elle à la nouvelle de la mort de Roan ?"

"Elle va bien, elle va bien. Elle est dans le couloir, si tu veux la voir."

"Mon Dieu, oui."

Nox sourit, l'embrassa sur le front et alla chercher son amie. Odelle entra, elle fixa Livia une seconde, le regard vide.

"Eh bien, dis-donc, tu n'as rien inventé de mieux pour te prélasser et faire dépenser de l'argent à mon ami."

Livia resta stupéfaite, mais Nox éclata de rire et Odelle sourit. Livia gloussa.

"Odie, tu viens de faire une blague ?"

"C'est possible, je crois. Bonjour, chérie, c'est bon de te voir réveillée." Odie se pencha, embrassa Livia sur la joue puis lui prit la main. Livia fut étonnée de voir des larmes dans les yeux de son amie. "On a failli te perdre."

"Mais je suis toujours là", dit Livia en lui serrant la main. "Et je ne vais nulle part."

"Je suis si heureuse, chérie, si heureuse que tu ailles bien. Je t'aime tellement."

Livia se mit à pleurer et Odelle la serra dans ses bras – maladroitement, bien sûr – mais Livia apprécia l'étreinte de son amie. "Merci, Odie. Je t'aime aussi."

Odelle ne pouvait plus parler à présent, et peu après, elle les laissa seuls, en promettant de revenir et de leur apporter de quoi manger en douce.

Quand ils furent seuls, Livia sourit à Nox. "Je t'ai déjà dit combien je t'aime ?"

"Même si je t'ai mêlée à tout ça ?"

Elle baissa la tête pour lui voler un autre baiser. "Je supporterais chaque minute de douleur encore et encore pour toi, Nox Renaud. C'est pour nous, c'est notre vie à tous les deux."

Nox l'embrassa comme si c'était la première fois. "À partir de maintenant," promit-il, "je jure que ce sera une *belle* et heureuse vie."

"Nox ?"

Il appuya ses lèvres sur son front. "Ouais, bébé ?" Sa voix était douce et tendre.

"Nox Renaud ?"

Il sourit à son ton formel. "C'est moi."

Livia le regarda, ses yeux brillaient. "Nox Renaud, me ferais-tu le grand honneur de m'épouser ?"

Nox écarquilla les yeux et se mit à rire. "Bon sang ma chérie, tu viens de voler ma meilleure réplique."

Livia sourit et attira son visage vers le sien, écrasant ses lèvres contre les siennes. "Ça veut dire oui ?"

Nox l'embrassa avec passion, puis hocha la tête. "C'est un *sacré* oui, Mlle Châtelaine. C'est un oui et un oui et *un oui*..."

. . .

Fin

✿ Réalisé avec Vellum

CPSIA information can be obtained
at www.ICGtesting.com
Printed in the USA
BVHW040807160321
602551BV00018B/515

9 781648 089848